北条《ほうじょう》氏康《うじやす》

二世継承篇

富樫倫太郎

中央公論新社

目次

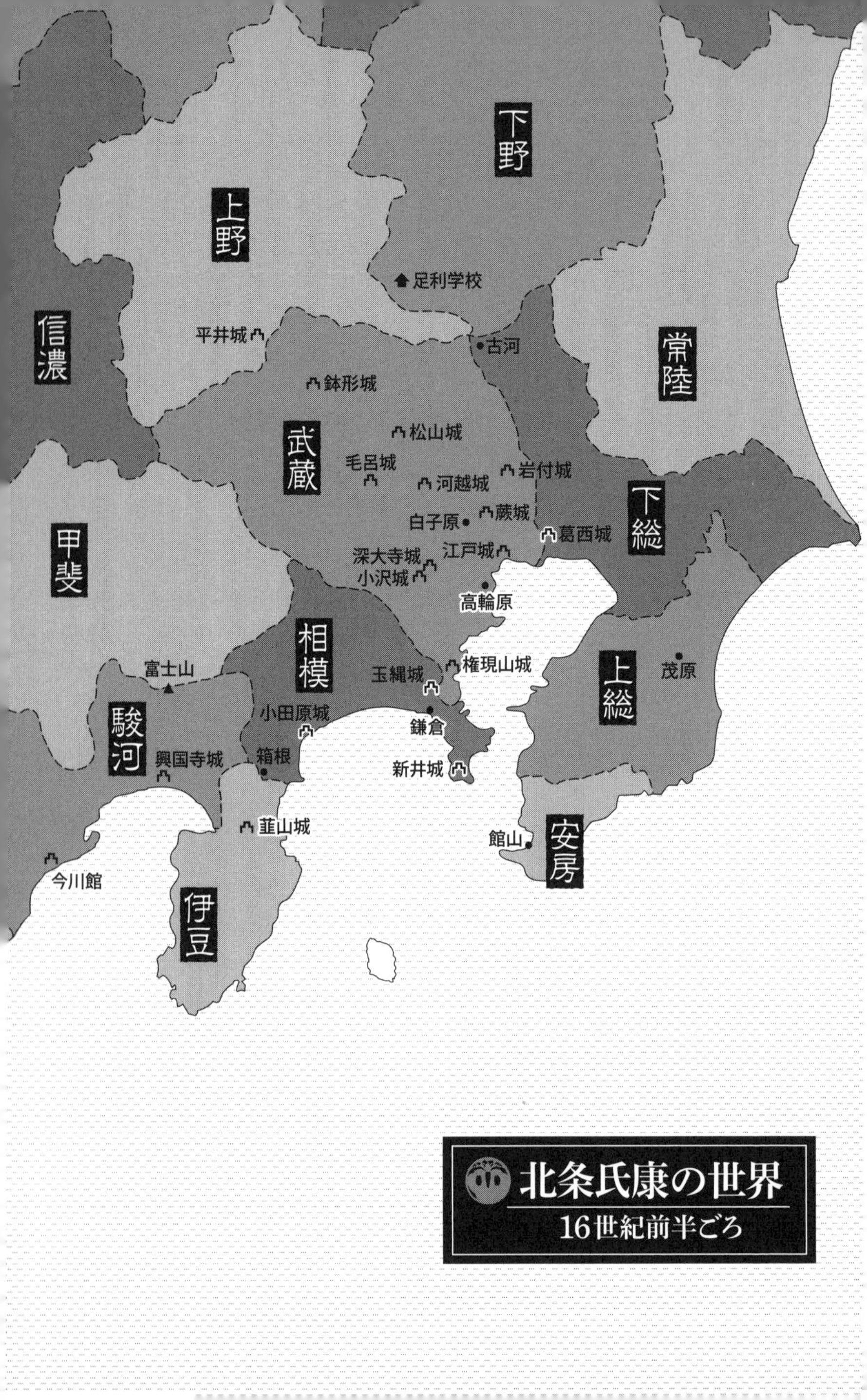

北条氏康の世界
16世紀前半ごろ

【主な登場人物】

伊豆千代丸《いずちよまる》……後の北条氏康《ほうじょううじやす》。祖父は伊勢宗瑞、父は氏綱。

伊勢宗瑞《いせそうずい》……伊勢新九郎《しんくろう》改め早雲庵《そううんあん》宗瑞、後の「北条早雲」。一代にして伊豆・相模の大名となった。

氏綱《うじつな》……宗瑞の嫡男。後に伊勢から北条に改姓し、関東の覇権を狙う。

風間小太郎《かざまこたろう》……宗瑞に見出され、軍配者となるべく足利《あしかが》学校に学ぶ。法号は「青渓《せいけい》」。後に氏綱から「風摩《ふうま》」姓を賜る。

奈々《なな》……小太郎の妹。

風間慎吾《しんご》……伊勢家の間諜を務める「風間党」の棟梁・六蔵《ろくぞう》の息子。小太郎の従兄弟。

あずみ……慎吾の妹。

勝千代《かつちよ》……福島正成《くしままさしげ》の遺児。元服して福島孫九郎綱成《まごくろうつなしげ》となる。

平四郎《へいしろう》……伊豆千代丸の乳母子。元服後は志水太郎衛門《しみずたろうえもん》盛信《もりのぶ》と名乗る。

伊奈十兵衛《いなじゅうべえ》……宗瑞の時代から伊勢家に仕える。

大道寺盛昌《だいどうじもりまさ》……氏綱の重臣筆頭。

松田顕秀《まつだあきひで》……大道寺盛昌と並ぶ氏綱の重臣筆頭。

四郎左《しろうざ》……足利学校での小太郎の学友で、法号は「鷗宿《おうじゅく》」。俗名・山本勘助《やまもとかんすけ》。

曽我冬之助《そがふゆのすけ》……足利学校での小太郎の学友で、法号は「養玉《ようぎょく》」。扇谷上杉氏に仕える。

根来金石斎《ねごろきんこくさい》……氏綱の軍配者。

宗清《そうせい》……韮山《にらやま》にある香山寺《こうざんじ》の住職。

宗真《そうしん》……宗清の弟子。

今川氏親《いまがわうじちか》……駿河の守護。宗瑞の姉・保子《やすこ》の子で、宗瑞とは固い絆で結ばれていた。

扇谷朝興《おうぎがやつともおき》……関東の領有をめぐる両上杉の一・扇谷上杉氏の当主。

山内憲房《やまのうちのりふさ》……関東の領有をめぐって争う両上杉の一・山内上杉氏の当主。

装画
森 美夏

装幀・地図
bookwall

北条氏康

二世継承篇

はじめに

伊勢新九郎《いせしんくろう》は一代にして伊豆《いず》・相模《さがみ》を征し、戦国大名にのし上がった。出家して早雲庵宗瑞《そううんあんそうずい》と号す。後世、北条《ほうじょう》早雲として知られる男である。

若い頃から病気や怪我とは無縁だったが、永正《えいしょう》十六年（一五一九）七月、風邪をこじらせて寝込んだ。舟遊びで体を濡らしたことが原因だったという。

病は悪化し、床を離れることができぬまま、八月十五日、伊豆韮山《にらやま》で亡くなった。享年六十四。

戒名は早雲寺殿天岳宗瑞大禅定門という。

後を継いだのは嫡男《ちゃくなん》・氏綱《うじつな》で、このとき三十三歳である。

九月、氏綱は宗瑞の法要を行ったが、二ヶ国を領した大名の法要にしては質素で地味だった。

氏綱としては、できるだけ盛大に法要を執《と》り行いたいのが本音だったが、

「わしが死ねば周辺国が攻め込んできて戦《いくさ》になるやもしれぬ。葬儀など質素でよい。無駄なことに金を費やさず、いざというときのために備えよ。それがわしへの最後の孝行だと思え」

と、宗瑞に釘を刺されていたので、質素な法要を営むしかなかった。

実際、東からは扇谷上杉《おうぎがやつうえすぎ》氏、山内《やまのうち》上杉氏が、北からは武田《たけだ》氏が、宗瑞の死によって伊勢氏が動揺し、後継を巡る内紛でも起これば、その隙《すき》に乗じて伊豆や相模に攻め込んでやろうと虎視眈々《こしたんたん》と牙を

研《と》いでいた。

宗瑞の存在があまりにも大きすぎ、敵ですら宗瑞の実力を怖《おそ》れていたので、誰が後を継いでも宗瑞を超えることはできず、伊勢氏の勢力は衰えるだろうという見方がほとんどだった。宗瑞という太陽の陰に隠れて、氏綱の存在はあまりにも地味だったのである。

偉大な父の後を継いだ二代目というのは、

「おれだって父には負けぬぞ」

と妙な見栄を張って無理をしがちなものだが、氏綱に、そういう見栄はなかった。

幼い頃から宗瑞に厳しく教育されてきたせいで、

(父上の教えには従わなければならぬ)

と固く信じていた。

宗瑞を心から尊敬し、その偉大さを認めていたので、宗瑞を超えてやろうなどという野心を最初から持っていなかった。

氏綱は宗瑞の遺言に従い、無駄な出費を抑え、油断することなく防備を固めたので、両上杉氏や武田氏もつけいる隙がなかった。

翌年、氏綱は鎌倉《かまくら》寺社領と相模西部で検地を行った。代替わり検地の最初である。

この検地には重大な意味があった。

伊豆という土地に縁もゆかりもなかった宗瑞が伊豆を征し、領主として平穏に伊豆を治めることができたのは農民からの強い支持があったからである。

宗瑞の時代、その支配地において、一度として土着の武士たちが反乱を起こしたことがない。なぜかといえば、もし武士どもが宗瑞に反旗を翻《ひるがえ》せば、宗瑞を慕う農民たちが反乱者を叩き殺すに違いないと武士たちにはわかっていたからである。宗瑞の身に何かあれば、自分たちの生活が立ち行かなくなることを農民たちは知っていたので、何があろうと命懸けで宗瑞を守る覚悟だったのだ。

それほどまでに宗瑞が農民たちに慕われたのは、宗瑞の定めた年貢率が理由である。

この当時、領主が農民たちを搾取することが甚だしく、七公三民ならましな方で、戦が続いて領主の財政が厳しくなると、八公二民くらいはむしり取られた。十のうち八つも奪われれば、もはや、農民がまともな暮らしをすることはできない。翌年の種まきすら不可能である。農民は飢え、大量の餓死者が発生する。

宗瑞が伊豆の支配者となったとき、周辺国の主たちは口々に宗瑞を「悪人」と罵《のの》り、憎悪した。宗瑞のやり方があまりにも自分たちのやり方と違っており、極端に言えば、社会秩序を破壊しかねないと警戒したからである。

宗瑞は何をしたのか？

実に単純なことで、年貢率を四公六民にしたのである。宗瑞が伊豆に攻め込むまで、伊豆の農民たちも八公二民という重税に苦しんでいた。それがいきなり四公六民である。自分たちの取り分が一気に三倍になったのだから農民たちは驚喜した。

宗瑞の身に何かあれば、地獄の暮らしに戻ってしまう。

だからこそ、農民たちは武士の反乱など決して許さず、何があろうと宗瑞を守ると決意していたのである。

その宗瑞が亡くなった。

農民たちは年貢が重くなることを何よりも怖れた。

四公六民という奇跡のような年貢率が維持されないとしても、何とか五公五民、いや、六公四民くらいにしてもらえないものか……それが農民たちの願いであった。いったい、年貢率は、どうなるのか、と氏綱の代替わり検地を固唾《かたず》を呑んで見守った。

氏綱は宗瑞の年貢率を踏襲した。四公六民である。

農民たちは安堵し、

「韮山さまと同じように小田原《おだわら》さまも守って差し上げなければならぬ」

という気持ちになった。

宗瑞の後継者としての氏綱の立場は盤石《ばんじゃく》になったと言っていい。

足元を固めると、次に氏綱は外交に手を付けた。

戦を避けつつ、伊勢氏の力を強めようとしたのだ。

それが古河公方《こがくぼう》家との婚姻である。

古河公方家には大した実力はない。軍事的にも、経済的にも無力と言っていいほど非力である。

ただ権威だけがある。その権威を後ろ盾《うしだて》とする政治力も侮《あなど》りがたい。

一方の伊勢氏には軍事力も経済力もあるが、権威はまったくない。

元々、宗瑞は備中荏原郷《びっちゅうえばら》の生まれで、伊豆にも相模にも何の所縁《ゆかり》もない。京都にいる頃、室町幕府に仕えていたものの、身分は高くなかった。

それ故《ゆえ》、大名にのし上がってからも、

「宗瑞など成り上がりものではないか」

と蔑《さげす》まれた。

伊豆や相模の豪族たちには、歴史や伝統という点では伊勢氏など足元にも及ばない、鎌倉幕府以来という名家が少なくないのである。

古河公方家と結びつけば、そういう名家にも家格で見劣りすることがない。

両家の思惑が合致し、永正十八年（一五二一）二月、古河公方・足利高基《あしかがたかもと》の子・亀王丸《かめおうまる》と氏綱の娘の婚約が成立した。

氏綱の非凡さは、これで満足することなく、更に鋭い一手を放ったことである。

それが伊勢から北条への改姓であった。

宗瑞が本拠とした韮山は、源　頼朝《みなもとのよりとも》が流刑されていた土地であり、その周辺は鎌倉幕府の執権を世襲した北条氏の領地であった。

そこに目を付けた氏綱は、大永《だいえい》三年（一五二三）に、

「伊勢氏は北条氏の後裔《こうえい》である。これからは伊勢ではなく、北条と名乗ることとする」

と宣言した。

一般には、古河公方家と家格を釣り合わせるために改姓した、と解釈されることが多い。

確かに、それも間違いではないが、それだけではない。

氏綱には、いずれ関東全土を支配しようという野望がある。宗瑞から引き継いだ野望だ。その野望の実現のために、宗瑞は、しばしば武蔵《むさし》や房総《ぼうそう》に兵を出したが、うまくいかなかった。

古くから関東に土着する武士たちからすれば、よそ者の伊勢氏の攻撃は「侵略」なのだ。

だから、必死に抵抗した。

しかし、伊勢氏ではなく北条氏が攻撃すれば、それは「侵略」ではなく、かつて支配していた土地の「回復」になる。執権として絶大な権力を振るった北条氏は、武蔵・相模の国守に任じられ、関東一円を支配下に置いていたからである。氏綱には武蔵や房総に攻め込む大義名分ができる。

しかも、関東の武士たちは、伊勢氏と敵対する山内上杉氏、扇谷上杉氏を始めとして、昔は北条氏に臣従していたわけだから、氏綱に反抗するのは旧主への反抗という理屈になる。そういう論理を組み立てて、氏綱は関東征服を正当化しようとした。実際に軍事行動を起こす前に政治的な揺さぶりをかけたわけである。

当然ながら、両上杉氏を始めとする敵対勢力は激怒し、氏綱が北条姓を名乗ることを絶対に認めようとしなかった。氏綱の論理を机上の空論として無視できなかったのは、この時代、筋目や名分が重んじられていたからで、何の実力もない古河公方家が関東で尊敬されていたのも、そのせいである。もし伊勢氏の改姓を放置すれば、時間が経つにつれて、それが既成事実化してしまう。それを怖れたのである。

これ以降も両上杉氏の公式文書には「北条氏」という言葉は一切使用されず、常に「伊勢氏」と表現された。改姓など決して認めない、という両上杉氏の強い姿勢の表れであった。

五年前の永正十五年（一五一八）七月、伊勢氏と扇谷上杉氏は和睦し、その和睦は依然として守られていたものの、北条への改姓を機に、両氏の関係は急速に悪化した。何かきっかけがあれば、たちどころに大規模な軍事衝突に発展するのは間違いなかった。開戦前夜というようなきな臭い雰囲気が漂い始めている。

第一部　伊豆千代丸

一

先頭を歩くのは大黒笑右衛門《おおぐろしょうえもん》という武士で、五十七歳である。そのすぐ後ろを市女笠《いちめがさ》を被り、杖代わりの棒を手にしたお国《くに》が続く。四十二歳の大年増だ。二人とも脚絆《きゃはん》が泥に汚れ、髪が埃《ほこり》で白くなっている。襟元も垢《あか》じみている。その姿を見れば、何日も旅してきたことは一目瞭然だ。旅の汚れのせいばかりでなく、身なりそのものが貧しげである。そうでなければ、市女笠などを被って旅などしないであろう。

お国の後ろには下男の弥助《やすけ》がいる。二十歳の若者である。

弥助は馬を引いている。春日《かすが》という、もう二十歳を過ぎた老馬だ。老馬だが足腰は丈夫だし、主《あるじ》に忠実でおとなしい馬である。

春日には三人の子供が乗っている。三人とも小さいので、大人の鞍《くら》に三人のお尻がすっぽり収まってしまう。鞍の後ろに跨《また》がっているのが長男の勝千代《かつちよ》で、九歳になる。真ん中にいるのが次男の弁千代《べんちよ》で四歳だ。弁千代に抱かれる格好で先頭に乗っているのが長女の志乃《しの》で三歳になる。

「じい、あれが小田原《おだわら》城か？」

馬の背中で伸び上がりながら、勝千代が訊《き》く。

城が見える。まだかなり遠くだが、周辺には、その城以外に高い建物がないので、遠くからでもよく見えるのだ。

「さようでございます。ようやく小田原に着きましたな」

笑右衛門が勝千代を見上げて微笑む。

「立派な城じゃのう、兄者《あんじゃ》」

弁千代が大きな声を発する。

「うむ、立派だな」

「今川《いまがわ》さまの館より立派に見えるのう」

「うん、立派、立派」

志乃が何度もうなずく。

この三人の兄弟妹は駿府《すんぷ》で生まれた。城と言えば、今川氏の本拠・今川館しか目にしたことがない。

今川館は、その名の通り、城というよりは広壮な館と言う方がふさわしい。駿府という町そのものが京都を模して設計されたこともあり、駿府を治める今川氏の本拠も、猛々《たけだけ》しい城ではなく、優美な公家屋敷を範として築かれた。

小田原城は、後には巨大な城の代名詞のように言われるようになるが、それは何十年も先のことであり、この当時は、せいぜい頑丈な砦《とりで》という程度の城に過ぎない。それでも勝千代や弁千代の目には、素晴らしく立派な城に見え、どうにも興奮を抑えることができなかった。

「わしらは、あの城に住むのか？」

弁千代が訊く。

「さあ、それは何とも言えませぬが……」

笑右衛門が言葉尻を濁す。

「わたしは、あそこがいい。一番高いところ。あそこに住みたい」

志乃が城を指差しながら言う。

「バカだな。あれは物見台だぞ。見張りをする兵が詰めるところだ。人が住むところではない」

弁千代が大笑いする。

「志乃はバカじゃない。弁千代がバカ。弁千代なんか大きらい。志乃はあそこに住むんだから。兄さま、いいわよね？」

志乃が勝千代に訊く。弁千代と違って、勝千代は志乃に優しいのだ。困ったときには勝千代に助けを求めるのが志乃のやり方である。

「うん、いいとも。志乃は好きなところに住めばいいさ」

勝千代がうなずく。

「ほ〜ら、兄さまがいいってよ」

「ふんっ、物見台に人は住めない。志乃は本当にバカだ」

「わたし、バカじゃない。ね、兄さま？」

「志乃はバカじゃない」

「兄者は、どうして志乃を甘やかすんだ」

弁千代が膨《ふく》れる。

「若君さまたち、喧嘩などしてはなりませぬよ。もうすぐ小田原の主、北条《ほうじょう》さまにお目にかかるのですから行儀よくせねばなりませぬ。行儀悪くすると、笑われるのは若君さまたちではなく、お父上やお母上なのですからね」

お国がたしなめる。

「そうですぞ」

笑右衛門も同調する。

弁千代と志乃が口を閉じる。幼いとはいえ、武家の子である。傅役《もりやく》や乳母の言葉には素直に従うように厳しく躾《しつ》けられているのだ。

それから半刻（一時間）ほど後……。

一行は小田原城の門前に至った。

二人の門番が出入りする者を検《あらた》めている。

「お願い申し上げる」

笑右衛門が門番に声をかける。

「何の用だ？」

門番がじろじろ眺める。薄汚い姿をした奴らだ、という蔑《さげす》みの目である。

「北条さまにお取り次ぎをお願いしたい」

「は？　北条さまだと？」

二人の門番が顔を見合わせる。

「この城の主、小田原殿のことでござる」

「このじじい、頭がおかしいな」

「ああ、おかしい。何を血迷ったことを言うか。さっさと帰れ」

犬でも追い払うような仕草で笑右衛門を押し退《おの》けようとする。

「待たれよ。わしらを疑うのはわかる。本来であれば、髪をきれいに梳《くしけず》り、体を流し、汗と垢と埃で汚れた旅装束を着替えてから訪ねるべきであろう。それはわかっているが、ご覧の通り、幼き子供らを三人も連れている。正直に言うが、今日は朝から何も口にしておらぬ。一刻も早く北条さまにお会いせねば……」

「なるほど、乞食か。ひもじいから何か恵んでくれというのであれば、最初から、そう言うがいい。当家は先代の早雲庵《そううんあん》さまの頃から慈悲に篤《あつ》い家で、毎朝、粥《かゆ》を煮て貧しき者たちに施《ほどこ》している。明日の朝、またここに来るがいい。そうすれば粥を食うことができる。もたもたしていると粥がなくなってしまうから、夜明けと共に来るのだぞ」

門番が諭《さと》すように言う。

「待たれよ。わしらは乞食ではない。今川の武士だぞ。もっとも、今は浪人しているが……」

「わけのわからないことばかり言ってないで、さっさと帰れ。そんなところにいられると邪魔だ」

「なるほど、わしを嘘つきだと思っているな。おのれ、これを見るがいい」

笑右衛門は懐から油紙の包みを取り出す。

「大切なもの故《ゆえ》、中身を見せることはできぬが、これは早雲庵さまからいただいた手紙であるぞ」

「早雲庵さまの手紙？　この野郎、ぬけぬけとふざけたことを言いやがって。何も知らぬようだから教えてやるが、早雲庵さまは四年も前にお亡くなりになった。手紙など書けるはずがなかろう」

「何と愚かな者たちよ。もちろん、生きているときにいただいた手紙に決まっておるであろうが」

笑右衛門も腹を立てる。

「うるさい、帰れというのに」

「帰らぬ！　門番風情《ふぜい》が偉そうなことを言うな。黙って取り次げばよいのだ」

「何だと、このじじい」

門番たちが肩を怒らせて笑右衛門に詰め寄ろうとしたとき、

「城の門前で何を見苦しく騒いでおるのか！」

怒鳴り声が聞こえる。

「あ、伊奈《いな》さま」

門番たちが直立不動の姿勢を取る。

伊奈十兵衛《じゅうべえ》である。駿東の名家・伊奈氏の当主で、宗瑞《そうずい》の妻・田鶴《たづる》の甥に当たる。晩年の宗瑞に影のように付き従っていた側近である。年齢は二十八。

「実は、この男が……」

門番が事情を説明する。

「ふむ」

十兵衛が笑右衛門に顔を向ける。

「話はわかった。その方《ほう》は早雲庵さまの手紙を持っており、その手紙を御屋形《おやかた》さまに見せよ、と申すのだな？」

「さようでございます」

笑右衛門は、相手が身分の高い武士であると見抜き、言葉遣いや態度を改めた。

「その手紙には何が書いてある？」

「失礼ながら、それを申し上げることはできませぬ。北条さまに直々《じきじき》に」

「念のために言っておくが、わしは嘘が嫌いだ。もし、その方が偽りを申したとわかれば、ただでは済まさぬ。それでよいか？」

「はい」

「このまま立ち去れば、何もなかったことにしてやる、という意味だが？」

「嘘など申しておりませぬ」

笑右衛門が胸を張って答える。

「よかろう。それを、わしに預けよ。御屋形さまに届けてやろう」

「まことにございますか？」

「わしは伊奈十兵衛という。嘘など言わぬわ。さあ、どうする、わしを信じて、それを渡すか、それとも、ここで押し問答を続けるか。好きにするがよい」

「では」

笑右衛門が姿勢を改め、

「よろしくお願いいたします」

腰を屈《かが》め、頭を下げて手紙を差し出す。

「門の中で待つがよい」

そう言うと、十兵衛は門を潜《くぐ》って城に入っていく。

二

氏綱《うじつな》は襖《ふすま》の横に坐《すわ》り、腕組みして目を閉じている。

「殿」

十兵衛が声をかけると、氏綱は目を瞑《つむ》ったまま人差し指を口の前に立てる。声を出すな、というのだ。十兵衛は黙ってうなずくと、部屋の隅に腰を下ろす。静かに耳を澄ましていると、襖の向こうから子供の声が聞こえてくる。伊豆千代丸《いずちよまる》の声だ。

伊豆千代丸は氏綱の嫡男《ちゃくなん》で、九歳になる。

ちょうど手習いの時間なのであろう。

善く兵を用うる者は
役《えき》は再びは籍せず
糧は三たびは載せず

（ふうむ、『孫子』か……）

十兵衛は、さして学問は得意ではないが、それでも『孫子』くらいは読んでいる。先代の宗瑞は家臣に学問を奨励し、学問のある者を重く用いた。それを氏綱も踏襲しているから、氏綱に仕えるには、好むと好まざるとにかかわらず、ある程度の学問はどうしても必要なのだ。

伊豆千代丸も幼い頃から学問を始めている。毎日、決められた時間、しっかり学ばなければならない。それが日課である。学問だけでなく、剣術の稽古もしなければならず、たまに十兵衛も稽古をつけてやる。氏綱の後継ぎだからといって甘やかされることはまったくない。むしろ、人並み以上に厳しく教育されている。

伊豆千代丸は四書五経のうち、すでに『論語』『孟子』『大学』『中庸』という四書を学び終えており、一年ほど前から五経、すなわち、『易経《えききょう》』『書経』『詩経』『礼記《らいき》』『春秋』を学び始めている。子供が理解するには、なかなか難しい内容で、十兵衛など、いくら読んでもさっぱり理解できない。伊豆千代丸が五経を学んでいることは知っていたが、そこに『孫子』まで加わっていることは知らなかった。

四半刻（三十分）ほどして……。

「今日は、ここまでにしておきましょう」

宗真《そうしん》の声が聞こえる。

宗真は韮山《にらやま》にある香山寺《こうざんじ》の住職・以天宗清《いてんそうせい》の弟子で、二十四歳の青年僧である。大徳寺《だいとくじ》系の僧侶には法号に「宗」の一字が入るのが習わしだ。

宗真は、僧侶になるための当たり前の修行をしただけでなく、京都にいる頃、兵書も多く読んだ。兵書は漢籍であり、漢籍を数多く所有しているのは大きな寺である。それ故、この時代、僧侶が兵書を読むのは珍しいことではなく、中には、軍配者《ぐんばいしゃ》として大名に召し抱えられる者もいる。

宗真は軍配者にはならなかったが、兵書の知識は豊富である。それを見込んで、氏綱は宗真を伊豆千代丸の兵書教授役に任じた。二日に一度、宗真は韮山から小田原にやって来て、伊豆千代丸に兵書を講義する。

隣室に人の気配がなくなった。宗真も伊豆千代丸も退出したのであろう。

「待たせたな」

氏綱が目を開けて十兵衛に顔を向ける。

「若君の学問は随分と進んでいるようでございますな。もう『孫子』を学んでいるとは驚きました」

「そうかのう」

氏綱は渋い顔である。

「何か気になることでもあるのですか？」

「学問の進み方が遅すぎる。とっくに『孫子』を終えて『呉子《ごし》』に入っていてよさそうなものなのに一向に進んでおらぬ。伊豆千代丸は学問に身が入っていないような気がする……」

わしが伊豆千代丸と同じ年頃には、もっと、熱心に学問していた、と氏綱は更に渋い顔になる。

「御屋形さまと比べては、若君がかわいそうでございましょう。若君なりにがんばっているように見受けられますが」

「本当に、そう思うか？」

「はい」

「では、訊く。正直に答えるのだぞ」

「何なりと」

「伊豆千代丸は剣術の稽古に身を入れているか？　少しでも上達しようと努めているか」

「え」

「正直に、と申したぞ」

氏綱が睨《にら》む。

「剣術は、あまりお好きでないようでございます」

「好き嫌いを言って、どうする？　学問とて同じではないか。この世には学問より楽しいことがたくさんある。難しい書物など読まず、同じ年頃の子供たちと野山を走り回ったり、双六《すごろく》や貝合わせをする方がよほど楽しかろう。そんなことは、わしにもわかっているのだ。わしとて、伊豆千代丸がかわいくないわけではない。できることなら、伊豆千代丸の好きなようにさせてやりたい。しかし、伊豆千代丸は、いずれ、わしの後を継がなければならぬ身だ。そのためには学問も必要だし、剣術も必要なのだ。もっともっと苦しい思いをしなければならない。わしは父上から、そう躾《しつ》けられた。だから、わしも伊豆千代丸を厳しく躾けなければならぬ。伊豆千代丸が柔弱で愚かな主になれば、この家が滅びる。家臣たちも領民たちも塗炭《とたん》の苦しみを味わうことになるのだ。そんなことはさせぬ」

「……」

氏綱の口調の激しさに、十兵衛は言葉を失う。

「何か考えねばならぬ。今のままではよくない」

己に言い聞かせるように、氏綱がつぶやく。

ふと顔を上げて十兵衛を見ると、

「わしに用があったのではないのか？」

「ああ、そうでございました……」

門前での出来事を簡単に説明し、懐から油紙の包みを取り出し、氏綱に渡す。

「父上の手紙を持ってきた駿河者《するがもの》のう……」

訝《いぶか》しげな顔で氏綱が包みを開けて手紙を読み始める。やがて、

「その者たちに会おう。広間に通すがよい」

「よいのですか？」

「うむ」

「では」

十兵衛が腰を上げると、

「福島上総介正成《くしまかずさのすけまさしげ》という今川の家臣を存じておるか？」

と、氏綱が訊く。

「名前だけですが……。確か、武田《たけだ》との合戦で死んだように聞いた覚えがあります。それが何か？」

「門前にいるのは、福島殿の身内らしい」

手紙を油紙に丁寧に包み直しながら、氏綱が言う。

三

広間の中央に勝千代、弁千代、志乃の三人が並んで坐っている。その後ろに笑右衛門が控える。

乳母のお国は控えの間にいる。

「殿であられる」

氏綱の小姓《こしょう》が広間に入ってきて告げる。

「頭を下げなされ」

小声で笑右衛門が言うと、三人の子供たちは慌てて平伏《へいふく》する。

氏綱が上座に腰を下ろす。

十兵衛は、氏綱と子供たちの間、壁を背にして坐る。

「手紙を読んだ。随分と古い手紙を持ってきたものよのう。その方らは福島殿のお身内なのだな？」

氏綱が子供たちに目を向ける。

「汝《なんじ》は？」

「僭越《せんえつ》ではございますが、わたくしが代わって話をしてよろしいでしょうか？」

「大黒笑右衛門と申します。わが大黒家は、代々、福島家に仕えてきました。主・上総介に命じられ、ご嫡男・勝千代さまの傅役《もりやく》を務めております」

「勝千代殿は、いくつだ？」

「はい……」

笑右衛門が答えようとすると、

「九歳にございます」

勝千代が顔を上げ、大きな声で答える。

「ほう、九歳か。わしの倅《せがれ》と同い年ではないか」

「わたしは四歳にございます。弁千代と申します」

兄に負けじと弁千代も大きな声を出す。

「志乃でございます。三歳です」

志乃も顔を真っ赤にして挨拶する。

「元気な子供たちよのう」

氏綱が目を細める。

「福島殿が亡くなられたことは聞いておる。わからぬのは、福島殿の子供たちが、なぜ、ここにいるのかということでな。わかるように話してもらおう」

二年前の永正《えいしょう》十八年（一五二一）二月、今川の大軍が甲斐《かい》に侵攻した。その中に福島上総介正成もいた。

八月の河内《かわうち》の合戦、九月の大島《おおしま》の合戦と、今川軍は武田軍を続けざまに撃破し、甲斐の支配者・武田信虎《のぶとら》を窮地に追い込んだ。

しかし、十一月二十三日、背水の陣で臨んだ信虎は上条河原《かみじょうかわら》の合戦で激戦の末に今川軍を破った。

この合戦で福島正成は戦死した。

死んだとはいえ、福島正成は名前の知れ渡った猛将である。遺族の立場は安泰のはずであった。にもかかわらず、なぜ、正成の遺児たちが小田原にやって来たのか、それが氏綱には不可解なのだ。

「決して誰かを誹謗《ひぼう》するわけではございませんが……」

と前置きして笑右衛門は、次のようなことを説明する。

正成の死後、福島家の主の座に納まったのは、正成の弟・重成《しげなり》である。正成には勝千代という後継ぎがいたものの、まだ七歳の幼児に過ぎなかった。

太平の世であれば、幼子が家督を継ぐことも珍しくないが、戦乱の世では、そうはいかない。当主は郎党を引き連れて合戦に出なければならない。その役目は幼児には務まらない。

それ故、当主が死んだとき、その兄弟や叔父が家督を継ぐというのは、よくあることであった。

福島の家も、そうなった。重成の嫡男が無事に成長すれば、福島の家督は、その子が継ぐことになるし、勝千代や弁千代は、その子に仕えなければならない。それがこの時代の一般的なやり方なのである。

問題がひとつ起こった。

正成の妻・佐枝《さえ》は美しいので評判だった。子供を三人産んでも、その容色は少しも衰えなかった。

かねて佐枝に想いを寄せていた重成は、佐枝をわがものにしようとした。

重成が独り身で、佐枝を妻に迎え、子供たちをわが子として育てるというのであれば、それもまた、この時代には不自然ではないから佐枝も承知したであろう。それが家を守っていくやり方だからだ。

だが、重成には妻がおり、子供もいた。重成が佐枝をわがものにしようとしたのは、福島家を守るためではなく、己の欲望を満たすためであった。

佐枝は断固として拒んだ。

怒った重成は佐枝と子供たちへの支援を止めた。

一家は困窮した。

佐枝一人であれば、福島家と縁を切って実家に戻ることもできるが、正成の子供たちは福島家から離れることはできない。実家に頼ることもできなかった。そんなことをすれば、福島家の当主である重成のやり方に異を唱えることになるからだ。

生活を切り詰め、奉公人たちに暇を出した。残したのは、笑右衛門、お国、弥助だけである。この三人は頑《がん》として佐枝のそばを離れることを拒んだのである。もちろん、無給である。

結婚前はお姫様と呼ばれていた佐枝が野良仕事や針仕事に励んだ。その無理が祟《たた》ったのか、佐枝は体調を崩して寝込んでしまい、とうとう今年の春、亡くなった。臨終の場で、子供たちを連れて小田原に行くように、佐枝は笑右衛門に命じた。このまま駿府に残っても、重成が当主でいる限り、勝千代や弁千代が冷や飯を食わされ続けるのは間違いないからだ。今川で立身出世することは不可能なのである。それなら、思い切って主家を替える方がいい、と佐枝は考えたのであろう。

こういう発想も、この時代だからこそで、封建制度の確立した江戸時代ではあり得ないことだ。

「つまり、駿河に残っても、この先、立身出世する見込みがないから小田原に来たということか？」

氏綱が訊くと、

「さようでございます。それが奥方さまの遺言でございましたので」

笑右衛門がうなずく。

「この手紙に書いてあることは本当だ。わしも覚えている……」

氏綱は懐から手紙を取り出し、膝の前に置く。

その手紙の内容は、宗瑞が福島正成に宛てた感謝状と言っていい。

駿河の主・今川氏親《うじちか》と宗瑞は、甥と叔父という間柄で、血の繋《つな》がりがあるというだけでなく、互いに深く信頼し合う同盟者でもあった。

宗瑞が大名となる足掛かりとなった伊豆討ち入りの際、氏親は宗瑞に今川兵を貸してくれたほどである。宗瑞が困っているときは氏親が力を貸し、氏親が困っているときには宗瑞が力を貸した。

宗瑞の目は東に向き、三浦氏を始め、扇谷上杉氏《おうぎがやつうえすぎ》や山内上杉氏《やまのうち》と激戦を繰り広げたが、氏親の目は宗瑞の目とは逆に西に向けられていた。

氏親は、頻繁に西に兵を出し、三河《みかわ》の松平氏《まつだいら》、遠江《とおとうみ》の斯波氏《しば》と戦った。

しばしば宗瑞に援軍を要請した。

永正五年（一五〇八）の秋、氏親の要請を受けて宗瑞は三河に出陣した。そのとき、宗瑞にしては珍しいことだったが、敵の罠にはまり、二十人ほどの兵と共に敵地で孤立した。十倍もの敵に包囲され、脱出する術もなく、絶体絶命の危機に陥《おちい》った。そこに駆けつけたのが、わずか三十人の兵を率いた福島正成だった。兵の数はわずかだったが、不意に敵の背後を衝《つ》いたので、敵は混乱した。それを見て、宗瑞も出撃し、敵を退却させることに成功した。

宗瑞は正成に感謝し、何かお礼をしたいと申し出たが、

「味方のために戦うのは当たり前のことでございますれば」

と、正成は何もほしがらなかった。

その正成の毅然とした爽やかな態度によほど感心したのか、韮山に帰ってからも、周囲の者たちに、

「上総介殿は武士の鑑《かがみ》よ」

と、宗瑞は言い、ついには感謝の言葉を連ねた手紙を書き、その中に、いつなりとも何か望むことがあれば申し出てほしい、と認《したた》めた。

十五年も昔の話だが、氏綱は宗瑞が正成を賞賛していたことを、よく覚えている。

だから、手紙が本物であることを疑わなかったし、宗瑞が亡くなった今、宗瑞に代わって、約束を

果たさなければならないと思った。生前、正成は宗瑞に何も望まなかったから、もし正成の遺児が何かを望むのなら、その望みをかなえてやるつもりだった。

「父が約束したことなので、わしが望みをかなえてやろう。何を望むのか？」

氏綱が訊くと、

「北条さまの家来にしていただきとうございます」

勝千代が大きな声を出す。すかさず、

「わたしも家来になりとうございます」

弁千代が声を張り上げる。

「わたしもでございます」

志乃まで兄たちを真似する。

「わしの家来にのう……」

ふうむ、と氏綱が腕組みして思案する。

やがて、

「学問は好きか？」

と、勝千代に訊く。

「好きでございます」

「何を学んだ？」

「四書五経を学び終え、この春から『孫子』を学んでおります」

「何、『孫子』とな」

氏綱の口許がぎゅっと引き締まる。

「はい」

「剣術は、どうだ？」

「好きでございます」

「わたしも好きでございます」

弁千代が言い、学問はあまり好みませぬが、と小さな声で付け加える。

「十兵衛」

氏綱が十兵衛に顔を向ける。

「この者たちに住むところを探してやれ。扶持米《ふちまい》も与える。暮らしに困ることがないように計らってやるがよい」

「承知しました」

十兵衛がうなずく。

「うっ……」

広間に嗚咽《おえつ》の声が響く。笑右衛門が床に両手をつき、こらえきれない様子で泣いているのだ。

「ご無礼をお許し下さいませ。しかし、嬉しくて涙が止まりませぬ……」

四

「ほら、金時《きんとき》、奈々《なな》に菓子をやるがよい」

伊豆千代丸は、薄汚れた人形の腕に菓子を挟み、それを奈々に差し出す。

「まあ、金時は優しいのねえ」

奈々がにっこり微笑みながら菓子を受け取る。

金時は、伊豆千代丸が二歳のとき、乳母のお福《ふく》があり合わせの布きれで作った人形である。その頃、伊豆千代丸は夜泣きがひどく、お福が添い寝してもむずかってばかりいるので、お福が一計を案じて拵《こしら》えたのだ。

「今夜からは金時が一緒でございますから若君も淋しくございませんね。泣いてばかりいると金時に笑われますよ」

「この子、金時というの？」

「足柄山《あしがらやま》から若君のところに遊びに来たそうでございます」

「ふうん、金時か……」

伊豆千代丸はすっかり金時を気に入ってしまい、それ以来、いつも金時を懐に入れて持ち歩くようになった。夜泣きもしなくなった。九歳になった今も金時への愛情は少しも変わっていない。

奈々は風間小太郎《かざまこたろう》の妹で、伊豆千代丸と同い年の九歳である。小太郎は宗瑞によって見出された十八歳の若者で、今は下野《しもつけ》の足利《あしかが》学校で学んでいる。伊豆千代丸が独り立ちしたとき、軍配者として伊豆千代丸を支えるためである。

「うまい菓子だぞ、食べるがよい、と金時が言っている」

「ありがとうございます」

「双六でわしに勝った褒美じゃ。どうだ、もう一度、やるか？　今度は負けぬぞ」

「でも、そろそろ剣術のお稽古なのではありませんか?」

「ああ……」

伊豆千代丸の表情が暗くなる。

「剣術は好かぬ」

「そんなことを言うと、御屋形さまに叱られますよ」

「学問も剣術も好かぬ。わしは奈々と遊ぶ方がいい。こっそり城から出て、森に行ってみるか?」

「今日はそれでもいいでしょうけれど、明日から見張りが厳しくなって、外に出してもらえなくなってしまいます。それに、きっと罰として学問や剣術の時間が長くなり、こうして遊ぶことも許されなくなりますよ」

「そうかな」

「はい」

「父上は怖い。どうして、いつも怖い顔ばかりしているのかのう」

伊豆千代丸が小さな溜息《ためいき》をつく。

「国を治めていくのは大変だからですよ」

「おじいさまは怖くなかった。いつも優しかったぞ。どうして、父上とおじいさまは違うのだ?」

「そんなこと、奈々にはわかりません」

「外に出るのはやめておこう。剣術の稽古に呼ばれるまで、貝合わせでもするか」

「はい」

奈々がにっこりと微笑む。

そんな二人の様子を、氏綱と十兵衛が物陰から眺めている。

「困った奴よ」

氏綱が溜息をつく。伊豆千代丸の溜息に比べて、よほど深刻で重苦しい溜息である。

「明日から、福島の倅と共に学ばせてみよう」

「勝千代を若君とですか?」

「伊豆千代丸と同い年だし、もう四書五経を終えて今は『孫子』を読んでいるという。ちょうどいいではないか。弟は年齢《とし》が離れているから、まだ一緒に学問させるのは無理であろう。剣術の稽古だけ一緒にさせよう」

「うまくいきますかなあ」

十兵衛が小首を傾《かし》げる。

「また駄々をこねるというのか?」

「二度あることは三度ある、と言いますし」

学問や剣術の稽古を一人でやるのはつまらないだろうから、同い年の少年を伊豆千代丸と共に学ばせようとしたことがある。家臣の子弟の中から氏綱と十兵衛が相談して選んだ。幼い頃から共に学び、共に稽古をすることで絆が深まれば、伊豆千代丸が大きくなったとき、伊豆千代丸を支える存在になってくれるであろうという期待もあった。

氏綱は、常日頃から、伊豆千代丸がすぐに弱音をはいたり、すぐに涙を見せるという女々しさが気に入らなかった。いまだに金時を懐に入れ、奈々と遊んでばかりいるのも苦々しく思っている。だから、男友達を作ることで奈々と切り離そうと企《たくら》んだのだ。

しかし、この企《くわだ》ては、あっさり失敗した。

伊豆千代丸が少年たちを嫌い、すっかりやる気をなくしてしまったのだ。それまでも学問や剣術稽古には熱心ではなかったが、その状態が更に悪化したのである。試しに少年たちを遠ざけると、渋々といった調子で、それ以前のように取り組むようになった。

そんなことが二度あった。

もし勝千代と机を並べて学問させるとすれば、三度目の挑戦ということになる。

「今のままでよいと思うか？」

氏綱が十兵衛に鋭い視線を向ける。

「そうは思いませぬが……」

十兵衛が言葉を濁す。九歳といえば、もはや幼児ではない。農家の子であれば、もう親と一緒に畑仕事をしている年齢なのである。そんな年齢になって、学問や剣術稽古を嫌い、同い年の少女と遊ぶことばかりを好むようでは先が思いやられる……そういう氏綱の気持ちもわからないではない。

「では、そのようにせよ」

「は」

十兵衛が頭《こうべ》を垂れる。

五

数日後、伊豆千代丸が学問部屋に入ると、見知らぬ少年がいた。

いつもは上座に宗真が坐り、それと向かい合う位置に伊豆千代丸の文机が置かれている。一対一の学問なのだ。

ところが、今日は文机がふたつ並べられており、そのひとつの前に少年が坐っている。

「……」

廊下からじっと少年を見つめていると、

「どうなさいました。お入りなさいませ」

宗真が声をかける。

「うん」

伊豆千代丸が腰を下ろすと、

「初めてお目にかかります。今川家の家臣・福島上総介の嫡男、勝千代と申しまする」

勝千代は姿勢を正し、両手を畳について伊豆千代丸に挨拶する。いきなりのことなので伊豆千代丸は言葉を発することもできず、ぽかんとしている。

「何か、お言葉を」

宗真が促す。

「あ……ああ、わしは伊豆千代丸じゃ。よろしく頼む」

「挨拶はそれくらいにして、早速、学問を始めることにいたしましょう。二人が揃って学ぶのは、これが初めてですので、おさらいも兼ねて、『孫子』を最初から読み直すことにいたします。若君、まずは、お手本を示して下さいますか？」

「う、うむ、いいぞ」

伊豆千代丸が冊子を開く。隣に見知らぬ少年がいるので、いくらか緊張した様子で、大きく深呼吸してから、

孫子曰く
兵は国の大事
死生の地
存亡の道
察す……
察す不可……

「察せざるべからず」
宗真が言う。

察せざるべからず
故にこれを経するに……

「故にこれをはかるに」
また宗真が言う。

故にこれをはかるに五事を以てし……


そこで伊豆千代丸の声が消える。その先を読むことができなくなってしまったのだ。

伊豆千代丸が黙り込むと、

「若君、何度も読み直さなければ身に付かぬと申し上げたはずです。怠けてしまったようですね」

「……」

「勝千代、そなたはどうか？」

「大丈夫です」

「では、続きを」

「はい」

故にこれをはかるに五事を以てし
これをくらぶるに計を以てし
その情をもとむ

勝千代は、すらすらと流れるように読み下していく。よほどしっかり学んだことは明らかであった。

伊豆千代丸は、真っ青な顔で唇を噛《か》んでいる。

一刻（二時間）ほど経って、

「では、今日は、これまでにいたします。次までに、今日のおさらいと、この先のところをきちんと下調べしておいて下さいませ」

宗真が一礼し、講義が終わる。

勝千代は、宗真と伊豆千代丸に向かって深く頭を下げたが、伊豆千代丸はそっぽを向いたまま、不機嫌そうな顔で席を立つ。

午前中に学問を終えると、午後には剣術の稽古をしなければならない。

その時間になって、支度を調《ととの》えた伊豆千代丸が庭に出ると、いつもは十兵衛一人だけなのに、他にも二人いた。一人は勝千代である。もう一人は小さな男の子だ。

伊豆千代丸が問いを発する前に、

「勝千代のことは、もうご存じでございますな。こちらは勝千代の弟・弁千代でございます」

十兵衛が紹介する。

「弁千代にございます」

地面に片膝をつき、頭を垂れて弁千代が挨拶する。

「うむ、伊豆千代丸じゃ。しかし……」

「何か？」

十兵衛が訊く。

「この子も一緒に稽古するのか？」

「さようでございます」

「小さすぎるのではないか？　弁千代、おまえはいくつだ？」

「四歳でございます」

「四歳か……。一緒に稽古するのは無理であろう」

「大丈夫でございます」

気の強そうな顔で、弁千代が伊豆千代丸を見上げる。

「勝千代と弁千代がこれまでにどれくらい剣術稽古に励んできたか、わたしが確かめております。ご心配には及びませぬ」

じっと伊豆千代丸の目を見つめながら、十兵衛が言う。

「……」

伊豆千代丸は十兵衛が苦手である。言葉遣いは丁寧だし、家臣としての礼儀もわきまえているが、こうと決めたことは何があろうと譲《ゆず》ろうとしない。頑固者の石頭なのだ。それがわかっているので、

「ふんっ、もうよいわ。好きにせよ。その子が怪我をしても知らぬからな」

伊豆千代丸は、ぷいっとそっぽを向く。

六

「わしは、もうやらぬ。決してやらぬ。そう十兵衛に申し伝えよ」

悔し涙を浮かべながら、伊豆千代丸が乳母のお福にまくし立てる。

剣術の稽古で屈辱を味わったのだ。

そもそも伊豆千代丸は剣術稽古が好きではない。苦手なのである。棒で人を打つのも嫌だし、打たれるのも嫌なのだ。学問も好きではないが、剣術ほどではない。

「若君も元服《げんぷく》なされば、いずれ戦《いくさ》に出ることになりましょう。しっかり剣術の稽古に励んでおかなければ自分の身を守ることができませぬぞ」

と、十兵衛に諭されても、

「十兵衛が守ってくれればよいではないか」

と平気な顔をしているほどなのである。

父の氏綱がいくら厳しく育てようとしても、どうしても大名の若君として甘やかされた弱々しさや浮き世離れしたのんきさが出てしまう。

仕方がないと言えば仕方がない点もある。

祖父の宗瑞は、備中《びっちゅう》の荏原郷《えばらごう》で高越城《たかこし》主の子として育ったが、次男だったこともあり、さして大切に育てられたわけではない。それどころか継母に嫌われ、命を狙われたこともある。京都に上って室町幕府に仕えたものの下級官吏《かんり》に過ぎず、官を辞して駿河に下ったときは身ひとつであった。

氏綱が生まれたのは、宗瑞が興国寺《こうこくじ》城の主となった年である。城と言っても大して大きな城ではなく、砦と言った方がよさそうな小さな城だったし、宗瑞も今川の家臣という立場だった。

その後、宗瑞は伊豆に攻め込んで堀越公方《ほりごえくぼう》・足利茶々丸《ちゃちゃまる》を追い払い、伊豆の守護となったが、戦に次ぐ戦の日々で、氏綱も元服してからは宗瑞に従って合戦に明け暮れた。

つまり、宗瑞にしろ氏綱にしろ、その立場は盤石《ばんじゃく》とは言い難く、伊勢《いせ》氏など吹けば飛ぶような存在に過ぎなかった。

それに引き替え、伊豆千代丸が生まれたときは、まったく違っている。

伊豆は完全に制圧され、宗瑞の支配の下で平穏な国となり、三浦氏を新井《あらい》城に追い詰め、相模《さがみ》の支配も着々と進んでいた。伊勢氏は伊豆と相模という二ヶ国を領する大名にのし上がり、周辺国から怖れられるようになっていたのだ。氏綱が子供の頃は、いつ敵に攻められるかもしれぬという危険と常に隣り合わせだったが、伊豆千代丸にそんな危険はない。小田原城でぬくぬくと育ってきたのだ。良くも悪くもお坊ちゃま育ちなのである。

そんな伊豆千代丸に氏綱が苛立《いらだ》ちを覚えたとしても、そもそも生まれ育った環境が宗瑞や氏綱とはまるで違っているのだから、どうしようもないのである。

午前中、勝千代と一緒に学問して、伊豆千代丸は恥をかいた。伊豆千代丸がきちんと読むことができなかった『孫子』を、勝千代はすらすら読んだのである。悔しくて腹が立ったものの、勝千代は自分と同い年だというし、今までどれくらい学問してきたのかもわからなかったから、

（まあ、やむを得ぬ）

と自分を慰めた。

ところが午後の剣術稽古でとんでもないことが起こった。

勝千代には歯が立たなかった。

何度立ち合っても伊豆千代丸が負かされた。腹立たしいのは勝千代が全力を出し切っていないことが明らかだったからだ。間違いなく、伊豆千代丸より腕が上だったのだ。

腹は立ったものの、学問で負かされたときと同じように、これまでよほど学問と剣術稽古に励んできたせいだろう、と諦めることができた。

とんでもないことというのは、それではない。

何と伊豆千代丸は弁千代にも勝てなかったのである。勝千代のように完敗というわけではない。三

度立ち合えば、一本か二本は伊豆千代丸が取った。

だが、伊豆千代丸は九歳、弁千代は四歳である。まだ幼児といっていい年齢だ。背丈も伊豆千代丸より頭ひとつ分は低い。目方も少なく、腕も細い。

伊豆千代丸が勝って当たり前なのだ。

しかし、そうはならなかった。

せいぜい互角、厳しく見れば、伊豆千代丸の方が分が悪かった。誰もそんなことは口にしなかったが、伊豆千代丸にはわかった。それが屈辱なのである。

あまりにも腹が立ったので、稽古を終えて自分の部屋に戻るなり、伊豆千代丸は、お福に怒りをぶちまけたというわけなのである。

「あの兄弟と一緒に剣術稽古をするのが嫌なのですか？」

「うむ、もうやらぬぞ」

「十兵衛殿が許しますまい」

「十兵衛のことなど知らぬ。とにかく、わしは嫌なのじゃ。そう決めたのじゃ」

「とりあえず十兵衛殿に話してみましょう」

「学問もだぞ」

「え？」

「もう勝千代とは共に学ばぬ」

「それは……宗真さまが、どうおっしゃいますか」

「そう伝えよ」

「御屋形さまがお怒りになるやもしれませぬが。それでもようございますか？」

「……」

御屋形さまという言葉を耳にして、伊豆千代丸は咄嗟《とっさ》に懐の金時に手をやった。以前、伊豆千代丸を懲《こ》らしめるために、氏綱は金時を奪ったことがあるのだ。それが今でも傷となって心に残っている。

「構うものか」

伊豆千代丸は強がった。氏綱への恐怖心よりも、今は勝千代や弁千代に対する憎しみの方がずっと強いのだ。

「わかりました。宗真さま、十兵衛殿、そして、御屋形さまにもお話ししてみましょう」

お福がうなずく。

七

意外だったが、伊豆千代丸の希望はすんなり受け入れられた。学問も剣術稽古も自分一人でやることになったのだ。勝千代と弁千代は、あっさり外された。今までと同じやり方に戻っただけのことだから別に嬉しくはないが、自分の希望が受け入れられたことに伊豆千代丸は満足した。

何よりも怖れていた氏綱の怒りを買うこともなかった。氏綱がどう思っているかはわからないが、少なくとも伊豆千代丸に直接的に怒りをぶつけるようなことはなかった。

が……。

またもや思いがけない事態が生じて、伊豆千代丸は慌てることになった。

宗真と二人だけで学問をし、それが終わると、伊豆千代丸は奈々のもとに飛んでいくのが常である。午後の剣術稽古が始まるまで、二人で遊ぶのが楽しみなのだ。

（ん？）

奈々の部屋から笑い声が聞こえる。それも一人や二人の笑い声ではない。

何事だろうと伊豆千代丸は足音を忍ばせ、そっと奈々の部屋を覗《のぞ》く。

思わず、あっ、と声を上げそうになる。

奈々を囲んで、勝千代、弁千代、お福、それに見知らぬ小さな女の子が双六をしているではないか。

「まあ、若君。学問は終わったのですか？」

伊豆千代丸に気が付いて、奈々がにっこり微笑みかける。

「若君、初めてお目にかかります。勝千代の妹、志乃と申します」

志乃が姿勢を正し、畳に指をついて挨拶する。すらすら言葉が出て来たのは、若君にお目にかかったら、こういう言い方できちんとご挨拶するのですよ、とお国に言われ、二人で何度も練習したからである。そうでなければ、わずか三歳の童女が咄嗟にこのような挨拶などできるものではない。

「う、うむ、わしは伊豆千代丸じゃ」

「志乃は奈々と共に手習いをすることになったのです」

お福が説明する。

「ふうん、そうなのか」

うなずきながら、伊豆千代丸は勝千代と弁千代に顔を向ける。志乃がいるのはわかったが、この二人はここで何をしているのだ、という怪訝な顔だ。

「勝千代と弁千代は、もう学問と剣術稽古を終えましたので、ここで一緒に遊んでいるのです。若君も仲間にお入りなさいませ。剣術稽古が始まるまで、まだ時間がありましょうから」

お福が席を譲り、そこにむっつり顔の伊豆千代丸が坐る。早速、お福を除く五人で双六を始めたが、伊豆千代丸は少しも楽しくなかった。奈々が楽しそうに笑い声を上げると、何だか無性に腹が立つ。

そんな日々が十日も続くと、もう伊豆千代丸は我慢できなくなってしまう。

「お福」

「何でございましょう?」

「わしは気に入らぬ」

「何がでございますか?」

「わしが学問や剣術稽古をしているときに、なぜ、あいつらは奈々と一緒に遊んでいるのだ。ずるいではないか」

「怠けているわけではありませんよ。ちゃんと学問もし、剣術稽古もし、それから遊んでいるのです。若君が勝千代や弁千代と一緒では嫌だとおっしゃるので、あの者たちは朝早くに学問と剣術稽古をしているのでございますよ」

「……」

伊豆千代丸がふくれっ面になる。自分が学問や剣術稽古をしているときに勝千代や弁千代が奈々と一緒に遊ぶのは気に入らないが、そもそも、そうなったのは自分のせいではないかとお福に指摘されると、確かにそれはその通りだと認めざるを得ないものの、それでも、やはり、気に入らないものは気に入らないのである。その割り切れない感情がふくれっ面になって表れる。

しかし、それをどう説明したらよいのか、どういう解決方法があるのか伊豆千代丸にはわからない。

伊豆千代丸が黙り込んでいると、

「また一緒に学問や剣術稽古をなさいますか？」

さりげなくお福が口にする。

「なぜじゃ？」

「そうすれば、若君のいないときに勝千代や弁千代が奈々と遊ぶこともできなくなりましょうから」

「あいつらとか……」

伊豆千代丸が顔を顰《しか》める。本音を言えば、どっちも気に入らない。できることなら、あの兄弟には、どこか遠くに消えてほしい。

だが、そこまで口にすれば、さすがに氏綱が黙っていないだろうと思う。

となると、どちらかを選ばなければならない。

どちらも愉快ではないが、不愉快の度合いが小さい方を選ぶしかない。

「よし、明日から、また一緒にやる」

伊豆千代丸がうなずく。

八

一刻（二時間）ほど後、氏綱と十兵衛は、お福から報告を受けた。

「うまくいきましたな」

「ぬか喜びにならねばよいが」

氏綱は渋い顔だ。伊豆千代丸が勝千代や弁千代と学問や剣術稽古を一緒にするのは嫌だとわがままを言ったとき、いつもの氏綱であれば頭ごなしに怒鳴りつけたであろう。それをこらえたのは、

「若君さまの方から、また一緒にやりたいと言わせるようにしなければ無駄でございます」

と、十兵衛に釘を刺されていたからである。いくら周りから強制されても、自分からやる気にならなければどうにもならない……伊豆千代丸がそういう性格だと十兵衛は見切っているのだ。

「若君は甘やかされすぎなのです。少し厳しくした方が今後のためかと思います。そのためには、競い合う仲間がいた方がよいのです。かといって無理強いすれば駄々をこねる。それ故、策を弄《ろう》して、自分から一緒にやりたいと言うようにしたのです」

「今までにもいろいろやってきたぞ。厳しくすれば、すぐにめそめそと泣く。意気地《いくじ》のない子よ。先が思いやられるわ」

氏綱が溜息をつく。

「ご心配には及びますまい」

「なぜ、そう言える？」

「以前、宗瑞さまからうかがったことがあるのです。子供の頃は学問が嫌いで、遊び呆《ほう》けてばかりいたそうです。悪さばかりするので、いつも叱られていたとか。実は、わたしもそうでした」

「おまえもか」

「はい。剣術の稽古は好きでしたが、学問が嫌で嫌で仕方ありませんでした。そんなわたしでも、今は伊奈衆を率いて殿にお仕えしております」

「伊豆千代丸も変わってくれればよいが……」

「きっと変わってくれるはずです」

「そう願いたいものよ」

「話は変わりますが」

「何だ？」

「小太郎を呼び戻すというのは本当ですか？　ちらと小耳に挟んだのですが」

「うむ、そうしようと考えている。小太郎が足利学校に行って、かれこれ四年になる。それで十分なのか、まだ学び足りないのか、わしにはわからぬ。しかし、北条には小太郎が必要だ。書物で学び足りぬところは実戦で学んでもらうしかない」

「では、いよいよ武蔵《むさし》に？」

十兵衛の目がきらりと光る。

「こちらが行かねば、向こうからやって来るであろうよ。扇谷上杉と山内上杉が和睦の話を進めているらしいのだ」

「あの不仲な家同士がですか？」

「背に腹は代えられぬのであろう。いがみ合ったままでいると、いずれ北条にやられるとわかっているのだ。たとえ憎み合っていようと、元を辿《たど》れば同じ上杉一族なのだから、北条の軍門に降《くだ》るよりは手を結ぶ方がましと考えたのであろう。奴らが手を結び、支度を調えて相模に攻め込んでくる前に、こちらから武蔵に攻め込むのだ」

「いつ頃でしょうか？」

「年が明けたら、と考えている」

「それまでに小太郎を呼び戻すわけですな？」

「両上杉との合戦で軍配を振らせようとは考えておらぬ。さすがに荷が重かろう。しかし、戦には連れて行くつもりだ。軍配者としての小太郎の器量を見極めることもできようしな」

「なるほど」

十兵衛がうなずく。

九

お福には平四郎《へいしろう》という子がいる。九歳である。伊豆千代丸にとっては乳母子《めのとご》だ。幼い頃から、よく一緒に遊んだ。おとなしくて控え目な子だったので伊豆千代丸とも気が合った。

これまで、伊豆千代丸が仲良くできたのは奈々と平四郎だけであった。この二人だけが友達なのだ。

それならば、伊豆千代丸と共に学問をさせ、剣術稽古をさせればよさそうなものだが、それができなかったのは平四郎が病弱だったからである。何かというと、すぐに熱を出したり、腹をこわしたりして寝込んでしまう。無理のできない体なのである。

平四郎の透き通るような白い肌を目にした者は誰でも、

（この子は長く生きられぬであろうな）

と憐れみの目を向けるのが常であった。

去年の暮れから年明けにかけて、平四郎は風邪をこじらせ、高熱に魘《うな》された。医者も匙《さじ》を投げるほど、ひどい状態だった。

お福はつきっきりで看病し、神仏に祈った。

その甲斐あってか、平四郎は何とか持ちこたえたものの、体重が減り、骨と皮ばかりに痩《や》せ衰えた。療養のために平四郎は伊豆の修善寺《しゅぜんじ》に行かされた。身の回りの世話をする老女と若い下女、荷物運びの若党、警護の武士、都合四人が付き添った。これは氏綱の指図であった。過分な厚意と言っていいが、それには理由がある。

氏綱は乳母子の平四郎を、いずれ伊豆千代丸の相談役にしたいと考えていたのだ。戦に関することは小太郎に、政《まつりごと》に関することは平四郎に、というように二人に伊豆千代丸を支えさせるつもりだった。そんなことを氏綱が考えたのも、伊豆千代丸があまりにも頼りなく思えて仕方ないからだった。

勝千代と共に学ぶことを伊豆千代丸が渋々承知してしばらく経った頃、その平四郎が修善寺から小田原に戻ってきた。

平四郎は、父の志水平左衛門《しみずへいざえもん》に連れられて氏綱に挨拶に来た。その場には伊豆千代丸も呼ばれた。伊豆千代丸の傍らにはお福と十兵衛がいる。

「御屋形さま、平四郎にございます。御屋形さまのありがたきお計らいのおかげで病を癒《い》やすことができました」

姿勢を正し、凜《りん》とした声で平四郎が挨拶する。

「おお、平四郎。顔色がよいではないか。目方も増えたのではないか？　のう、平左衛門」

「はい。修善寺の湯が平四郎にはよかったのでしょう。向こうに行ってからは風邪も引かず、腹をこわすこともなかったようです。さすが亡き早雲庵さまの愛した湯でございます」

「それは、よかった」

氏綱が目を細めてうなずく。かつて宗瑞は修善寺に湯治に出かけ、疲れを癒やした。そこで三番目の妻・田鶴《たづる》と出会った。それ以来、宗瑞は何度も修善寺に湯治に出かけている。時に田鶴を伴うこともあった。北条家の者にとって修善寺の湯というのは一種特別な意味を持っているのである。

湯治だけが目的であれば、小田原から近い箱根《はこね》に行ってもいいわけだが、氏綱がわざわざ平四郎を修善寺に行かせたのは、

（わが一族と同様の者と思うておるぞ）

という気持ちの表れであった。

それがわかるからこそ、平左衛門もお福も大いに喜び感謝したのである。

平四郎は小田原を出発したときとは別人のように健康そうに見える。かつては枯れた骸骨《がいこつ》のように不健康そうに見えたが、今では頬は血色のよい桃色で、肌には艶《つや》がある。

「向こうでは何をしておった？　退屈ではなかったか」

「少しも退屈ではありませんでした。たくさんの書物を読むことができました。若君に置いていかれぬように努めましてございます」

「そうか。ならば……」

伊豆千代丸と共に学んでもらおうか、もちろん、無理をする必要はないが……と氏綱が言う。

「ありがたきお言葉でございます」

平四郎が平伏する。

伊豆千代丸も嬉しそうな顔をしている。

十

学問するとき、上座の宗真に対して、伊豆千代丸、勝千代、平四郎の三人が下座に並んで坐る。文机の上には『孫子』が載っている。

宗真は、三人に順番に『孫子』を読ませ、その解釈を述べさせる。三人で学ぶようになって数日経つと、平四郎の学問が伊豆千代丸や勝千代に比べて抜きんでていることがわかった。勝千代は平四郎には劣るが、しっかり下調べをしてくるので、講義の足を引っ張るということはない。

問題は伊豆千代丸である。

元々、学問が苦手である上に、やる気もないので下調べも不十分である。読み下しもつかえてばかりいるし、解釈も的外れなことが多い。自分でもわかっているのか、講義の間は、ずっと不機嫌だ。

三人で学んでいるといっても、あくまでも伊豆千代丸のための講義である。伊豆千代丸を置き去りにして先に進むわけにはいかない。当然ながら、講義は亀の歩みの如く、のろのろしたものにならざるを得ない。平四郎は行儀よく待っているが、勝千代は退屈そうな顔で溜息を洩《も》らしたりする。

午後の剣術稽古も似たようなものである。

体の弱い平四郎は剣術稽古には参加しないので、伊豆千代丸、勝千代、弁千代の三人が十兵衛に稽古をつけてもらう。

十兵衛は一人ずつ順番に相手をし、悪い癖を直したり、新たな技を教えたりする。

その後、子供たち同士で立ち合わせる。

伊豆千代丸は勝千代にはまったく歯が立たない。

三度立ち合って、三度とも負ける。

弁千代とは互角である。三度の立ち合いのうち、一度か二度は伊豆千代丸が勝つ。

もちろん、それも大きな屈辱である。伊豆千代丸は九歳で、弁千代は四歳なのだ。背も低く、目方も軽い。そんな相手に互角というのは少しも威張《いば》れる話ではない。

ところが、稽古が進むに従って、弁千代が腕を上げた。三度の立ち合いで、伊豆千代丸は一度しか勝てなくなった。時には三度とも負けることがある。つまり、勝千代に三度負け、弁千代にも三度負けるということである。

これほどの屈辱はない。

そもそも勝千代や弁千代が奈々と遊ぶのを邪魔するために、一緒に学問したり剣術稽古をしたりすることにしたのに、学問も駄目、剣術稽古も駄目ということになると、奈々と遊んでも少しも楽しくなくなってきた。

講義が終わって、午後の剣術稽古が始まるまで、伊豆千代丸は奈々の部屋で一緒に遊ぶのが日課である。平四郎も加わることがある。

平四郎は常に控え目で、身の程をわきまえているから、伊豆千代丸も平四郎と一緒だと心地よいのである。

三人で双六をしているとき、伊豆千代丸は賽《さい》の目に恵まれず、三度続けて奈々と平四郎に負けた。

「わしは何をやっても駄目だ。自分で自分が情けない」

と目に涙を浮かべる。

「……」

あまりにも伊豆千代丸が暗い顔をしているので、奈々も言葉を失う。

「そのようなことはございません」

平四郎が自分の手をそっと伊豆千代丸の手に重ねる。

「若君は優れた御方でございます」

「わしのどこが優れているというのだ？」

「自分に何が足りないのか、ちゃんとわかっておられるではありませんか。しかも、それを隠すことなく、きちんと認めていらっしゃいます。なかなか真似のできることではございませぬ」

「世辞を言うな」

「違います。世辞などではございません。若君は御屋形さまのご嫡男、自分が思うことを何でもできる御方なのです。気に入らぬ者がいれば遠ざければよいだけのこと。しかし、それをなさらず、自分が駄目だとおっしゃる。わたしなどには真似できませぬ」

「そうかのう……」

「学問において、わたしは若君や勝千代殿よりも先んじておりますが、それは、わたしがお二人よりもたくさんの書物を読んでいるというだけのことに過ぎませぬ。体が弱いので外で遊ぶことができず、剣術稽古もできず、書物を読むしかないからです。それだけの違いなのです。若君が剣術稽古で勝千代に勝てぬのは、勝千代の方がたくさん稽古をしてきたからに過ぎませぬ。戦で父を亡くした勝千代は、自分が強くならなければ生きていくことができなかったのです。だから、必死に稽古したのでしょう。武者として戦に出るためには、そうするしかなかったのです。しかし、若君は違います。戦に出るときは、大将なのです。軍勢を率いていく御方なのですから、剣術など苦手でよいのです」

「え？　そうなのか？」

「敵と太刀打ちをするのは一騎駆けの武者のすることでございます。若君は、そんなことをなさる必要はありません。本陣に腰掛けて、じっとしていればよいのです」

「しかし、学問ができなければ、戦にも勝てぬではないか。わしは兵法がよくわからぬ」

「ご心配には及びません。それは軍配者がします」

「軍配者？　金石斎《きんこくさい》のことか」

氏綱には根来《ねごろ》金石斎という軍配者が仕えているのだ。

「いいえ、金石斎さまではございません。若君には、別の軍配者がおられます」

「わしは知らぬ。誰のことを言っているのだ？」

「奈々の兄、小太郎殿でございます。今は下野の足利学校におられます」

「そうなのか、奈々？」

伊豆千代丸が奈々に顔を向ける。

「わたしは何も知りません」

奈々が首を振る。

「学問もできぬ、剣術も苦手、双六でも負ける……それでいいというのか？」

伊豆千代丸が平四郎に訊く。

「よいのです」

平四郎がうなずく。

「学問ができずとも、剣術稽古や双六で負けてばかりでも、若君はにこにこ笑っておられればよいのです」

「ふうん、そういうものか」

「もちろん、それでは嫌だとおっしゃるのであれば、他にもやりようはございます」

「何をすればよい？」

「宗真さまの講義を受ける前に、わたしは念入りに下調べをいたします。若君がそうしたいとおっしゃるのであれば、一緒に下調べをいたしましょう。剣術稽古のことはわかりませぬが、十兵衛さまに頼めば、何か考えて下さると思います。双六は遊びですから気にすることはございません」

「わかった。では、明日から平四郎と下調べをすることにする。学問は好きではないが、平四郎と一緒にするのなら、それほど嫌でもないからな。頼めるか、平四郎？」

「はい、喜んで」

平四郎がにこっと笑う。

十一

平四郎と二人で講義の下調べをするようになったおかげで、伊豆千代丸は講義の最中にまごつくことがなくなった。宗真に指示された箇所をすらすら読み下すことができるし、その解釈も正しい。

「見事です。わたしが付け加えることは何もありません」

宗真が誉めることが増えた。

まだ子供だけに誉められると伊豆千代丸も嬉しくてたまらない。それまでは大して集中できなかった講義に真剣に取り組むようになるし、下調べにも熱を入れるようになる。

あるとき、珍しく勝千代が解釈を誤った。

「若君、いかがですか？」

宗真が問う。

「それは、このように……」

伊豆千代丸が間違いを指摘し、正しい解釈を示すと、

「その通りです」

宗真が大きくうなずく。

伊豆千代丸は誇らしげに小鼻をうごめかす。

一方の勝千代は悔しさを隠そうともせず唇を強く嚙む。

それ以来、講義に活気が出てきた。

伊豆千代丸と勝千代が競い合うように学問に励んだからである。

学問に自信が持てるようになってくると、不思議なもので剣術稽古にも熱が入るようになってきた。

「剣術がうまくなるには何も立ち合いばかりする必要はありません。要は、相手に斬られる前に相手を斬ればいいだけのことですから、太刀筋《たちすじ》を速くすればいいのです」

という十兵衛の言葉に従い、早朝、三百回の素振りをするようにした。ひとつ工夫したのは、普段、剣術稽古のときに使っている木刀よりも重い木刀を使って素振りをしたことである。わずかの重さの違いでも、何度も振っているうちに、その重さの違いがずっしりとこたえてくる。三百回の素振りが

終わる頃には、腕が鉛のように重く感じられ、朝飯の箸を持つのも辛いほどになる。

だが、そのおかげで午後の剣術稽古では弁千代に負けなくなった。太刀筋が速くなったことで、相手の動きを見切る余裕が生まれ、弁千代の木刀が伊豆千代丸の体に触れる前に、弁千代を打つことができるようになった。元々、弁千代よりも背が高く、腕も長いのだから、太刀筋が速くなれば負けようがない。三度立ち合えば、三度とも伊豆千代丸が勝つようになった。

勝千代と立ち合っても、それまではまったく歯が立たなかったのに、三度の立ち合いのうち一度は勝てるようになり、時には二度勝つこともあった。

学問と同じように、伊豆千代丸は剣術稽古も楽しくなってきた。

言うまでもなく、負けん気が強い勝千代と弁千代も、それまで以上に稽古に励むようになったから、三人の剣術の腕前はめきめきと上達した。

宗真や十兵衛から報告を聞いた氏綱は、

（よしよし、伊豆千代丸め、ようやく、少しはやる気を出すようになったな）

と喜んだ。

十二

学問や剣術稽古が楽しくなると、奈々と遊ぶのも、それまで以上に楽しくなった。生活にメリハリが出てきたせいであろう。

貝合わせや双六など、それまでは室内で遊ぶことが多かったが、三日に一度くらいは城の外にも出かけるようになった。平四郎と勝千代も同行する。この二人は、いずれ伊豆千代丸を支える側近になることを運命づけられているから、できる限り、多くの時間を伊豆千代丸と過ごすように氏綱から命じられている。そうすることで絆を深めるためである。

氏綱は、女々しい伊豆千代丸の将来を案じ、優秀な家臣に周囲を固めさせようと考えている。家柄などは二の次で、何よりも本人にどれほど優れた資質が備わっているかを氏綱は重視した。氏綱の目が厳しすぎるのか、これまで氏綱の眼鏡に適《かな》ったのは平四郎一人である。ようやく勝千代が二人目の側近候補なのである。

平四郎と伊豆千代丸は昔からの仲良しだから問題ないが、勝千代については、伊豆千代丸は、あまり好きではない。嫌いというわけではないが、何となく小憎らしい奴だと思っている。そんな勝千代を外遊びに連れ出すのは、氏綱の指示に従っているのである。迂闊《うかつ》に指示に逆らえば、外遊びを禁じられてしまうかもしれない、と怖れたからだ。伊豆千代丸にとって、父親である氏綱というのは、心を許して甘えられるような存在ではなく、常に緊張を強いられる魔神のような恐ろしい存在なのだ。

その日、伊豆千代丸は朝早くから城を出て、郊外に出かけた。奈々、平四郎、勝千代、お福、荷物運びの下男が二人、世話役の下女が二人、警護の武士が四人、総勢十三人である。子供の外遊びにしては物々しすぎるようだが、それは仕方ないことであった。今や氏綱は伊豆と相模という二ヶ国を領する大名であり、伊豆千代丸はその嫡男なのである。万が一のことがあってはならぬという配慮で、城の外に出るときは、どうしても大人数になってしまうのだ。

最初は、奈々の好みに合わせて花摘みをした。

伊豆千代丸は奈々と二人でいれば何をしても楽しいので何の不満もない。体が丈夫でない平四郎も同様である。花摘みくらいであれば、平四郎も付き合うことができる。

仏頂面をしているのは勝千代だけである。

本音を言えば、常に伊豆千代丸と一緒にいるのは、勝千代にとってあまり楽しいことではない。

勝千代は男っぽい遊びが好きなのである。

だから、剣術稽古が大好きなのだ。せっかく城から出てきたのだから、広い場所で相撲《すもう》を取ったり、川に飛び込んで魚を獲ったり、木によじ登って鳥の巣を探したりしたい。

しかし、勝千代がやりたいと思うことを伊豆千代丸はまったく好まない。奈々にばかり気を遣って、奈々が好きそうなことばかりする。それが気に入らないのである。

もちろん、それを口に出したりはしない。

「亡くなったお父上、お母上、ご先祖さまのためにも福島家を再興しなければなりませぬ。そのためには北条家に仕えなければなりませぬ。何ごとも伊豆千代丸さまに従いなさいませ。それが福島家を再興するただひとつの道でございますぞ」

伊豆千代丸への不満を口にするたびに、大黒笑右衛門が怖い顔で説教する。

父の正成が戦死してからの母・佐枝の苦労を目《ま》の当たりにしてきただけに、笑右衛門の言葉は勝千代の身に沁みる。九歳の子供ではあるが、

（わしが福島の主だ。わしの力で福島家を再興するのだ）

という思いは強い。

厳密に言えば、福島家はなくなったわけではなく、今川家に存続している。

しかし、笑右衛門も勝千代も、それは本当の福島家ではない。自分たちこそが福島家の正当な後継

者だ、と自負している。だからこそ、北条家の家臣となり、真の福島家を再興しようと願っているのだ。そのためには、氏綱の望むように、伊豆千代丸と多くの時間を過ごし、伊豆千代丸の信頼を勝ち取らなければならない。勝千代自身の好みなど二の次である。

とは言え、勝千代は根が正直で嘘をつくのが苦手だから、好きでもないことをすると、それが露骨に顔に出てしまう。つまらなそうな顔で、やる気のない態度で花を摘んで奈々に手渡すだけだ。

昼になったので木陰に幕を張り、敷物を広げて弁当を食べることにした。それらの支度は下男と下女がする。

「あ〜、腹が減った」

勝千代は、握り飯をむしゃむしゃ頬張り始める。

「よく食べるのう」

伊豆千代丸が笑う。

「羨《うらや》ましい限りです。わたしは大して食べられませぬ」

平四郎が言う。

「無理してでも食べればよい。そうすれば力がつくぞ。平四郎は、ひょろひょろしているからなあ」

ははは、と勝千代が笑う。

「体が弱いのだから仕方あるまい」

伊豆千代丸が平四郎を庇《かば》う。

「わたしは駿河にいる頃、ろくに食うことができませんでした。だから、食べられるときは無理をしてでも食べるように心懸けているのです」

「なぜ、駿河ではろくに食べられなかったの？」

奈々が訊く。

「意地悪な親戚が嫌がらせをしたからです」

「ほう、そんなことが許されるのか？」

伊豆千代丸が不思議そうな顔になる。

「そんな話はどこにでもあります。さして珍しいことではありませぬ」

「おじいさまならば、決して許さなかったであろうな。父上も、そうだ。わしもいずれ北条の主になったら、そのような非道な振る舞いを許さぬぞ」

「おじいさまというのは早雲庵さまのことですね。立派な御方です。母も、そう申しておりました」

「ふうん、勝千代の母御がおじいさまを誉めていたのか？」

「だから、わたしは小田原にやって来たのです」

勝千代が真剣な表情でうなずく。

昼飯を食べ終え、下男と下女が後片付けをし、また花摘みをしようと、伊豆千代丸たちがきれいな花が群生している方に歩き始めたとき、

「うわっ！」

という悲鳴が聞こえた。

伊豆千代丸が振り返ると、警護の武士の体が宙に舞っている。

「え」

巨大な猪《いのしし》が興奮して走り回っている。

刀を手にした武士たちが猪に斬りつけるが、手傷を負わせはするものの、猪を止めることはできない。むしろ、傷つけられ、血が流れたことで猪は更に興奮し、目の前にいる者に襲いかかる。弓を持っている者もいるが、うまく狙うことができない。猪の動きが速すぎるからだ。

下男や下女は腰を抜かして地面に坐り込んでいる。

「さあ、こちらへ！　隠れるのです」

お福が子供たちを森の方に連れて行こうとする。

その気配を察知したのか、猪が方向を転じて走り出す。奈々が悲鳴を上げる。

武士たちが何とか猪を止めようとするが、次々と猪の牙に突き刺されてしまう。

猪が首を振りながら、伊豆千代丸と奈々に向かって突進する。伊豆千代丸と奈々が着ているのは平四郎や勝千代よりも華やかな着物である。それが猪を刺激したのかもしれない。

奈々は悲鳴を上げ、伊豆千代丸は顔面蒼白で立ち尽くす。お福と平四郎も石のように固まっている。

「若君、お守りいたします！」

脇差しを抜き、伊豆千代丸と奈々の前に勝千代が立ちはだかる。武士たちの戦いぶりを見て、猪に斬りつけても効果はない、と判断したのか、勝千代は両手で脇差しを持ち、猪を突こうとする。

顔から冷や汗が流れ、全身がぶるぶる震える。

勝千代とて怖いのは同じなのである。

しかし、ここで伊豆千代丸を死なせるわけにはいかなかった。伊豆千代丸が死に、自分が生き残るようなことだけはあってはならないと自分に言い聞かせた。伊豆千代丸が死ぬ運命なのであれば、まずは自分が死ななければならない、と思い定めた。

猪がぐんぐん迫ってくる。

咄嗟に目を瞑った。

次の瞬間、勝千代の体が宙に舞う。猪の牙に突き上げられたのだ。

背後にいた伊豆千代丸と奈々は、とりあえず助かった。勝千代の脇差しが猪の肩に刺さったので、猪の進路が逸《そ》れたのだ。真っ直ぐに進んでいたら、三人ともやられていたであろう。

勝千代は地面に投げ出され、そのまま動かなくなった。

猪は、くるりと向きを変えると、またもや伊豆千代丸に向かってきた。

「……」

伊豆千代丸と奈々は、もはや悲鳴を上げることもできない。

お福が二人の前に立ち、両手を大きく広げる。

武器を持っていないので、こうするしかないのだ。

と、そのとき、一本の矢が飛んできて猪の脇腹に刺さる。それで猪の動きが遅くなる。

続いて、もう一本の矢が猪の腰に命中する。

猪の足が止まる。

そこに笠を被り、墨染めの衣を身にまとった僧侶が刀を手にして近付き、猪の首に刀を刺す。それが致命傷となって、猪が横倒しになる。

その僧侶は伊豆千代丸たちに向き直り、

「ご無事ですか？」

と笠を持ち上げながら声をかける。

「あ」

奈々が声を上げる。

「小太郎兄ちゃん」

奈々の兄・小太郎が足利学校から戻ったのである。

十三

軍配者となる教育をうけるために、小太郎が下野の足利学校に向けて旅立ったのは永正十六年（一五一九）二月である。それから四年半以上が経ち、十四歳の少年が十八歳の青年になり、小田原に帰ってきた。

足利学校では最初の一年で武経七書《ぶけいしちしょ》と医書を学び、それから三年かけて、易、陰陽《おんみょう》道、観天望気《かんてんぼうき》を学んだ。観天望気については、足利学校に入学する前から、韮山で吉兵衛《きちべえ》という名人に多くのことを教わっていたから、さほど苦労しなかった。

陰陽道は厄介だったが、基本思想である陰陽《いんよう》五行《ごぎょう》説を理解した上で、式盤《ちょくばん》の使い方を身に付けてしまえば、あとは占いの技術を磨くだけのことであった。

式盤というのは陰陽師が使う占いの道具である。

この時代の陰陽道というのは実践的な科学技術という側面が強い。式盤を駆使することで、日時や方角に関する吉凶を科学的に知ることができると信じられていた。

易は深遠な哲学であり、『易経』には中国文明五千年の叡智《えいち》が凝集されている。易の奥深さに小太郎は魅せられ、筆写した『易経』を何度となく読み返した。懐には常に筮竹《ぜいちく》と算木《さんぎ》を忍ばせ、暇があると略筮《りゃくぜい》というやり方で占いをした。

小太郎に易の手ほどきをしてくれたのは、後に第七代庠主《しょうしゅ》となる九華《きゅうか》だった。

九華は小太郎の熱心さと優秀さに惚れ込み、

「それほど易が好きならば、このまま足利学校に残ってはどうだ」

と誘ったほどだ。

それは、つまり、教授にならないかという誘いを意味している。そんな誘いを受ける学生など滅多にいるものではない。

しかも、小太郎は十八歳である。年下の学生など、ほとんどいない。そんな小太郎を教授に抜擢しようというのだから、九華はよほど小太郎の学才を買っていたのであろう。

九華の言葉に涙が出るほど感激しながら、しかし、小太郎は、

「わたしは、いずれ小田原に戻らなければならぬ身ですから」

と誘いを断った。北条氏の軍配者になるという決意は、いささかも揺るがなかったのである。

九華は残念がりつつも小太郎の決意を尊重し、

「ならば、次に進んだ方がよいのではないかな」

と勧めてくれた。易の専門家になるつもりなら、どれほど時間をかけても十分ということはないが、軍配者になるために易を学ぶだけなら、もう十分だと判断したわけである。

小太郎は次の段階に進んだ。古今の戦争を題材にした学生同士の図上演習である。

ここでも小太郎は抜群に優秀だった。

それも当然で、韮山にいたとき、宗瑞から手ほどきされている。日本史に残るほどの英雄であり、不敗の名将だった宗瑞から戦の駆け引きを学んだ小太郎が学生相手の図上演習で後《おく》れを取るはずがなかった。

この頃になると、他の学生たちから、
「青渓《せいけい》はすごい奴だ」
と一目置かれるようになっている。

青渓というのは、宗瑞からもらった法号である。足利学校にいる間、学生は僧形《そうぎょう》となり、法号を名乗る決まりなのだ。「青渓」というのは王維《おうい》の『桃源行《とうげんこう》』に出てくる言葉である。

小太郎が庠主・東井《とうせい》に呼ばれたのは大永《だいえい》三年（一五二三）十月下旬である。氏綱から使者が送られてきて、学問を切り上げてすぐに帰国せよ、という命令が伝えられたのである。

「おまえも承知しているであろうが、遠からず扇谷上杉氏と北条氏の間で戦が起こる」
世間話でもするように、顔色も変えず東井が言う。

「北条氏にも軍配者はいるであろうに、わざわざ小田原殿がおまえを呼び戻そうというのは、よほど大きな覚悟を決めて、この戦に臨むつもりなのであろうな。相手を懲らしめてやろうとか、国境付近にある城をひとつかふたつ取ってやろうとか、そんな軽い考えで戦を始めるのではない。扇谷上杉氏を滅ぼすつもりなのではないかな」
「そんなことができるのですか？」
「扇谷上杉氏とて必死に戦うであろうし、関東をぐるりと見回せば、あちらこちらに上杉一族が根を張っている。その中で最も力のある山内上杉氏とは不仲のようじゃが、北条氏が扇谷上杉氏を滅ぼすのを坐して眺めているとも思えぬ。上杉一族が結束して北条氏と戦うことになれば、関東中の武士が戦に巻き込まれることになる。小田原殿が戦を始めれば、それはいつ果てるとも知れぬ泥沼のような戦になりかねぬということなのじゃよ」

「御屋形さまには、その覚悟ができている、ということですか？」

「早雲庵殿がなくなってからの四年、小田原殿は、ひたすら、その日のために準備してきたといってよかろう。おまえを呼び戻すのも、長い戦になるのを見越して、おまえに経験を積ませよう、すぐに役に立たずとも、何年か先に北条氏の軍配を預かってくれればいい……そんな考えなのではないかと思う。このままでは明日には小田原に戻ることになり、そうなれば、二度とここに戻ることはできまい。それ故、率直に話をする。おまえの心に迷いがあるのなら小田原に戻ることはない。納得できるまで、ここで学問を続けてよいのだ。わしや九華のように、ずっとここに残って学生たちの相手をしてもよかろうし、やはり、軍配者になりたいというのであれば、そのときにそうすればよい」

「そんなわがままが許されるとは思えませんが」

「北条氏に気兼ねすることはない。足利学校で学ばせるために様々な便宜を図ってくれたり、援助してくれたことに感謝するのは当然だが、所詮、それは金で片が付く話でな。おまえは生真面目だから北条氏に恩義を感じているのであろうし、自分のわがままを押し通すことに後ろめたさを感じるのであろうが、この足利学校はそういう世俗のしがらみから超越したところにある。この学校にいる限り、どんなわがままを押し通しても構わないのだ」

「……」

小太郎は黙り込んだ。東井の提案は魅力的であり、その提案に心が傾いたのも事実である。東井の言う通り、小田原に戻れば、二度と足利学校に戻ることはできないだろうと思う。どっぷり学問に耽《ふけ》ることのできる時間はなくなり、現実の戦の中で生きることになる。

足利学校に残って教授になってはどうかという九華の申し出を断ったことに迷いを感じたことはなかった。自分はいずれ小田原に戻って、北条氏の軍配者になるという覚悟を決めていた。

だが、それは先のことだと思っていた。もっと学問できるものだと考えていた。突然、終わりが来るとは思っていなかった。こうなるとわかっていたのなら、もっとやっておきたいことがたくさんあった。まだまだ学び足りない気がした。東井の提案に従いたい、足利学校に残って、もっと学問を続けたい、そんな言葉が小太郎の喉元まで出かかった。

しかし、小太郎は大きく深呼吸して、その言葉を飲み込んだ。

（ここで四年半も学問三昧の生活を送ることができたことに感謝するべきだ。早雲庵さま、わたしは足利学校で多くのことを学びました。ここで身に付けたことを小田原で生かし、少しでも北条氏のお役に立ちたいと思います）

それが小太郎の出した結論であった。

東井と話した翌日、小太郎は足利学校を後にした。氏綱の命令を届けに来た武士も一緒だ。この武士はただの使者ではなく、小太郎を無事に小田原に連れ帰る役目を担った護衛でもあった。扇谷上杉氏との関係が悪化しているので、陸路で武蔵を通過することを避け、遠回りにはなるものの、安全な古河公方の支配地を通り、船で小田原に戻るように氏綱から指図されていた。

小田原に着くと、

「よく知らぬ土地ですから、少しばかり歩きたいと思います。日が暮れるまでには城に参ります」

と、小太郎は武士に言った。

「そのような悠長なことをせず、すぐに御屋形さまに到着の挨拶をするべきではないか」

武士はいい顔をしなかったが、

「これが足利学校で学んだ者のやり方でございますれば」

小太郎も頑として譲らなかった。韮山で生まれ育ったので、小田原という土地をよく知らないのである。初めての土地に足を踏み入れたときは、まず自分の足で歩き、そこがどういう土地なのか、どこに山があり、どこに川があり、どこに市があり、どこに城や砦があるのか、しっかり自分の目で確かめよ、というのが軍配者の心得なのである。

「では、先に城に行き、われらの到着を御屋形さまに伝えることにしよう。できるだけ早く城に来るがよい」

武士も承知せざるを得なかった。

「はい」

それで小太郎は小田原と、その周辺を一人で歩いたのである。その途中、伊豆千代丸たちが凶暴な猪に襲われているのに遭遇した。

学問に比べると、小太郎は武芸はあまり得意ではない。それでも人並みに剣術はできるし、弓矢を扱うこともできる。

伊豆千代丸の警護の武士が落とした弓を拾い、矢を手にして猪に向かった。肝心なのは勇気だけであり、技量ではなかった。猪は逃げようとしているわけではなく、人間に襲いかかろうと接近してくるのだ。猪の牙に突かれるかもしれないという恐怖心を押し殺して、そばに猪が迫るまで待つことができれば矢を命中させることは難しくはない。

小太郎は矢を射た。それは猪に命中し、おかげで伊豆千代丸と奈々は命拾いをした。

近在の農民たちを呼び集め、負傷した者たちを城に運ぶ指図をし、小太郎は伊豆千代丸たちと共に城に向かった。

十四

まずは氏綱に帰着の挨拶をしなければ、と思ったが、生憎《あいにく》、氏綱は城にいなかった。日暮れまでには戻る、と小太郎は聞かされた。

奈々に会うのも久し振りだったが、伊豆千代丸と同じように奈々も動揺しており、落ち着いて話ができる状態ではなかった。伊豆千代丸と奈々、それに平四郎の三人はお福に連れられて奥に入った。怪我をしている様子はなかったが、念のために医師の診察を受けるためである。心配な点がなければ、その後は休憩を取ることになった。

小太郎は控えの間に通された。侍女が白湯《さゆ》を運んできたが、それきり放置された。

別に小太郎は気にしなかった。足利学校にいるとき、一日に一度は座禅を組んだ。心の中を空っぽにして、何も考えず、ただ坐るのである。学問に励みすぎて頭の中が混乱したときや、心に迷いが生じてどうしていいかわからなくなったときには何度でも何時間でも座禅を組んだ。これも宗瑞の教えであった。

今も座禅を組んだ。足利学校での学問を切り上げ、小田原にやって来た。これからの生活は今までの生活とは、まるっきり違ったものになるはずだ。その点に何の不安も感じていないわけではないし、いくらか心細さも感じている。

そういうときにこそ座禅を組むのだ。

どれほど時間が経ったものか……。

板戸の引かれる音がして、

「小太郎、よく戻ったな」

十兵衛が小太郎の正面にあぐらをかいて坐り込む。

小太郎は座禅を解いて顔を上げる。

「お久し振りでございます」

丁寧に頭を下げる。

「立派になったではないか、小太郎。見違えたぞ」

「その姿は……。どうなさったのですか、緑雲《りょくうん》さま？」

小太郎は十兵衛の法号を口にした。

四年前、宗瑞が亡くなった直後に十兵衛に会ったとき、宗瑞の菩提《ぼだい》を弔うために出家したと十兵衛は言い、剃髪《ていはつ》して墨染めの衣をまとっていた。

ところが、小太郎の前に現れた十兵衛は武士の格好をしている。髪も伸びているし、とても出家には見えない。

氏綱の手で箱根湯本に早雲寺が建立され、そこに宗瑞の墓も作られているから、てっきり十兵衛も早雲寺にいると思い込んでいた。

「それはよせ」

十兵衛が手を振って苦笑いする。

「おまえが青渓でなく小太郎に戻ったように、わしも緑雲でなく伊奈十兵衛に戻ったのだ」

「いや、それは……」

足利学校で学ぶ者は僧形でなければならないという決まりがあるので、小太郎も在校中は僧服を身にまとっていたものの、本当に出家したわけではない。十兵衛とは事情が違う。

「出家なさったのではないのですか?」

「正式に得度《とくど》はしなかった。早まったことをするなと以天和尚に止められてな」

「和尚さまにですか?」

「出家遁世《とんせい》して早雲庵さまの菩提を弔うのも大切なことだが、それは自分に任せて、伊奈十兵衛にできることをするべきではないのか、とな。そう言われてみれば、まともに読経もできないわしにできるのは墓守くらいだが、伊豆・相模を奪おうと虎視眈々《こしたんたん》と狙う敵が四方にいて、国を守るために御屋形さまが苦労されているときに、のんびり墓守などしていられない。箱根に行くのは早雲庵さまの祥月命日だけで、それ以外のときは小田原か韮山にいる。上杉との戦が始まれば、わしも兵を率いて出陣するつもりでいるから、今は、その支度で忙しい」

「戦になるのですか?」

「戦になるかならぬかという話ではない。いつ戦が始まるかという話だ。年が明ければ、すぐに戦になるだろう。上杉の方から攻めてくれば明日にでも戦が始まっても不思議ではない」

「大きな戦になるのでしょうか」

「そうなるだろう。御屋形さまも並々ならぬ覚悟でおられる。連日、大道寺《だいどうじ》殿を伴って各地に出かけておられるのも、すべて戦支度のためだ」

「やはり、そうでしたか」

「やはりとは、どういうことだ？」

「庠主さまが、そうおっしゃいました」

「さすが足利学校の庠主だな。耳が早い」

「長い戦になるだろうともおっしゃっていました。わたしを小田原に呼び戻したのも、何年も先を見据えて経験を積ませるためであろう、と」

「御屋形さまは、おまえに大きな期待をかけておられる。何だか浮かぬ顔をしているな。戦が嫌なのか、それとも、怖くなったのか？　誰でも初めて戦に出るときは恐ろしい。震えるのが当たり前だ」

「そうではありません。ただ……」

「ただ、何だ？」

「戦になって、民が苦しむのが哀れなのです。戦を始めるには、村から人手を集めなければなりません。村から大切な働き手を奪うことになります。敵国に攻め込めば、村や田畑を焼くこともあります。敵軍を苦しめるためです。しかし、敵軍よりも、もっと苦しむのは、敵国の民です。民を苦しめることなく敵軍を打ち破る方法がないものかと考えましたが、そんな方法を見付けることはできませんでした」

「そんなことが言えるとは大したものだ。一回りも二回りも大きくなったな。おまえの話を聞いて、わしは早雲庵さまの言葉を思い出したよ」

「早雲庵さまの言葉？」

「早雲庵さまは何十度という合戦をなさったが、一度として敗れたことがない。そんな御方だから、てっきり早雲庵さまは戦が好きなのだろうと思って、それを口にしたことがある。すると早雲庵さまは笑いながら、それは違うぞ、十兵衛、わしは戦が大嫌いだから戦をするのだ、とおっしゃった。そんな禅問答のようなお答えだったから、わしにはその言葉の意味がよくわからなかったが、今になってみると、その言葉の意味がわかる気がする。伊豆を見よ、相模を見よ。戦で家や田畑を焼かれることもないし、代官や地侍が好き勝手に年貢を取り立てることもない。民の暮らしは、昔よりもずっと楽になっている。飢え死にしたり、他国に逃げ出す者もいない。早雲庵さまは、こういう国を作るために戦をしておられたのだな、とわかるようになってきた」

「戦をなくすために戦をする。それで民が安心して暮らすことができるようになる……」

小太郎が難しい顔でつぶやく。

「御屋形さまが伊勢氏から北条氏へと姓を改められたのは、ご自分が管領《かんれい》になろうという覚悟の現れだ。管領になれば、関東諸国に号令し、北条家の家法を真似るように命令できる。そうすれば、武蔵や上野《こうずけ》、下野などの民も伊豆や相模の民と同じように楽な暮らしができる。武士どもが互いに争うこともなくなる。決して負けるわけにはいかない戦いだぞ。御屋形さまが上杉に負ければ、伊豆と相模の民は昔の苦しい暮らしに戻り、他の国々の民も救われることがない。御屋形さまが上杉を倒し、関東に号令するようになれば、そのときこそ関東から戦火が消える。そのための戦いだ」

「……」

小太郎は呆然《ぼうぜん》とした。そこまで遠大な理想を氏綱が掲げているとは知らなかった。

しかし、十兵衛が熱く語るのを見れば、その理想がしっかり家中に浸透していることがわかる。

(早雲庵さまの志を引き継ぎ、関東のすべての国々を伊豆や相模のように民が暮らしやすい国にする。そうすれば戦もなくなる。そうか。上杉との戦いは、戦をなくすための戦なのか……)

亡くなって四年経った今でも、宗瑞に対する小太郎の尊敬の念は少しも薄れていない。生涯の師と言っていい。氏綱が宗瑞の志を受け継ぐというのなら、十兵衛と同じように自分も全力で氏綱に力添えしなければならない、と小太郎は思った。胸の中にもやもやと蟠《わだかま》っていた迷いが晴れ、明るく視界が開けたような気がした。

十五

勝千代は城下に与えられている屋敷ではなく、小田原城に運ばれて治療された。城にいれば、手厚い治療を受けることができるし、容態が急変しても即座に医師が対応できるからであった。

警護の武士たちも負傷したが、いずれも命に関わるほどの重傷ではない。

勝千代の傷が最も重かった。

猪の突進をまともに食らって牙で刺された。その傷から大量に出血している。突き上げられて放り上げられ、地面に落下したが、そのときに全身を強く打ったせいで、腕や足を骨折した。とにかく、ひどい大怪我なのである。

しかも、城に運ばれてから高熱を発した。

勝千代は昏睡状態で、時折、

「ううっ、うっ……」

と苦しげな呻《うめ》き声を洩らす。

手当てした医師は、

「手や足の怪我は、時間はかかりましょうが、いずれ治るので、さほど心配はいりませぬ。心配なのは腹の傷でございますな……」

と小首を傾げ、その傷から毒が体内に入ったかもしれぬ、勝千代の発熱は、そのせいではないか、というのであった。

小太郎に倒された猪も小田原城に運ばれたが、子牛ほどの大きさもあり、その牙も並の猪のそれとは比べものにならないほど大きかった。全身が泥だらけで、牙も薄汚れていた。その汚れに何らかの毒性があり、その毒が勝千代の体内に入ったのではないか、というのが医師の見立てであった。実際、猪の牙に突かれた武士たちの傷も腫《は》れて化膿し、中には勝千代と同じように熱を出している者もいる。

「父上、勝千代は助かりましょうな?」

伊豆千代丸は涙目で氏綱を見上げる。

「勝千代は強い子だ。猪などには負けぬ」

氏綱が大きくうなずく。

しかし、その表情の険しさを見れば、勝千代の容態が少しも楽観できないのは明らかだ。

「勝千代は、わたしを助けようとしてこんなことになったのです。勝千代の身に何かあれば、わたしはどうすれば……」

「今はそんなことを考えてはならぬ。勝千代がよくなることだけを祈るがよい」

「病室で勝千代のそばについていてやりたいのですが……」

「それは、ならぬ」

氏綱が首を振る。

「今は医師が懸命に手当てしている。病室に行ってはならぬ。勝千代が目を覚ますのを待つがよい」

「でも……」

「ならぬ」

氏綱がじっと伊豆千代丸を睨む。

伊豆千代丸は黙り込んでしまう。

氏綱はお福に、頼むぞ、と声をかけると部屋から出て行く。

伊豆千代丸の部屋には、お福の他に平四郎と奈々もいる。

怪我をしたのは勝千代だけで、伊豆千代丸、平四郎、奈々は無傷だった。

しかし、三人とも血まみれで城に運ばれる勝千代の姿を見て動揺している。

勝千代のそばに付き添いたいという伊豆千代丸の願いを氏綱が許さなかったのは、そのせいである。

万が一、勝千代が死ぬようなことになれば、伊豆千代丸がどれほど大きな衝撃を受けるかわからないと危惧したのである。

「大丈夫なのだろうか？」

伊豆千代丸が心配そうにお福を見遣る。

「きっと大丈夫でございますよ」

「弁千代や志乃は病室にいるのでしょうか？」

　奈々が訊く。

「いいえ、御屋形さまがおっしゃったように、病室には医師だけしか入ることを許されていないようでございます。弁千代や志乃は病室の隣の部屋にいるのでしょう」

「二人だけでは心細いであろうな。そこに行っては駄目かのう？」

　伊豆千代丸が訊く。

「二人きりではございませんよ。乳母や大黒殿もいるはずです。十兵衛殿もいるでしょうし、他にも誰かいるはずです」

「そんなに多くの者がいるのならば、わしらも行っても構わぬのではないか？　父上は病室に行ってはならぬとはおっしゃったが、病室の隣の部屋に行ってはならぬとはおっしゃらなかったぞ」

「それは……」

　お福が困惑する。氏綱とすれば、勝千代が助からなかったとき、その死に姿を伊豆千代丸に見せたくないという配慮から病室に行くことを許さなかったのである。要は今の勝千代の姿を伊豆千代丸に見せたくないわけだから、病室であろうと、病室の隣の部屋であろうと、勝千代のそばに行くことは許されないのだ。

　お福には、氏綱の気持ちがわかっている。それでなくても伊豆千代丸は心が優しく、何かあるとすぐに泣き出してしまうような女々しいところがある。自分のために勝千代が死んだとなれば、どれほど嘆くか想像もできない。

　とは言え、それを正直に勝千代に言うわけにもいかないので、お福は困ったのである。

「若君、わがままを言ってはなりませぬぞ」

そこに十兵衛がやって来た。

十兵衛は伊豆千代丸の前に坐ると、

「勝千代は必死に怪我と戦っております」

「助かるか？」

「わかりませぬ」

十兵衛が首を振る。

「明日の朝まで持ちこたえれば大丈夫だと医師は申しております。今夜が峠ということでしょう」

「わしは何をすればよい？　勝千代のために何かしたいのだ」

「勝千代は、若君を守ろうとして脇差し一本で猪に立ち向かいました。無茶なことをするものです。刀や弓を持った武士たちですら歯が立たなかったというのに脇差しでは勝てませぬ。しかし、そうせざるを得なかったのでしょう」

十兵衛はじっと伊豆千代丸を見つめると、

「若君、もっと稽古に励みなさいませ。ご自分を鍛えるのです。自分の身を自分で守ることができるようになれば、このようなことは起こりませぬ。それが勝千代のためでございますぞ」

「わかった」

伊豆千代丸が立ち上がる。

「稽古をする。勝千代が助かるよう神仏に祈りながら素振りをするぞ」

「よき心がけでございます」

十兵衛が頭を垂れる。

十六

その夜、小太郎は氏綱の御前に召し出された。

十兵衛と大道寺盛昌《もりまさ》も同席した。

盛昌は宗瑞の従弟《いとこ》で、ずっと側近として仕えた弓太郎《ゆみたろう》の嫡男である。

弓太郎は宗瑞の死後、自身も出家し、発専《ほっせん》と号した。家督を盛昌に譲って隠居した。

盛昌は有能で、今では氏綱の相談役として常にそば近くに控えている。

もう一人、小太郎の見知らぬ男が下座に控えている。三十代半ばくらいの不機嫌そうな顔をした総髪の男である。頬骨が高く、顎《あご》が尖《とが》っており、神経質そうな目をしている。

「よく戻ったな。元気そうで何よりだ」

氏綱が声をかける。

「は」

小太郎が平伏する。

「まだ学び足りぬことがあったかもしれぬな。さぞ心残りであったろう。許せよ」

「お家の一大事とあれば、とても悠長に学問などしておられませぬ」

「それは嬉しい言葉だ。しばらく会わぬうちに立派に育ったと思っていたが、見た目がたくましくなっただけでなく、心根も立派になったようだな。帰って早々、伊豆千代丸の命も助けてもらった。礼を申すぞ」

氏綱が軽く頭を下げる。

「とんでもない」

小太郎が床に額をこすりつける。

「お家の一大事と申したが、小田原に戻る途中で何か耳にしたのか？」

「足利学校の庠主は、われらと上杉が戦を始めると見越しているようでございますぞ」

横から十兵衛が口を挟み、北条氏と扇谷上杉の間に戦が起こるという見通しを、東井が小太郎に語ったことを氏綱に説明した。

「さすがに足利学校の庠主というのは耳が早い。他にも何か申しておったか？」

「はい。わたしが足利学校に残って学問を続けることを望むのならば、自分が話を付けてもよい、とおっしゃいました」

「ほう、足利学校に残るように勧められたのか？」

「庠主さまからも、易を教えて下さった九華先生からも誘われました。教授として学校に残り、学生たちを教える気はないか、と」

「それは驚いたな。まさか足利学校で教える側になれと誘われるとは……。よほど学問が進んだ証なのであろうな。そう思わぬか？」

氏綱が盛昌に顔を向ける。

「行く末頼もしい限りですな」

盛昌がうなずく。

「その誘いを断って当家に戻ってきてくれたとは嬉しいことだが、迷いはなかったのか？」

「ありませんでした。いつか小田原に戻るつもりで、日々、学問に励んでおりましたから」

「そうか、そうか」

氏綱が満足そうにうなずく。

「では、軍配者として必要なことは、すべて足利学校で学び終えたと考えてよいのだな？」

「兵学にしろ、易にしろ、これで終わりということはありません。まだ本当の戦に出て軍配を振ったこともなく、これから学ばなければならないことは多いように思われます」

「伊豆千代丸も、あと何年かすれば元服だ。元服すれば、戦にも出なければなるまい。初陣《ういじん》には、傍らにおまえにいてもらわなければ困る。伊豆千代丸が元服するまでに、軍配者としての腕を磨いてもらいたい。上杉と戦を始めれば、戦が何年続くかわからぬ。戦が続いている最中に元服させることになるやもしれぬ。それ故、この戦の最初から、おまえには参加してもらいたいと考えた。どうだ、小太郎、わしと伊豆千代丸に力を貸してくれるか？」

「もったいないお言葉です。この命を懸けて、できる限りのことをする覚悟です」

「おまえには伊豆千代丸の軍配者になってもらうが、わしにも軍配者がおる。根来金石斎という」

氏綱が下座に控える男に顔を向ける。それが金石斎であった。

金石斎は小太郎に体を向けると、畏《かしこ》まった姿勢のまま、

「金石斎でござる。どうか、お見知りおき下され」

と頭を下げる。

「こちらこそ、よろしくお願いします。小太郎と申します。足利学校では青渓と名乗っておりまし

た」

「金石斎の指図に従って、当家の軍法やしきたりを学んでほしい。軍配者として必要な諸々の事柄について教えを請《こ》うがよい。足利学校ではなく、京の五山《ござん》で学んだ身だから、いくらか違いがあるかもしれぬが、父上からわしに引き継がれたやり方を伊豆千代丸にも引き継いでもらわねばならぬから、たとえ足利学校で学んだことと違っていても、当家のやり方に従ってもらいたい。といっても、別に金石斎に弟子入りさせるわけではない。それを勘違いせぬようにな」

「はい」

「戦の見通しが立ったところで、おまえにも小田原に屋敷を用意させる。それまでの間、窮屈かもしれぬが、城で暮らしてくれ」

「え、わたしに屋敷ですか？」

「そのつもりでおる。ついては、おまえに承知してもらわなければならぬことがあってな」

「何でしょうか？」

「風間の姓を捨ててもらいたいのだ」

「は？」

小太郎がきょとんとした顔になる。氏綱の言葉の意味が理解できなかったのだ。

「五平《ごへい》が亡くなって、もう何年になるかな」

「かれこれ十年でございます」

「そうか。十年か……。早いものだな。五平は父上によく尽くしてくれた。五平が亡くなってからは、弟の六蔵《ろくぞう》が風間党の棟梁《とうりょう》となり、仲間たちを従えて、わが家のために尽くしてくれている。その六蔵だが、今は小田原で暮らしている」

「え、叔父御《おじご》が小田原にいるのでございますか？」

「父上が亡くなってから、多くの者たちが韮山から小田原に移り住むようになった。風間党も、そうだ。皆、韮山を引き払った。おまえにとっては韮山が生まれ故郷であろうが、六蔵たちにとっては、そうではない。戦で故郷を追われたのだ。その故郷がどこにあるか知っているか？」

「風間村のことでしょうか。確か、小田原の近くだとか……」

「ここから二里（約八キロ）ほど西に行けば、そこが風間村だ。五平や六蔵が生まれた土地だ。六蔵は、そこに屋敷を構えている。もっとも、戦が近いこともあって、ほとんど屋敷にはいない。せっかく生まれ故郷に戻ることができたのに、のんびり腰を落ち着けることもできず、いつも旅に出ている。わしは六蔵の働きに満足している。よく風間党を束ね、わしに尽くしてくれている」

氏綱は、ぐっと膝を乗り出して、じっと小太郎を見つめる。

「本当ならば、おまえにも風間村に屋敷を与えるべきだろう。だが、わしは気が進まぬのだ。なぜだか、わかるか？」

「叔父御がわたしを憎んでいるからでしょうか」

「父上がおまえに目をかけるようになってから、六蔵や倅の慎吾《しんご》たちと軋轢《あつれき》が生じたことは、わしも耳にしている。命を狙われたこともあったそうだな」

「そのようなこともあったかもしれません」

「六蔵は、おまえに棟梁の地位を奪われると怖れているのであろう」

「わたしには、そんなつもりはありません」

「その言葉を信じよう。だが、六蔵は信じられぬのであろうな。たぶん、慎吾も」

「同じ一族同士で争うのは愚かで悲しいことです」

「小太郎に不埒《ふらち》なことをしてはならぬと叱れば、六蔵もおとなしくするであろうが、かえって、おまえたちの溝を深くすることになるのではないかと心配だ。それでは困る。上杉という巨大な敵と戦うには、皆が心をひとつにしなければならぬ。味方同士が足を引っ張り合うようなことがあってはならぬのだ。わしは、おまえにも六蔵にも慎吾にも期待している。風間党の皆に働いてもらいたいのだ」

「御屋形さまのおっしゃることが正しいと思います」

「道理を説いても納得できぬ石頭というのはいるものだ。六蔵や慎吾のようにな。あの者たちは、おまえが風間小太郎である限り、おまえを疑い、おまえを憎むであろう」

「それで、わたしに風間姓を捨てろとおっしゃるのですね？」

「うむ」

「わかりました。それで一族の和を保つことができるのならば、わたしは風間小太郎であることをやめ、ただの小太郎になります」

「よう申した」

氏綱が膝を叩く。

「だが、ただの小太郎では困る。伊豆千代丸の軍配者となるべき者が姓を持っていないのでは困るからな。伊勢氏も北条氏に改姓したばかりだ。おまえは北条氏が初めて抱える軍配者であり、父上の薫《くん》陶《とう》を受けた者だから、それにふさわしい姓を与えたいと考えた。盛昌」

「は」

盛昌が懐から折り畳んだ和紙を取り出し、それを氏綱と小太郎の間に広げて置く。

その紙には、

「風摩」

と墨書されている。

「これは……。かぜま、と読むのでございましょうか、それとも、かざま、と……?」

「一文字違うだけで読み方が同じなのでは風間党と区別がつかぬではないか。ふうま、と読む」

「ふうま……?」

「聞き慣れぬ姓かもしれぬが、相模では由緒ある家門だ。北条に改姓するとき、得宗家《とくそうけ》に仕えた御家人たちのことも調べた。その中に、この風摩という家もあった。最後の執権である北条高時《たかとき》が新田義貞《にったよしさだ》に滅ぼされたとき、風摩一族も高時に殉《じゅん》じた。それで家門が断絶し、長く忘れられることになった。風摩一族の如くに伊豆千代丸に仕え、いつまでも伊豆千代丸を支えてもらいたいという気持ちで、わしはこの姓をおまえのために選んだ」

得宗というのは、源《みなもとの》頼朝《よりとも》を支え、鎌倉幕府の礎を築いた北条義時《よしとき》の法号で、義時が亡くなってから北条氏の嫡流を得宗家と呼ぶようになった。風摩は北条氏に殉じて滅んだ忠義一徹な一族である。その家を小太郎に継がせようというのだから、氏綱が小太郎に寄せる期待の大きさがわかろうというものだ。当然ながら、氏綱の思いは小太郎にも伝わった。

「どうだ、受けてくれるか?」

「そのような立派な家名を、わたしのような者が受け継いでいいものかどうか……。正直、荷が重いような気がいたします」

「ならば、この家名に負けぬほどの男になればよい。そういう願いも込めて、わしは選んだ」

「小太郎、謹《つつし》んでお受けすればよい。おまえが風摩の家を継げば、六蔵や慎吾も安堵するだろう。おまえが風間党の棟梁になることはなくなるからな。いずれ家臣を召し抱えれば、それは風摩党ということになる。風間党と風摩党が共に北条家のために尽くすことが御屋形さまのご厚情に報いる道でもある」

十兵衛が言う。

「その通りだ。小太郎、承知してくれるな？」

「はい。風摩の名を汚さぬよう、精一杯、お家のために尽くす覚悟です」

小太郎が平伏する。

「期待しておるぞ」

氏綱がにこっと微笑む。

十七

小太郎、十兵衛、金石斎の三人は御前を辞した。

廊下に出ると、小太郎は、足早に先を進む金石斎を追い、

「金石斎先生」

と呼びかける。

「何かご用ですかな、風摩殿？」

金石斎が小太郎に冷たい目を向ける。

「御屋形さまが先生に教えを請うようにとおっしゃいました。ご指導をよろしくお願いいたします」

小太郎が丁寧に頭を下げる。

「御屋形さまのお指図には従いますが、足利学校の教授にならぬかと誘われるような優秀な御方にわたしが教えられることはないでしょう。易にしろ、陰陽道にしろ、その解釈や占いのやり方などは人によっても違いますし、どこで学んだかによっても違ってくるものです。わたしは足利学校で学んだわけではないので、わたしと風摩殿のやり方に違いがあるのは仕方のないことです。占いのやり方が違っていれば、おのずと吉凶にも違いが出る道理ですが、風摩殿は伊豆千代丸さまの軍配者になる御方ですから、伊豆千代丸さまが当主となられるまでは、わたしの占いを重んじていただきたい」

「差し出がましいことをするつもりはありません」

「それを聞いて安心しました」

「しかし、御屋形さまは、北条家の軍法やしきたりも身に付けるようにおっしゃいましたが……」

「そのようなことなら、わたしでなくても、そこにおられる伊奈殿も詳しくご承知のはずです。早雲庵さまや御屋形さまに従って戦に出たことのある御方であれば、誰でも承知していることですからな。教えるのが嫌だというのではありませんが、上杉との戦が近付いている今、わたしも屋敷を留守にすることが多いので、あまり風摩殿の相手をして差し上げられぬと存じます。それでは申し訳ありませんから、どうか、わたしに遠慮なさらず、誰にでも教えを請えばよろしいかと存じます」

金石斎は軽く会釈すると、小太郎に背を向けてさっさと歩き出す。

「……」

小太郎が呆然と佇《たたず》む。金石斎の物言いは丁寧だったが、それは慇懃無礼《いんぎんぶれい》に過ぎず、自分に向けられる強い敵意をひしひしと肌に感じた。なぜ、これほど露骨に拒絶されるのか、その理由がわからない。

「気にするな。心の狭い奴なのだ」

十兵衛がそばに来て、小太郎の肩に手を載せる。

「いいのでしょうか。金石斎先生に教えを請うように御屋形さまから命じられたというのに」

「肝心なのは、おまえが北条家の軍法やしきたりを身に付けることだ。それくらいならば、わしが教えてやることもできる」

「はい」

うなずきながらも、小太郎は金石斎の敵意に満ちた視線を忘れることができなかった。

十八

翌朝、小太郎は勝千代の病室に足を運んだ。

といっても、病室には医者以外は入ることができないので、その隣の控えの間を覗いたのである。

大黒笑右衛門が姿勢を正して坐り込んでおり、その傍らで弁千代が眠り込んでいる。

「青渓と申します。昨日、足利学校から戻った者です」

笑右衛門の前に腰を下ろし、丁寧に挨拶をする。

「おおっ、猪を矢で倒し、若君を救った御方ですな。わたしからもお礼を申します」

笑右衛門が深々と頭を下げる。

「もう少し早ければ勝千代殿が怪我をするのを防ぐことができたかもしれません。残念です」

「いえいえ、家臣が主のために命を投げ出すのは当たり前のことです。万が一、伊豆千代丸さまの身に何かあって、勝千代が無事であったりすれば、御屋形さまに合わす顔がございませなんだ。この痩せ腹を切ってお詫びせねばならぬところでした」

「見事な心構えであると存じます」

「幼いとはいえ、勝千代とて武士の子。常に主のために命を投げ出す覚悟はできております。若君が無事であると知れば、さぞ喜ぶことでございましょう」

笑右衛門がにこっと笑う。

「容態は、いかがですか？」

「正直に言えば、昨日の夜は、もう駄目だと諦めておりました。こっそり医者にも耳打ちされたのです。覚悟するように、と。しかし、真夜中を過ぎても、まだ息をしておりましてな。医者も驚いておりましたわい。夜明け前に医者が出てきて、まだ眠り続けているが、熱も下がってきたし、顔色もよくなってきた、もう心配ないだろう、と言ってくれました」

「それは、よかった。本当によかった」

「しぶとい子なのです。しぶとさが福島家の持ち味でしてな。伊豆千代丸さまにお仕えしたばかりであの世に逝ったのでは、父親や母親に叱られましょう。この先も長く伊豆千代丸さまに尽くしてもらわねばなりませぬ」

「勝千代殿が回復したことを、伊豆千代丸さまは、ご存じですか？」

「お福殿に知らせました。勝千代が目を覚ましたら、見舞いに来て下さることになっています」

「では、わたしも、そういたしましょう」

小太郎が腰を上げる。

城の奥向きには勝手に立ち入ることができないので、

「妹の奈々に会いたい」

と腰元に取り次ぎを頼んだ。

しばらくすると、お福がやって来た。

「伊豆千代丸さまの乳母・福と申します。奈々なら、伊豆千代丸さまの部屋におりますよ。ご案内いたします」

どうぞ、こちらへ、とお福が先になって案内する。

歩きながら、

「昨日は、どうもありがとうございました」

と、お福が礼を言う。

「たまたま居合わせただけです。伊豆千代丸さまが無事でよかった」

「おかげで伊豆千代丸さまだけでなく、奈々もわたしも倅の平四郎も助かりました。乳母のわたしが身を挺《てい》してお守りしなければならなかったのに、恐ろしくて震えてしまい、今にも腰が抜けそうな有様で……。いざというとき、役に立たぬようでは駄目ですね」

お福が溜息をつく。

「人には、それぞれ役割があります。猪に立ち向かうのは、お福殿の役割ではありませぬよ」

「優しい言葉でございますね。ありがとう存じます」

さあ、ここでございます、とお福が小太郎を伊豆千代丸の部屋に招じ入れる。

小太郎の顔を見ると、

「兄ちゃん」

と、奈々が飛びついてくる。

「こらこら、若君の前だぞ」

小太郎がたしなめる。

「よいのだ、気にするな。ここでは堅苦しい礼儀などいらぬ。気楽にせよ」

伊豆千代丸が言う。

「畏《おそ》れ入りまする」

一礼して、小太郎が伊豆千代丸の前に坐る。

「わしの命を救ってくれたな。礼を申すぞ。この恩は決して忘れぬ」

「は」

「何か褒美をやろう。何なりと申すがよい。父上に頼んでやる」

「ひとつございます」

「何かな?」

「わたしを若君の家臣にして下さいませ」

「わしの家来になりたいのか?」

「はい」

「構わぬが四番目の家来だぞ。それでもよいか？」

「結構でございます。差し支えなければ、他のご家来衆について教えていただけませんか？」

「よいぞ。一の家来が奈々、二の家来が平四郎、三の家来が勝千代。だから、小太郎は四の家来ということになる」

「承知いたしました。では、四の家来にして下さいませ」

小太郎がにこっと笑う。

十九

小太郎は城を出た。行き先は風間村である。小太郎の先祖が切り開いて根を下ろし、亡くなった父と母が生まれ育った土地だ。

風間村は小田原城から西に二里のところにある。

北条氏が支配するまでは大森《おおもり》氏が風間村を支配していた。絶え間ない戦と大森氏の圧政に苦しみ、風間一族は宗瑞を頼って韮山に逃れた。先祖代々暮らしてきた土地を離れることを嫌がる者もいたが、大森氏の支配は苛斂誅求《かれんちゅうきゅう》と言うしかなく、そのまま風間村に残ったのでは一族が根絶やしにされかねないところまで追い詰められたので、最後には皆で移住を決意した。移住を渋る者たちを根気強く説得したのが小太郎の父・五平であった。

それから三十年近く経った今、風間一族は再び先祖の眠る土地に戻ってきた。

五平は亡くなり、五平の弟の六蔵が棟梁として風間一族を率いているが、北条氏における風間一族の役割は昔から変わっていない。

宗瑞が五平に命じたのは敵地の情報収集である。風間村の出身者たちが薬売りや針売り、僧侶や野武士、修験者《しゅげんじゃ》に化けて甲斐、武蔵、上野、下野、時には下総《しもうさ》、上総《かずさ》にまで旅をした。命じられた仕事を着実にこなしていくうちに忍びの集団として認知されるようになり、いつしか風間党と呼ばれるようになった。

（またか……）

風間村まで半里というあたりから、小太郎はたびたび強い視線を感じるようになった。

周囲を見回しても、取り立てて変わったことはない。畑仕事をしている農夫や、鬼ごっこをして遊んでいる子供たちがいるだけだ。

だが、

（見張られている）

と、小太郎にはわかる。

今の風間村は、かつての風間村とは違う。ありふれた農村ではないのだ。もちろん、村の周囲には畑や田圃《たんぼ》があり、日々、家人が野良仕事に励んでいるものの、それは本業ではなく、あくまでも仮の姿に過ぎない。

風間村は、今や北条家における忍びの総本山なのだ。それ故、見知らぬ者が村に近付けば、それを警戒するのは当然で、何者かがどこかから小太郎を注視しているのであろう。

やがて、村に入る。女たちや子供がいるが、小太郎の姿を目にした途端、ぴたりと口を閉ざして冷たい視線を向けてくる。

六蔵の家がどこなのか訊ねようと、小太郎が近付いていくと、さっと背を向けて、その場から立ち去ってしまう。

小太郎がうろうろしていると、

「こっちだよ」

女の声がして、小太郎が振り返る。

「あずみじゃないか」

六蔵の娘で、小太郎にとっては従妹だ。年齢は十六。

「久し振りだね。背が伸びたんじゃない？」

「当たり前だ。もう四年も経っている。おまえだって変わったじゃないか」

「わたしが？　変わったかな？」

「背も伸びたし、それに……」

「それに、何？」

「いや、別に」

きれいになった、と言いたかったが、気恥ずかしくて口にできなかった。

「頭も青々と剃《そ》っているし、墨染めの衣も似合っているし、何だか、本物の沙門《しゃもん》みたいだよ。それとも本当に出家した？」

「まさか」

小太郎が首を振る。

「足利学校で学ぶには、こういう姿をしなければならないという決まりがある。それに従っただけだ。

こんな形《なり》をしているが、経文はまったく学んでいない。せいぜい、般若心経を唱えることができるくらいだな」

「軍配者になるには武術の稽古もするの？」

「いや、足利学校で武術は教えてくれない」

「それにしては、小田原に帰るなり、随分と活躍したらしいじゃないのよ」

「知っているのか？」

「当たり前でしょう」

あずみが、ふんっ、とおかしそうに笑う。

「自分たちの足元で起きていることも知らないで、他国のことなんか調べられると思うの？　風間党は、間抜けの集まりじゃないのよ」

昔の風間党とは違うんだから、と小声で付け加える。

「なるほど、自分たちの身を守るために、敵のことだけでなく味方のことも探っているということか。大したものだ」

「嫌味？」

「違う。感心している。風間党は、よく働いてくれると御屋形さまも喜んでおられた。だが、出る杭は打たれる、という諺《ことわざ》もある。風間党を妬《ねた》む者が家中にいても不思議はない。よくよく注意していなければ味方に足をすくわれることもあるだろう。そうならないためには、外だけでなく、内にも目を光らせておく必要がある。しかし、それほど耳が早いのなら、なぜ、おれが訪ねて来たのかもわかっているのだろうな？」

「たぶんね」

あずみがうなずく。

「叔父御は、いるのか？」

「いるよ。今朝早く旅から戻った」

「たまたま、ということは、ないのだろうな？」

「あんたが昨日小田原に戻ったことを知って、急いで戻ったに決まっているじゃないか」

「さすが風間党の棟梁だ。うちに案内してくれ。叔父御に会う」

「いいよ、こっちだ」

あずみが先になって歩き出す。

「慎吾もいるのか？」

「いない、と思う。朝早く、どこかに出かけたきり帰ってこないから」

「そうか」

「よかったんじゃない？　別に会いたくもないでしょう」

慎吾はあずみの兄で、小太郎と同じ十八歳である。

昔から反《そ》りが合わず、従兄弟同士だが仲が悪い。

小太郎に言わせれば、慎吾の方が一方的に小太郎を毛嫌いして目の敵《かたき》にしていた。

とは言え、あずみの言うように、再会を喜ぶという間柄でないのは確かだ。

二十

「旅先で酒を口にすることはない。何が起こるかわからぬ故、酔って油断はできぬからな……」

不測の事態に備え、常に神経を研《と》ぎ澄ませておかなければ、とても長生きできぬわ、と六蔵が唇を歪《ゆが》めて笑う。

「だから、村に戻れば、朝から酒を飲んだりもする。好きなように酒を飲み、好きなときに眠り、好きなときに好きなものを食う。それくらいしか楽しみがないのでな。おまえも飲むか？」

六蔵がぐいっと茶碗を突き出す。

「いいえ、やめておきます」

小太郎が首を振る。

「足利学校の軍配者は酒を飲んではならぬという決まりでもあるのか？」

「そうではありませぬが……」

「勝手にするがいい。わしは飲むぞ。構わぬであろうな？」

「はい」

あずみが言ったように、この四年で小太郎も成長し、外見も変わったが、六蔵も変わった。

四十七歳だから、平均寿命の短い、この時代においては、すでに老人の部類である。目の輝きこそ失われていないものの、顔には皺《しわ》が増え、髪も薄くなっている。深く刻まれた皺のひとつひとつが、六蔵の人生が決して平坦でも平穏でもなかったことを示しているように小太郎には思われる。

「学問を切り上げて帰国するように御屋形さまに命じられました。今後は、伊豆千代丸さまの軍配者になるために小田原で学ぶように、と」

「何を学ぶのだ？」

「北条家の軍法やしきたりなどです」

「ああ、そうか」

さして興味もなさそうに六蔵がうなずく。酔いが回っているのか、顔が赤い。

「ゆうべ、御屋形さまに呼ばれ、風間の姓を捨て、新たに一家を立てるように言われました。風摩という家です」

「うむ、風摩か」

「ご存じですか？」

「言うまでもなく、知っている」

六蔵がじろりと小太郎を睨む。

「承知して下さいますか？」

「御屋形さまがお決めになったことだ。わしの承知など必要あるまい」

「たとえ、わたしが風間の姓を捨てたとしても、わたしの体には叔父御と同じ血が流れています。同じ一族であることに変わりはありません。今後は、風間も風摩も力を合わせて御屋形さまのために尽くしていきたいのです」

「きれい事を言いよるわ」

ふふふっ、と六蔵が笑う。

「いずれ風間党は風摩の風下に立つようになり、気が付いたら、風摩の支配を受けるようになってしまうかもしれぬではないか」

「そうはなりませぬ」

「なぜ、そう言える？」

「今は叔父御が風間党の棟梁です。その後は慎吾が継ぎましょう。慎吾の後には慎吾の子が」

「慎吾の子がのう。わしの孫か……」

六蔵が遠い目をする。

「兄者もわしも妻など持てぬ身であった。妻を持てぬということは子も持てぬということだし、まして孫など持てるはずもなかったのだ。朝、目が覚めると、今日は何か食えるだろうか、明日まで生きられるだろうかと心配するような日々でな。自分も食えず、親を食わせることもできぬのに、妻など持てるはずがなかった」

五平や六蔵が妻を持ち、子をなしたのは、二人とも三十を過ぎてからである。小田原から韮山に移り、宗瑞のために働くようになって、ようやく妻を持つ余裕ができたのである。

四十七歳の六蔵の長男・慎吾が十八歳、長女のあずみが十六歳で、かなり親子の年齢が離れているのは、そういう事情であった。

宗瑞に出会うことがなければ、五平も六蔵も妻を持つこともなく、とっくに死んでいたであろう。

「明日をも知れぬような頼りない暮らしをしていたわしが、今では孫が風間党の棟梁になれるかどうかという心配をしている。そもそも慎吾には、まだ妻もいないというのに、な」

六蔵がふーっと大きく息を吐く。

「昔、大森の兵から逃げ回っていた頃は、まさか、こんな安穏な暮らしができようとは思えなかった。朝っぱらから酒など飲んでいるが、あの頃は酒など一年に一度も飲むことができなかった。米を食べることもできなかった。稗《ひえ》や粟《あわ》がごちそうだった。それすら滅多に食えず、森に入って木の皮をむいて食べたり、木の根を掘り起こして食ったのだ。そのわしが今では……おかしな世の中だな」

「……」

小太郎に話しているというのではなく、自分自身に語りかけているような気がしたので、小太郎は黙って口を閉ざしている。

「兄者が知れば、さぞ驚くであろうな。御屋形さまから由緒ある家門を引き継ぐように命じられ、小太郎が一家を立てる。いずれは伊豆千代丸さまの軍配者になる。まるで狐か狸にでも化かされているようだ……」

わかった、と六蔵が小太郎の顔を真正面から見つめる。

「風間と風摩は別々の家だが、それでも兄弟の家であることに変わりはない。風間党の者たちには、そう伝えよう。慎吾にも言い聞かせておく」

その言葉は明瞭で、もつれもない。

その六蔵を見て、酔っているように見えたのは演技だったのではないか……ふと小太郎は、そう思った。

二十一

数日後、小田原城の大広間で重臣会議が開かれた。

議題は、来たるべき武蔵侵攻作戦である。この作戦には、二万という空前の大軍を動員することが計画されている。今まで、これほどの軍勢を動かしたことはない。北条氏の持てる力をすべて注ぎ込む作戦なのだ。

それだけの大軍が武蔵に攻め込めば、伊豆と相模は空き家同然になる。隣国の今川が悪巧みをすれば、易々《やすやす》と征服することが可能であろう。

それ故、武蔵侵攻に際しては、今川から中立を守るという約束を取り付けることが絶対必要条件だった。それがうまくいったので、いよいよ武蔵侵攻作戦を実行することになった。

失敗することのできない作戦である。失敗すれば北条氏は滅亡するしかない。

「金石斎、出陣はいつがよいか？」

氏綱が問う。

「年が明けて、正月十一日が出陣にふさわしいと存じます」

金石斎が答えると、

「一がきれいに並んだ日に出陣するとはめでたい」

と重臣たちがどよめく。

「但《ただ》し……」

金石斎が言葉を継ぐ。

「先鋒の大道寺さまや松田さまにとって十一日は吉日でございますが、御屋形さまにとっては、そうではありません。御屋形さまが出陣なさるのにふさわしい日は十三日なのです」

「わからぬことを言う。それならば、皆で十三日に出陣すればよいではないか。なぜ、兵を二手に分ける必要があるのだ？」

大道寺盛昌が首を捻《ひね》る。

「残念ながら、十三日は大道寺さまにとっては吉日ではございませぬ。更に……」

金石斎が口籠もる。

「何だ、遠慮なく申すがよい」

氏綱が促す。

「十三日に御屋形さまがすべての兵を率いて出陣すれば、武田が南下して相模に攻め込む心配をしなければなりませぬ。二手に分かれれば、その心配がなくなります」

「ふうむ、武田か……」

氏綱が渋い顔になる。武田には今川ほどの実力はないが、当主の信虎は好戦的な野心家で、二千や三千の兵を動かすことはできる。それだけの兵力があれば、空き家同然の相模に攻め込んで大規模な略奪をすることは不可能ではない。

「なるほど、日をずらして二手に分かれて出陣すれば、武田の心配をしなくても済むのう」

重臣たちがうなずく。

「扇谷上杉方の軍勢は、せいぜい一万くらいのようですし、恐らく、その一万を国境沿いに分散して配置するでしょう。それなら、わたしだけでも十分に戦うことができると思います」

盛昌が言う。

「ならば、それがよい」

重臣たちが口々に賛同するので、盛昌と並ぶ重臣筆頭の位置にある松田顕秀《まつだあきひで》が、

「御屋形さま」

最終的な決断を求めて氏綱に顔を向ける。

「うむ」

と、うなずきはするものの、氏綱は黙り込んでしまう。自分の出陣が先鋒の出陣の二日後になるのが釈然としないらしい。重臣たちの顔をぐるりと見回して、ふと、大広間の末席に控えている小太郎が怪訝な顔をしているのに気が付く。

「小太郎よ、何か言いたいことがあるのか？」

「……」

氏綱に声をかけられて、小太郎は驚いたようにびくっと体を震わせる。

重臣たちが一斉に小太郎に顔を向ける。その視線の強さにたじろいで小太郎が身を縮める。宗瑞や氏綱と共に幾多の合戦を経験してきた百戦錬磨の老臣たちから見れば、小太郎など、ただの小僧に過ぎない。

「遠慮はいらぬ。思うところがあれば申せ」

氏綱が促すと、小太郎はごくりと生唾を飲み込み、背筋をぴんと伸ばしてから、

「では、申し上げます。『孫子』に兵勢という言葉があります。勢いに乗った兵は、あたかも引き絞

った弓から放たれた矢の如く敵にぶつかることで、普段の二倍、三倍の力を発揮することができるという意味です。二万の兵が一丸となって武蔵に攻め込んで扇谷上杉氏と戦えば、その二万は四万、五万の力を出して、扇谷上杉氏を易々と打ち砕くでしょう。また『孫子』には虚実という教えもございます。その極意は、謀《はかりごと》によって敵の兵力を分散させ、こちらは兵力を集中させよ、ということです。敵が一万の兵を二分するのであれば、わが方は分散した五千の敵を順番に破ればよいのです。一万の兵を国境沿いの砦に細かく分散させるのであれば、こちらは二万の兵で敵の砦をひとつずつ踏み潰せばよいのです。そうすれば、たやすく勝利できるでしょう。なぜ、二万の兵をわざわざふたつに分けようとするのか、わたしにはわかりません。兵の勢いを削《そ》ぎ、敵を利するだけのように思われます」

「若者よ、なかなか勇ましい考えだな。気に入ったぞ。わしがもっと若く、血の気の多い頃であれば、その考えに賛成したであろうな。だが、年を取ると知恵がつく。小田原を空《から》にするような恐ろしい真似はできぬわい。留守をしている間に武田に母屋を盗み取られてはたまらぬ」

氏綱の側近・遠山直景《とおやまなおかげ》が笑いながら言う。小太郎の大胆さを面白がっているらしい。

「武田信虎は強欲で抜け目のない男だ。小田原を空にすれば、きっと相模に兵を入れる。今川と事を構えている最中だから、それほどの大軍を動かすことはできまいが、万が一にも扇谷上杉氏と呼応して、わしらの軍勢が挟み撃ちにされるようなことになれば一大事だ。小田原に御屋形さまが残っておられれば、挟み撃ちにされる怖れはない。われらの先鋒が敵をひと叩きし、それから御屋形さまが全軍を率いて止《とど》めを刺す。そうすれば武田の出る幕もなかろう」

家臣の中の長老格・多目《ため》権平《ごんべ》衛《え》元興《もとおき》が口を開く。宗瑞の幼馴染みで、宗瑞とは半世紀以上にわたって苦楽を共にしてきた。氏綱ですら、元興には一目置いているほどだ。その元興の発言だけに重みがある。

「その二日が無駄ではないでしょうか」

「無駄と申すか。なぜだ？」

多目元興が気色ばむ。

「今川を警戒しなければならないのであれば、小田原に留守役を残し、五千くらいの兵を預けなければならぬと存じます。駿河からは伊豆にも相模にも易々と攻め込むことができるからです。しかし、武田を警戒するだけならば、五千もの兵を小田原に残すのは無駄というものです」

「ならば、三千ほどでよいか」

「いいえ、五百も残せば十分でしょう」

「たった五百では戦にならぬぞ」

「その五百が戦をする必要はありません。甲斐と相模の間には険しい山々がありますから、武田もそう簡単に相模に攻め込むことはできません。街道に見張りを置き、武田に動きがあれば御屋形さまに知らせる手筈《てはず》を整えておけば、直《ただ》ちに軍を返して武田を迎え撃つことができます。小田原に残す五百の役割は戦うことではなく、武田の動きを見張ることです。五百もいれば十分すぎるほどでしょう」

「さすが足利学校で学んだ者は面白いことを考える。わしらの田舎頭では思いつかぬことよ」

ははは、と多目元興が笑う。

「面白い考えだとは思うが、御屋形さまが十一日に出陣なさるのは縁起が悪いと金石斎が申しておる。そうであったな、金石斎？」

遠山直景が金石斎に訊く。

「さようでございます。戦というのは、頭で考えた通りになるものではありませぬ。上杉も必死に戦うでしょうし、数が多いからといって相手を甘く見たり、神仏の思《おぼ》し召《め》しを軽んじたりすると、手痛いしっぺ返しを食うものです」

「それよ、それ」

多目元興が膝をぽんと叩く。

「実際に戦を経験したことのない若輩者は理屈で戦を考えようとする。いかに足利学校で学んだ秀才とはいえ、金石斎とは経験が違いすぎる。ここは金石斎の言うように、神仏の思し召しに逆らわず、こちらに運が傾いているときに出陣するべきであろう。何を好んで、わざわざ縁起の悪い日に出陣する必要があろう。神仏の加護に唾《つば》するようなものではないか」

「おっしゃる通りです」

わが意を得たりと金石斎がほくそ笑む。

「なれど……」

それまで一度も口を利かず、ずっと目を瞑っていた十兵衛が口を開いたから、その場にいた誰もが驚いた。今日に限らず、重臣会議で十兵衛が発言することなど、ほとんどないのだ。

「早雲庵さまは占いを重んじ、神仏を尊びましたが、だからといって、それに縛られることはありませんでした。多目さまや遠山さまならば、よくご存じのはず」

「軍配者の反対を押し切って、厄日に出陣したこともある」

遠山直景がうなずく。

「しかしながら、伊奈殿」

風向きが悪くなってきたのを敏感に感じ取った金石斎が反論しようとしたとき、

「もう、よい」

氏綱が手を挙げて金石斎の発言を制する。

「小太郎の考えは、よくわかった。しかし、今回は金石斎の申したように進める。先鋒の出陣は一月十一日、わしは十三日に出陣する。話を進めよ」

「は」

重臣たちが話し合い、一月十一日に松田顕秀が第一陣の二千を率いて小田原を出陣、第二陣として大道寺盛昌が一千五百の兵を率いて続く。そんな風に出陣の段取りが決められていく。武器や食糧、飼い葉の運搬と補給についても打ち合わせが為《な》される。

打ち合わせは淡々と進み、それから一刻（二時間）ほどで終わった。

重臣会議の後は酒肴が用意されるのが習わしになっている。酒の飲めない小太郎は、氏綱に断って、大広間から出て行く。

二十二

廊下を歩いていると、背後で廊下を踏み鳴らす音が小太郎の耳に聞こえた。何の気なしに振り返った瞬間、目から火花が飛ぶ。声を上げる間もなく、廊下に転がる。鬼のような形相をした金石斎が仁王立ちで小太郎を見下ろしている。

（あ……）

金石斎に殴られたのだとわかった。

「金石斎先生、これは、いったい……？」

「やかましい！」

金石斎が小太郎の脇腹に蹴りを入れる。

小太郎はエビのように体を折り曲げて呻《うめ》き声を発する。

「出過ぎた真似をしおって。身の程をわきまえよ」

「そ、そんなつもりは……ただ、御屋形さまに問われたので……」

「わしは、出陣の日取りを決めるために精進潔斎《しょうじんけっさい》し、何度となく卦《け》を立てた。神が告げて下さった卦の意味を考え抜いて御屋形さまに申し上げた。おまえは、どうだ？　身を清めて卦を立てたか？」

「いいえ、それは……」

「おまえは思いつきを口にしたに過ぎぬ。わしを愚弄《ぐろう》したのだ。最初に申したはずだぞ。御屋形さまの軍配者がこの金石斎であることを忘れるな、とな。なぜ、余計な口出しをする？」

「わたしは、ただ……」

「うるさい！」

金石斎がまた蹴りを入れる。うげっ、と小太郎が身をよじる。

「できることなら、この場で、おまえを殺したい。八つ裂きにしてやりたい。だが、早雲庵さまの弟子であることに免じて一度だけは許してやろう。だが、覚えておくがいい。次は、殺す」

またもや金石斎が蹴りを入れる。

小太郎は意識を失った。

どれくらい時間が経ったであろうか……。

小太郎が薄く目を開けると、傍らに誰かが坐っている。

「だ、だれだ……？」

「ひどくやられたな。同情はしない。いい気になってつけあがるから、人の恨みを買うんだ」

「おまえ、慎吾か？」

体が一回り大きくなり、顔つきも大人びているが、それは間違いなく慎吾である。小太郎と同い年の従兄弟だ。六蔵の長男、あずみの兄である。

「久し振りだな。かれこれ四年振りか……」

「おれは、いったい……？」

「覚えてないのか？　金石斎にひどく痛めつけられたじゃないか。おれが運んでやったのさ。ここは、おまえの部屋だ。ゆっくり寝ていればいい。御屋形さまたちは、まだ大広間で宴を続けている。おまえたちが争ったことは誰も知らないはずだ」

「争ったわけではない」

「そうだな。おまえがやられただけの話だ。どうする、御屋形さまに訴えるか？」

「そんなつもりはないが……」

「そうだな。やめた方がいい。これ以上、金石斎に憎まれたら本当に殺されるぞ。殺し合いをするつもりなら、おれは止めないがね」

ふふふっ、と慎吾が笑う。

「もういい」

小太郎は体を起こそうとするが、うっと呻き、顔を顰《しか》める。

「無理をするな。寝ていろ」

慎吾が小太郎の胸を軽く押すと、小太郎はまた仰向けに横になる。

「なぜ、おまえがここにいるんだ？」

「上杉との戦が近いから、武蔵や甲斐に多くの仲間が忍び込んでいる。仲間から報告が届くと、それを知らせるために城に来る。父御の代わりを務めているんだ。普段は屋敷にいる」

「では、おれのことも……？」

「もちろん、知っていた。風間村に向かう姿も遠くから眺めていた。おまえが気付かなかっただけのことだ」

慎吾が肩をすくめる。

「叔父御にも言ったが、おれは伊豆千代丸さまの軍配者になるために小田原に帰ってきた。風間党の棟梁になるつもりは……」

「心配するな。おまえを殺すつもりなどない。その気があれば、さっき廊下に倒れていたときに殺していた。おまえを殺して、その罪を金石斎になすりつけることもできた。この四年、おまえは足利学校で学問に励んだのだろうが、おれだって遊んでいたわけじゃない。忍びとして御屋形さまに仕えるために自分なりに励んできた。父御に連れられて武蔵や下総にも旅をした。昔より成長しているつもりだ。人の殺し方もうまくなったぞ。韮山ではしくじったが、今ならへまはしない」

慎吾が目を細めて、じっと小太郎を見つめる。かつて韮山で暮らしているとき、慎吾は小太郎を憎み、小太郎を殺そうとしたことがあるのだ。

「……」

「ふふふっ、おれが命を狙ったのは風間《かざま》小太郎だ。風摩《ふうま》小太郎ではない」

「知っているのか？」

「おまえが小田原に戻る前に御屋形さまから聞かされた。御屋形さまは、父御とおれに風間党を任せるとおっしゃった。小太郎には風摩の姓を与え、別に家を立てさせる、とな」

「それで納得したのか？」

「おまえが風間党でなくなれば、おまえを殺す理由もなくなる。納得できないのは、おまえの方じゃないのか？　風間党から追い出されるわけだからな」

「おれは伊豆千代丸さまの軍配者になって、北条家が支配する国を守っていきたいと思っている。風間であろうと風摩であろうと、どうでもいい。ただの小太郎でいい」

「それが本心なのか？」

「疑うのか？」

「いや、信じるよ」

慎吾が立ち上がる。

「おまえの言葉を疑い、おまえの命を奪おうとしたりすれば、今度はおれが命を狙われる。妹に殺されるのは真っ平だ」

慎吾ががらりと襖を開ける。暗い部屋の真ん中にあずみが蹲《うずくま》っている。両手で短刀を握っている。

「小太郎との話は終わった。まだ動けないだろうから、おまえが世話をしてやれ」

慎吾はあずみに言うと、小太郎を振り返り、

「頼もしい用心棒だな」

と笑う。

慎吾が部屋から出て行くと、

「そこで何をしていた？」

「兄者が小太郎に悪さをしようとしたら、兄者を刺すつもりだった」

あずみが顔を上げずに答える。

「慎吾を刺すだなんて……。実の兄ではないか。なぜ、そんなことを……？」

「小太郎は伊豆千代丸さまの軍配者になる人だ。北条のためになくてはならない人だもの。奈々にとっても、わたしにとっても……」

あずみが顔を上げる。その顔は涙に濡れている。

「兄者よりも小太郎の方が大切だもの」

あずみがわっと声を上げて泣き出し、小太郎の胸に体を投げ出す。

「あずみ……」

その感情の激しさに驚きながらも、小太郎はあずみの背中を優しく撫《な》でてやる。

二十三

十日ほどすると、勝千代はかなり回復した。腕と足を骨折したので、まだ剣術稽古は無理だが、ず

っと寝たきりでいる必要はなくなった。

勝千代自身、寝てばかりいると退屈なので、剣術が無理なら学問だけでも始めたいと言い出した。伊豆千代丸に兵書を講じているのは香山寺の宗真で、二日に一度、韮山から小田原にやって来る。宗真は伊豆千代丸の部屋で講義をする。伊豆千代丸だけでなく、乳母子の平四郎も一緒だ。怪我をするまで、勝千代も一緒だったが、今の体では難しい。

「よろしければ、わたしが」

と、小太郎が教授役を買って出た。

小太郎は勝千代の病室に出向いて講義をすることにした。それならば、勝千代は体を起こすだけでいいし、辛いときには寝たままでも構わない。いくら怪我のせいだとはいえ、宗真や伊豆千代丸がいるところで横になったままで講義を受けることはできない。小太郎と二人きりだからこそ許される。あまり長い時間、講義を続けると、勝千代が疲れてしまうので、講義は午前と午後の二回、それぞれ半刻（一時間）ずつ行うようにした。

「青渓先生」

勝千代は、小太郎をそう呼ぶ。

「何かな？」

「人は死ぬと、どうなってしまうのでしょうか？」

「どうした、突然？」

「善行を積めば極楽に行き、悪行を積み重ねれば地獄に墜《お》ちる……そう信じてきました」

「うむ」

「しかし、猪に突き飛ばされて生死の境をさまよったとき、たぶん、もう死にかかっていたのではないかと思うのですが、わたしは地獄でも極楽でもないところにいたのです」

「ほう。どこにいたのだ？」

「うちです」

「うち？」

「はい。駿府の屋敷にいました。わたしが生まれた屋敷です。父と母がおりました。父は、とても怖い顔をして、ここはおまえのいる場所ではない、さっさと出て行け、と怒鳴るのです。わたしは驚いて、母に助けを求めました。母はいつも優しかったからです。ところが、母までが、まるで夜叉《やしゃ》のように恐ろしい形相で、なぜ、父上の指図に従わぬ、さっさと出て行くがよい、と怒るのです。わたしは恐ろしくなって屋敷から走り出たのです」

「それで？」

「泣きながら走っているうちに急に地面が大きく揺れ出しました。ものすごい揺れで、気が付くと、周りの地面が大きく割れていて、何とか屋敷に戻ろうとしましたが、足を滑らせて割れ目に落ちてしまいました。それきり何もわからなくなってしまって……」

「で、目を覚ましたら、ここにいたということかな？」

「そうなのです。なぜ、地獄や極楽ではなく、駿府の屋敷にいたのか……」

勝千代が首を捻ったとき、廊下から、わははは、と大きな笑い声が響いた。

「夢を見たに決まっておるではないか。まだ生きていたから地獄にも極楽にも行かず、のんきに夢など見ていたのであろう。勝千代は阿呆じゃのう」

伊豆千代丸が部屋の中を覗き込む。

「若君でしたか」

小太郎が姿勢を正す。

「いかに若君とはいえ、人を阿呆呼ばわりするのは無礼ですぞ」

勝千代がムッとする。

「そう怒るな」

伊豆千代丸が病室に入ってくる。その後ろから平四郎と奈々、お福の三人も続く。

勝千代を囲むように伊豆千代丸、平四郎、奈々が腰を下ろす。お福は部屋の隅に控える。

「元気そうではないか」

「すっかり元気になりました」

「ならば、わしらと共に学問すればよい。なぜ、小太郎と二人でこそこそしているのだ？」

「別にこそこそしているわけではありませぬ」

お互い悪気はないのだろうが、伊豆千代丸と勝千代が面と向かうと、どうしても刺々《とげとげ》しいやり取りになってしまう。本来ならば、家臣という立場にある勝千代が口を閉ざすべきだが、そういうおとなしい性格ではない。

「今の体では正座して文机に長い時間向かっていることが難しいのです」

小太郎が二人の間に割って入る。放っておくと、今にも取っ組み合いの喧嘩でも始めそうな雰囲気だからだ。

「そのように姿勢を崩していればよい」

「そうはいきませぬ。宗真さまは学問の師であられます。師に学ぶときには礼を尽くさなければなりませぬ」

「小太郎には、そうしなくてもよいのか？」

「わたしは勝千代の見舞いに来て、四方山話《よもやま》をするついでに学問の話もするというくらいですから、そう改まる必要もありません。二人きりで、誰も見ていませんから、少しくらい行儀が悪くてもいいのです」

「ふうん、そういうものか……」

伊豆千代丸は勝千代を見て、

「剣術稽古は、いつからできるのだ？」

「できるだけ早くやりたいのですが、医師からは年内は我慢するようにと言われています」

「あとひと月くらいは無理ということか。まあ、仕方ないのう。しかし、弁千代が相手ではつまらなくてのう」

「もう若君には歯が立たなくなってしまったと弁千代が悔しそうに話しておりました。よほど悔しいらしく、朝と夜の稽古時間を増やしているそうです」

「そう聞くと、わしものんびりしてはいられぬ。学問にも剣術稽古にも励まねばな。今のところ、学問では平四郎に及ばぬし、剣術では勝千代に及ばぬ」

「よい心懸けでございます」

小太郎がうなずく。

「親しき友同士が切磋琢磨することで、学問も進み、剣術の腕も上がるでしょう」

「小太郎もそうだったか？」

「足利学校には良き友がおりました。彼らのおかげで苦しいときも耐えることができたのです」

「ふうん、その者たちは、どうしているのだ？」

「わかりませぬ」

小太郎が首を振る。

「もし一人前の軍配者になることができれば、いずれ戦場で相見《あいまみ》えることができるでしょう」

「友と戦うのか？」

「それが軍配者の宿命なのです」

「では、わしが勝千代や平四郎と戦うこともあるのかな？」

「それは、ありませぬ」

小太郎が笑う。

「なぜだ？」

「勝千代も平四郎も、北条の家臣として若君を支えることになるからです。力を合わせて、北条に刃向かってくる者たちと戦うことになるでしょう」

「それを聞いて安心した。親しき者と戦うのは辛そうだからのう」

「若君、勝千代は疲れているようです。少し休ませてあげてはいかがですか？」

お福が声をかける。

確かに勝千代は顔色が悪くなっている。伊豆千代丸の前だから、気を張って無理をしているのであろうが、ずっと体を起こしているのは辛いに違いない。

「わかった」

伊豆千代丸が立ち上がる。

「また来るぞ。養生して、早くよくなれ」

「ありがとうございます」

「おまえが寝ている間に、わしは剣術稽古に励むぞ。手合わせが楽しみじゃのう」

「若君には決して負けませぬ」

気の強そうな顔で、勝千代が伊豆千代丸を睨む。

「ふんっ、わしも負けぬわ」

負けじと伊豆千代丸も睨み返す。

その二人を平四郎が心配そうに見つめている。

第二部　四郎左

一

十二月中旬、底冷えのするような寒い日、伊豆千代丸《いずちよまる》の外歩きのお供をして小太郎《こたろう》が城に戻ってくると、堀端に旅姿の僧が立っているのが見えた。左手に木椀を、右手に杖を持って念仏を唱えている。墨染めの衣は埃や泥で汚れ、編笠《あみがさ》は破れている。

懐から何枚かの銭を取り出して、小太郎がその僧に近付く。

「ご苦労さまです」

声をかけながら、木椀に銭を入れたとき、その僧がひょいと編笠を持ち上げる。

「あ」

思わず小太郎が声を上げる。

「久し振りだな」

あばた面の醜い男が口元を歪《ゆが》めて、にやりと笑う。

四郎左《しろうざ》であった。

足利《あしかが》学校で共に学んだ親しい友である。足利学校では鷗宿《おうじゅく》と名乗っていた。俗名は山本勘助《やまもとかんすけ》という。

小太郎は四郎左を門内に入れ、井戸端に案内した。あまりにも四郎左が薄汚く、体から悪臭を放っているので、そのままでは城に入れられないと思ったからだ。

「ここで体を洗って下さい」

「うむ」

四郎左が体を洗っている間に、小太郎は城に入り、新しい下着や衣を用意する。それらを携えて井戸端に戻ると、下帯ひとつの四郎左が地面にあぐらをかいて坐り込んでいる。

「どうしたんですか?」

「腹が減って動くことができぬ」

「ああ……」

これに着替えておいて下さい、と言い残すと、小太郎は台所に行き、下働きの女に頼んで握り飯をふたつ拵《こしら》えてもらう。急いで四郎左のもとに戻ると、まだ半裸のままだ。着替えをする元気もないらしい。

「どうぞ」

握り飯を差し出すと、飢えた犬のように目の色を変えて食らいつく。信じられないくらいに下品だが、小太郎は蔑《さげす》むこともなく、

(よほど苦労して旅してきたのだな)

と同情した。

握り飯を食べると人心地がついたのか、四郎左はゆっくり着替えを始める。

それから小太郎は四郎左を自分の部屋に案内した。

向かい合って坐ると、

「今まで、どこにいたんですか？」

四郎左には四年くらい会っていない。

「京さ。そう言って、おまえと別れたじゃないか」

「それは伺いましたけど」

ある事情で四郎左は足利学校にいられなくなり、軍配者《ぐんばいしゃ》になる修行を続けるために京都に向かったのである。軍配者になるには下野《しもつけ》の足利学校か、京都の五山《ござん》で学ぶしか道がない。このふたつが東西の双璧なのである。

「こいつ、本気にしてなかったのか。足利学校に戻れないとすれば、京の五山で修行する以外に軍配者になる道はない。そう話しただろうが」

「五山に入るのは難しいと聞きましたので」

「どんなところにも道はあるものでな。この世の中、大抵のことは金で何とでもなる」

京の五山といえば、天龍寺《てんりゅうじ》、相国寺《しょうこくじ》、建仁寺《けんにんじ》、東福寺《とうふくじ》、万寿寺《まんじゅじ》の五つである。五山と並び称されてはいるが、微妙に格式が違っている。

名門と言えるのは建仁寺で、数多くの軍配者を輩出している。四郎左が建仁寺を選んだのは当然であった。

「建仁寺で修行していた四郎左さんが、なぜ、小田原《おだわら》にいるんですか？」

「おまえを訪ねてきたに決まってるじゃないか。扇谷上杉《おうぎがやつうえすぎ》と北条《ほうじょう》が大きな戦《いくさ》を始めるという噂は京にも伝わっている。どちらが勝つか、建仁寺の学僧たちも興奮気味に予想している」

「どっちが勝ちそうですかね？」

「北条に決まっているさ。扇谷上杉を支えなければならない太田《おおた》と曽我《そが》が不仲だし、その他にはろくな家臣もいないからな。北条と互角に戦うには、他の国に助けを求めるしかない。今川《いまがわ》が味方すれば面白いと思ったが、道々、駿河《するが》を旅してきた感じでは、北条と戦をするつもりはなさそうだな。大きな戦をするような支度を何もしていなかった。武田《たけだ》と扇谷上杉の縁組みがまとまりそうだという噂も聞いているが、武田は国内に多くの敵を抱えているから、扇谷上杉のために大軍を動かす余裕はない。となると、八割方、北条の勝ちだろう」

「驚いたな。詳しいんですね」

「建仁寺にいると、全国津々浦々からいろいろな知らせが届く。どこの国にも軍配者がいて、大抵は足利学校か京の五山で学んだ者たちだ。その連中が律儀に手紙を送ってくるわけだ。国同士が戦をしても、その戦を指図する軍配者同士が知り合いだったり、先輩後輩の間柄だったりということも珍しくない。こっそり打ち合わせをして、適当なところで戦を終わらせたりもするらしい。どちらかの国が負ければ、その国の軍配者は禄《ろく》を失ってしまうからな。決着が付かないように、適当にやり合うのがどちらにとっても都合がいいわけだ。おまえが北条の軍配者であれば養玉《ようぎょく》と話を付けるところだろうがな」

「え、養玉さんのことをご存じなんですか？」

養玉というのは、小太郎や四郎左と共に足利学校で学んだ曽我冬之助《ふゆのすけ》のことである。小太郎よりふたつ年上だから、今は二十歳である。最年長の四郎左は二十四歳だ。

「今頃は江戸《えど》城にいるはずだぞ。扇谷上杉には名のある軍配者はいない。せいぜい曽我兵庫頭《ひょうごのかみ》くらいだが、もう年寄りだからな。孫の養玉に軍配を預けても不思議はない。養玉が相手となれば、北条で軍配を振るのも面白そうだよな」

ふふふっ、と四郎左が笑う。

「北条家に仕える気持ちがあるんですか？」

「軍配者になるのなら、本当は駿河がいいんだ。生まれた土地だしな。だが、今の御屋形《おやかた》さまは重い病を患っているという話で、それなら代替わりしてから仕官する方がいい。ご嫡男《ちゃくなん》の彦五郎《ひこごろう》さまという御方も幼い頃から病気ばかりしている体の弱い人だから、御屋形さまが急に亡くなったりすると家督を巡って争いが起こるかもしれない。そんな騒ぎに巻き込まれたら面倒だ。今川に仕官するのは、もっと先だな。となると、あとは北条か武田ということになる」

「武田ですか？」

「国内に敵を抱えているから、武田では人を集めている。簡単に仕官できそうだが、主の信虎《のぶとら》というのがひどく評判の悪い男でな。戦は強いらしいが、短慮で、ちょっとでも気に入らないことがあると、すぐに家臣を手討ちにするらしい。そんな主では物騒だから迷っている」

「それで北条ですか？」

「別に焦っているわけじゃない。とりあえず、上杉との戦を見物させてもらう。その成り行き次第で考えてもいいという話だ。戦というのは、時として思わぬことが起こる。負けるはずのない北条が負けることだって考えられないわけじゃないものな」

四郎左が肩をすくめる。

廊下をばたばたと踏み鳴らす音がして、襖《ふすま》ががらりと開けられる。金石斎《きんこくさい》である。その後ろに何人かの武士たちを従えている。城中の警備を受け持つ武士たちだ。

「金石斎先生、どうなさったのですか？」

小太郎が驚いた顔で訊《き》く。

「怪しげな者を城に招き入れたそうではないか。敵の間諜《かんちょう》ではあるまいな」

「まさか、そんなはずが……」

小太郎が説明しようとすると、

「これは根来《ねごろ》金石斎先生でございますか」

四郎左が大きな声を出す。

「なれなれしく、わしの名を呼ぶではない。正直に申せ。どこの国から参った？」

「京でございます。小田原に旅するのならば、そこに金石斎という者が軍配者として仕えているはずだから、よろしく伝えてくれと栄橋《えいきょう》先生から言付かりました」

「何だと、栄橋先生？　おまえ、建仁寺の者か」

「はい。栄橋先生から易《えき》を学びましてございます」

「おお、そうであったか。栄橋先生は、お元気なのか？　もう七十近いはずだが」

「矍鑠《かくしゃく》としておられます」

「そうか、そうか。建仁寺から参られたか。名は何とおっしゃる？」

「俗名・山本勘助と申します。建仁寺では鷗宿と名乗っておりましたが俗体に戻るつもりなので、どうか勘助と呼び捨てて下さいませ。金石斎先生は尊敬すべき兄弟子でございますから」

「ほう、山本勘助殿と申されるか。ところで、なぜ、風摩《ふうま》殿と知り合いなのだ？」

「は、風摩？」

四郎左が小首を傾《かし》げる。

小太郎が言う。

「風摩小太郎と名乗っているんですよ」

「ああ、そうだったのか。わたしは最初、足利学校で学んだのです。といっても、ほんの何ヶ月かのことでしたが。小太郎とは、そのときに知り合いました。しかし、足利学校のやり方が性に合わないので退校し、建仁寺で学び直したのです」

「そうなのか」

金石斎が嬉しげな声を発する。

関東諸国にいる軍配者は圧倒的に足利学校の卒業生が多い。建仁寺で学んだ軍配者は、そう多くない。少数派なのだ。そのことに金石斎は引け目を感じ、足利学校で学んだ軍配者を憎んでいる。小太郎に冷淡なのは、ひとつにはそれが理由であった。

その金石斎にとって、水が合わぬという理由で四郎左が足利学校を退校し、わざわざ建仁寺で学び直したというのは痛快な出来事であった。

しかも、栄橋という同じ師に学んだ同門の後輩である。嬉しくないはずがない。

「いきなり先生を訪ねるのは失礼と思い、小太郎に紹介を頼むつもりだったのです」

「何を水臭いことを申すのか」

金石斎は部屋に入り込むと、四郎左の肩に両手を載せる。

「共に栄橋先生に教えを受けた仲ではないか。兄弟のようなものであるぞ。何の遠慮があるものか。小田原で身を寄せるところは決まっておるのか？」

「いいえ、まだ何も……」

「わしの屋敷に来られよ」

「いや、それでは、あまりにも申し訳なく……」

「栄橋先生のご様子も伺いたいし、建仁寺での修行のことも聞かせてほしい。わしが修行したのは、かれこれ十年ほども昔のこと故、いろいろ変わったこともあろうしなあ。頼む、うちに来てくれ。好きなだけ滞在して構わぬ。できるだけ長く留まってくれれば嬉しいぞ、山本殿」

「どうか勘助と」

「では、勘助殿。うちに来てくれるな？」

「はあ、そうさせていただければ……」

四郎左がちらりと小太郎を見遣る。その視線に気付いた金石斎は、

「風摩殿、承知して下さるであろうな？　勘助殿を、この狭い部屋に泊めるわけにもいくまい」

「わたしは構いません。勘助さんにとっても、その方がよかろうと思います」

「おお、嬉しや！」

金石斎は立ち上がると、

「では、参ろうか」

「もう少し小太郎と話したいのですが」

「積もる話があろうからな。わしは先に屋敷に戻って、勘助殿を迎える支度をしておこう。風摩殿、あとから勘助殿を案内して下さるな？」

「お任せ下さい」

小太郎がうなずくと、金石斎が足早に部屋から出て行く。ちょっと興奮気味らしい。武士たちも慌てて金石斎を追う。

「何だ、あいつ？　いきなり部屋に飛び込んできて、しかも、若侍を何人も連れて？　おれを捕らえるつもりだったのかな」

「そうだと思います。実は……」

金石斎との確執について四郎左に説明する。確執といっても、金石斎が一方的に敵意をむき出しにしているだけだが。

「そういうことか。おまえを見張っていたに違いない。何か弱味を見付けたら、それを理由にしておまえを追い出そうという魂胆なのだろう。しかし、御屋形さまの命令に従わず、北条家の軍法やしきたりを何も教えようとしないとは卑怯なことをする」

「十兵衛《じゅうべえ》さまや大道寺《だいどうじ》さまが教えて下さるというのですが、戦支度でお二人とも忙しいらしくて、なかなか教わることができません……」

宗瑞《そうずい》の言葉を十兵衛が書き残した冊子があり、そこには軍法やしきたりがかなり詳しく書き込まれている。それを読んで自分なりに学んでいるものの、冊子を読むだけではわからないことも多くあり、やはり、曖昧なところは誰かに教えを請《こ》う必要があるのだ、と小太郎が言う。

「おれに任せておけ」

「え？」

「あのはしゃぎようを見ただろう？　共に建仁寺で学び、共に同じ師に教えを受けたことで、おれを兄弟のように思っている。その気持ちはわかる。建仁寺で軍配者を目指している者は、誰もが皆、足利学校を悪《あ》し様《ざま》に罵《ののし》っているからな」

「へえ、そうなんですか」

「おまえには何も教えたくないだろうが、おれになら何だって教えてくれるさ。あの様子では、おまえを叩き出して、おれを後釜に据えようとしても不思議ではないな」

「確かに」

「冊子を読んでわからないところを、おれに言え。適当におだてて、おれが探ってやる。酒を飲ませておだてれば、何でもしゃべるさ」

「いいんですか、兄弟子じゃないですか」

「おまえには命を助けてもらった恩義があるが、金石斎には何の義理もない。小田原に旅することを栄橋先生に話したとき、先生が金石斎の名を口にしたのは本当だが、さして懐かしそうでもなく、よろしく伝えてくれとも頼まれなかった。学問も未熟で占いも下手くそだったが、口だけは達者で世渡りのうまそうな男だったと話していたよ」

四郎左がにやりと笑う。

二

四郎左と小太郎が部屋で話し込んでいると、

「兄ちゃん」

廊下から奈々《なな》の声がする。

「奈々か。入りなさい」

襖が開き、奈々が部屋に入ってくる。

「あ、これは」

小太郎が慌てて姿勢を正す。伊豆千代丸も一緒だったからだ。その後ろに平四郎《へいしろう》とお福《ふく》もいる。

「若君です」

四郎左に咎《とが》めるような視線を向ける。あぐらをかいたままでいるからだ。

「うむ」

面倒臭そうに正座をする。

「おおっ」

伊豆千代丸が驚きの声を上げながら、四郎左の前にぺたりと坐り込む。まじまじと四郎左の顔を見つめながら、

「その方《ほう》、名は何という？」

「山本勘助と申します」

「山本勘助か……。勘助と呼んでもよいか？」

「はい、もちろん」

「では、勘助。教えてくれぬか。なぜ、そのように醜い顔をしているのだ？　わしは今まで、おまえのような醜い人間に会ったことがないぞ」

「若君！　失礼なことを訊いてはなりませぬぞ」

お福が鋭い声で伊豆千代丸をたしなめる。

「そうか、訊いてはならぬことだったか。済まぬことをしたのう、勘助」

「いいえ、一向に構いませぬ。顔のことでとやかく言われるのには慣れているのです。好きでこんな不細工な顔になったわけではありませぬが、今ではまったく気になりませぬし、案外、自分では気に入っているのです……」

そう言って、四郎左は、なぜ、これほど醜い顔になったのか、ということを伊豆千代丸に説明する。

そもそもの原因は、十歳のとき、重い病に罹《かか》って生死の境をさまよったことである。かろうじて一命を取り留めたものの、ひどいあばた面になり、右目もほとんど視力を失った。聴力も弱くなった。

今は、その当時よりも顔が崩れている。蒸し上げた蟹《かに》のような赤ら顔になり、右目は肉が盛り上がってほとんど潰れている。肉が盛り上がった分だけ頬の肉が引っ張られているので、右の口の端が攣《つ》り上がっている。

なるほど、これほど醜い人間は広い世間にも滅多にいるものではない。伊豆千代丸が驚くのも無理はない。

「ふうん、そうか。病でそんな顔になったのか」

伊豆千代丸がまじまじと四郎左の顔を見つめる。

「作り物ではございませぬ。本物でございますぞ。何なら触ってみますかな？」

「よいのか？」

「ええ、どうぞ」

「……」

伊豆千代丸が恐る恐る四郎左の顔に手を伸ばす。まさに手が触れようとした瞬間、いきなり四郎左が口を大きく開けてにやりと笑う。

「ひっ」

その笑いが、あまりにも不気味で迫力があったので、思わず伊豆千代丸が尻餅をつく。

「若君、いい加減になさいませ。青渓《せいけい》殿に何かお願いがあったのではないのですか？」

お福が言う。

「ああ、そうであった」

伊豆千代丸が小太郎に体を向ける。

「実はのう……」

学問の時間を増やしたいのだ、と言う。勝千代《かつちよ》が回復し、病床で学問に励む姿を見て、うかうかしていると、また勝千代に先に進まれてしまう、と焦りを感じたらしい。

「なるほど、それは結構な心懸けでありますな。しかし、何どきくらいにやるのがよいでしょう」

勝千代と一緒に学べばよさそうなものだが、まだ勝千代は正座ができない。小太郎と二人だけのときには無礼講だから、時には寝たきりで学問することもあるが、まさか伊豆千代丸と同じ席で寝たきりというわけにはいかない。そうなると別々に教えるしかないが、今は軍法やしきたりを学ぶことにも時間を取られているので、案外、小太郎には暇な時間がない。とはいえ、伊豆千代丸の頼みを断ることもできない。小太郎の困惑顔を察したのか、

「差し出がましいことを申しますが、よろしければ、わたしが講義をして進ぜましょう」

四郎左が口を開く。

「え、勘助が？」

伊豆千代丸が驚いたように四郎左を見る。

「こんな醜い姿をしておりますが、わたしは青渓と共に足利学校で学びました。その後、思うところがあって京に上り、建仁寺でも学びました。金石斎先生の弟弟子に当たります。実戦の経験こそありませんが、どこぞの大名に召し抱えられれば、すぐにでも軍配者として役に立つ働きをする自信を持っております」

「ふうん、そうだったのか。何が得意なのだ？」

「何が得意といっても、兵法以外は大したことはありませんな」

「兵法のう……『孫子』か……それなら、もう学んでおるのう」

伊豆千代丸がつまらなそうな顔になる。

「ふふふっ、青渓の教える兵法は『孫子』をしっかり読むことでしょうが、わたしは違いますぞ」

「どう違うのだ？」

「書物を使いません」

「ん？　では、何を使う？」

「コマでございます」

「コマ？」

「白と黒のコマを使い、それを敵と味方に見立てて、大きな絵図面の上で戦わせるのです」

「勘助さん！」

小太郎が慌てて止めようとする。四郎左がやろうとしているのは、つまり、図上演習である。足利学校では、軍配者になるための最終段階の教科として行われる。兵法書の内容を己の血肉として身に付け、和漢の軍記物を広く読み終えた上で、初めて図上演習が許される。兵法の基礎ができていない者が行えば、ただの遊びになってしまいかねない。

「心配するな。そう難しいことをするわけではない。いかがですかな、若君？」

「面白そうじゃな。やってみたい。構わぬであろう？」

伊豆千代丸が小太郎を見る。

「はあ」

うなずかざるを得ない。

（困った人だ）

小さな溜息をつきながら、四郎左を見る。

三

暇を持て余し、四郎左は小田原や、その周辺を歩き回る。金石斎の屋敷に泊まっているが、金石斎は早朝に出かけて、夜遅くまで帰ってこない。賓客として丁重にもてなされてはいるものの、手持ち無沙汰ですることがない。

そもそも京から小田原にやって来たのは、来たるべき北条氏と扇谷上杉氏の戦いを間近で見学するためである。できることなら、戦支度の段階から、この戦いに関わりたいのだ。金石斎の屋敷にじっとしているのは時間の無駄である。

よく知らない土地にやって来ると、何はともあれ、その土地を歩き回るというのは軍配者の習性のようなものである。地形を知り、民情を知り、自分が敵方ならば、その土地をどう攻めるかを思案し、自分が味方ならば、その土地をどう守るかを思案する。

戦を控えた小田原の空気は、ピリピリしている。

敵方の間者が入り込むのを警戒して、北条の武士や忍びが目を光らせているのだ。最も警戒されるのは見慣れぬ旅人である。商人や僧侶に扮《ふん》して敵地に入り込むというのは間者の常套《じょうとう》手段である。

四郎左が一人歩きすると、たびたび呼び止められる。そういうときのために金石斎が通行手形を出して身分を保証してくれていたが、それを見せても疑いが晴れず、小田原城まで連行されたこともある。城に着くと、金石斎か小太郎が呼び出され、それでようやく疑いが晴れるのである。

「一人で出歩いては駄目ですよ。言ってくれれば、わたしがついていきますから」

「おまえは忙しいじゃないか」

「何とか時間を作ります」

「無理するな」

北条氏の軍法やしきたりなど、北条の軍配者になるのであれば必ず知っておかなければならないことを、金石斎は小太郎に教えようとしない。

しかし、弟弟子の四郎左には、喜んで教えてくれる。金石斎自身がまとめた冊子があり、酒を酌み交わしながら、その冊子をもとに丁寧に講釈してくれるのだ。

金石斎が酔い潰れて寝てしまうと、四郎左は、その冊子をせっせと筆写し、それを小太郎に渡す。読んだだけではわからないところは、金石斎の講釈を伝えた。

筆写したものが増えるにつれ、小太郎は忙しくなった。病床の勝千代に講義し、伊豆千代丸の下調べを手伝い、外歩きの供もし、更に自分の勉強も続けなければならないのだから、いくら時間があっても足りないのだ。軍法やしきたりを頭に詰め込んで、その内容を理解するのは当たり前のことで、それだけならば大して面倒なことはない。後々、自分が軍配を振るようになったとき、自分が立案した作戦が、その軍法やしきたりに背くことがないように配慮する必要が出てくる。その工夫に時間がかかるのだ。大変な作業ではあるものの、軍配者にとっては、ごく当たり前の作業でもある。

四郎左自身、軍配者になろうとしている身だから、小太郎の苦労がよくわかる。四郎左に付き合って、ふらふら出歩く暇がないこともわかっている。

そんな事情で、たまに小太郎が付き合ってくれることはあるものの、大抵、四郎左は一人で小田原周辺を歩き回っている。

（ふうむ、なかなか守りにくい土地だのう）

時折、足を止めては、懐の帳面を取り出して、周辺の地形を書き写したり、気になったことを書き留めたりする。

小田原の西には箱根《はこね》という天険がある。この天然の要害に拠《よ》れば、少数の兵で大軍を足止めすることができる。敵が西から攻めて来るのであれば、箱根に布陣した北条軍が敵を見下ろす格好になるから、敵は手も足も出ない。無理攻めすれば、箱根を攻め下る北条軍に粉砕されてしまうであろう。

が……。

北条氏の敵は西ではなく、東にいる。

東の守りは弱い。

小田原から武蔵《むさし》まで平坦地が続いており、敵を食い止めるのに適した場所がない。北条氏は鎌倉《かまくら》の北に玉縄城《たまなわじょう》を置いて、武蔵方面の敵に睨《にら》みを利かせているが、ここを突破されてしまえば、小田原まで一気に攻め込まれる怖れがある。実際、宗瑞の時代、三浦《みうら》氏と両上杉の連合軍に小田原城周辺にまで攻め込まれたことがある。

(上杉と戦うには、こちらから武蔵に攻め込むしかない)

つまり、先制攻撃しなければならないということである。敵軍に相模《さがみ》に攻め込まれてしまっては、戦の成り行き次第では防戦一方になりかねない。そんなことにならぬよう、戦いは自国ではなく敵国で行う必要がある。

(陣触れを発して小田原を出陣したら、迅速に武蔵に攻め込み、できれば、一日か二日で江戸城を落とさねばならぬな……)

江戸城を拠点として、扇谷上杉軍との決戦に臨むのである。戦が長引けば、北条氏の勢力拡大を望まない山内《やまのうち》上杉氏や武田氏あたりが扇谷上杉氏に肩入れするに違いないからだ。

(北条の戦い方は、はっきりしている。では、扇谷上杉は、どう戦えばいいのだ？　勝ち目はないのか……)

ぶつぶつ独り言を言いながら歩いていると、いきなり二人の男に両腕を取られた。

「おい、何をする」

抵抗しようとすると、三人目の男が正面に立ち、四郎左の鳩尾《みぞおち》に拳《こぶし》を叩き込む。うげっ、と声を発し、四郎左が体を丸める。そのまま左右の男たちに引きずられ、森に連れ込まれる。

（こいつら、物取りか？）

もはや逆らう気は失せている。腕力には、まるで自信がない。刃物の扱いも苦手だ。下手に逆らえば、相手を怒らせて殺されてしまいかねない。奪われて惜しいようなものなど身に付けていない。懐に財布があるが、何枚かの銭と金の小粒がふたつくらい入っているだけだ。ほしければくれてやる。

（違うかな？）

物取りならば、財布を奪って、さっさと逃げればいい。わざわざ人気《ひとけ》のない森の中に連れて行こうとする理由がわからない。若い女であれば、よってたかって手込めにされるかもしれないが、四郎左にその心配はない。

（おとなしくしていれば、命までは奪われまい）

物心ついてから、何度となく修羅場をかいくぐり、生と死の境界を綱渡りのように歩いてきたせいか、土壇場に追い込まれると、かえって腹が据わるらしい。好きにしろ、と開き直った。

不意に突き飛ばされ、四郎左は地面に転がる。顔を上げると、正面に若い男がいる。大きな石に腰を下ろして、四郎左をじろじろ見ている。

「おまえ……」

四郎左が体を起こす。

「慎吾《しんご》だな？」

「ん？　おれを知っているのか」

「ふんっ、忘れたか。四年前、おまえは小太郎を殺そうとした。わしと養玉が止めたんだ」

「四年前……。ああ、そう言えば、そんなことがあった。あのときの男か。道理で、その不細工な面《つら》に見覚えがあるはずだな」

ふふふっ、と慎吾が笑う。

「今度は、わしの命を狙ったのか？」

「狙ったわけではない。おまえなど、簡単に殺すことができる。おまえが敵の間者であれば、小太郎の友だとか、金石斎の弟弟子だとか、そんなことに関わりなく死んでもらう」

「わしは間者などではない」

「バカめ。自分から間者だと名乗るような者はおらぬわ。ここ数日、おまえは小田原を歩き回って、怪しげな振る舞いをしていたな。何をしていた？」

「気になったことを書き留めていただけだ」

「……」

慎吾が顎《あご》をしゃくると、四郎左を殴った男が四郎左の懐から帳面を取り出そうとする。咄嗟《とっさ》に帳面を守ろうとすると、容赦なく顎を殴られる。その男が慎吾に帳面を渡す。

「ふうむ……」

慎吾が帳面をぱらぱらめくる。

次第に顔色が険しくなる。

当然であろう。

帳面には小田原周辺の地形が描かれており、地形図の余白には、どこから攻め込めばいいか、どうすれば小田原城を攻め落とすことができるか、ということまで書かれている。

「これでも間者ではないというのか？」

慎吾が四郎左を睨む。

「違う。わしは間者ではなく、軍配者だ。軍配者ならば、誰でも同じことをする。小田原に来たからといって特別なことをしたわけではない。江戸に行っても河越《かわごえ》に行っても同じことをする。駿府《すんぷ》でも同じことをした」

「……」

慎吾が改めて帳面をめくる。確かに、前の方のページには駿府周辺の地形図と、駿府を攻めるにはどうすればいいか、駿府を守るにはどうすればいいか、ということが書かれている。

「心配なら、それは小田原殿に進呈しよう。それを読めば、小田原の弱点がわかる。どこをどう補強すればいいかもわかる。駿府を攻める気持ちがあるのなら、少しは役に立つだろうしな」

「バカめ。敵は東にいる。西ではない」

「素人が見れば、驚くことかもしれないが、そこに書いてあるのは大したことではない。軍配者になる修行をした者であれば、誰でも気が付くことばかりだ。恐らく、小太郎もわかっているはずだ。金石斎だって、わかっているだろう」

「そんな話は聞いたことがない」

「まあ、そうだろう。そこに書いてあることは実際には無駄だからな。役には立たぬ」

「どういうことだ？」

「この相模という国は実に守りにくいのだ。西からの敵だけは箱根があるから容易に防ぐことができるが、東や北からの敵を防ぐのは難しい。どこからでも攻め込むことができるからな。だから、そもそも小田原を守ろうという発想が間違っている。敵が攻め込んできたら北条は負けるのだ」

「では、どうすればいい？」

「簡単な話だ。相模に攻め込んできそうな敵を、こっちから先に攻め潰してしまうのだ。武蔵や甲斐《かい》を領国にしてしまえば、もはや相模が攻められる心配はない。それ故、小田原の守りを固めようとするのではなく、武蔵や甲斐を攻め滅ぼす算段をする方がいいのだ」

「口で言うほど簡単ではない」

「そうか？　それがわかっているから小田原殿は武蔵に攻め込んで扇谷上杉を滅ぼそうとしているのではないのか？」

「……」

「武田も剣呑な敵だが、甲斐と相模の間には山がある。大軍が相模に攻め込むには時間がかかる。だが、武蔵からは時間もかからない。江戸から小田原まで一昼夜もかかるまい。小田原周辺を強固にしても何の守りにもならぬ。江戸城を奪い、江戸城と玉縄城で東の国境を守らなければどうにもならぬのだ。わかるか？」

「いや……」

慎吾が小首を傾げる。

四郎左が話したのは、個々の戦術ではなく、戦略である。北条氏がどういう国を作っていけば安全を確保できるかという雄大な構想なのである。ひとつの城をどう攻めるか、どう守るか、という程度の話であれば、慎吾にも理解できるが、国作りという話など規模が大きすぎてよくわからない。

ただ、この不細工な男は、どうやら敵の間者ではないらしい、ということは納得した。

「ふんっ」

慎吾が帳面を四郎左に向かって放り投げる。

「返してくれるのか？」

「そんなものを持ち歩いて、人目に付くようなことをするな。血の気の多い武士に咎められたら、その場で叩き殺されるかもしれぬぞ」

「忠告してくれるのか？」

「無用の騒ぎを起こしてほしくないだけだ」

慎吾が腰を上げる。

「おまえを信用したわけではない。おかしな真似をしたら決して許さぬ。用心することだ」

慎吾と男たちが森の中に消える。

あとには四郎左一人が残される。

地面から帳面を拾い上げ、泥を手で払うと懐にしまう。

「胸クソの悪い奴だ。あんな奴が青渓と血が繋がっているとは信じられぬ。さて、今日のところは帰るか。何だか疲れた」

ぶつくさ言いながら、のろのろと立ち上がる。

四

大晦日《おおみそか》の夜、

「初日の出を見に行こう」

と、四郎左が小太郎を誘った。

二人は徒歩で海に向かう。海岸に着くと、砂浜に並んで坐る。

「やっぱり、冷えますね」

小太郎が襟を集めながら肩をすくめる。海から吹いてくる風が冷たいのである。

「飲むか？」

四郎左が懐から瓢簞《ひょうたん》を取り出す。

「酒ですか」

「温まるぞ」

「わたしは結構です。せっかくの初日の出を酔った目で見たくありませんから」

「おかしなことを言う奴だ」

四郎左がごくごくと酒を飲む。

「ふーっ、温まるぞ。臓腑に染み渡るようだ。本当にいらないのか？」

「いりません」

「それなら、これでも食えよ」

四郎左が小太郎に右手を差し出す。掌《てのひら》に炒《い》り豆が載っている。

「用意がいいですね」

「金石斎の屋敷にあったものをもらってきただけだ。黙ってだが」

「ありがとうございます」

小太郎が炒り豆を受け取る。

「北条の若君は臆病だな」

「伊豆千代丸さまのことですか?」

「そうだ。これは悪口ではないぞ。褒《ほ》め言葉だ」

「どういう意味でしょう?」

「一騎駆けの武者が臆病では話にならぬが、総大将は臆病なくらいでちょうどいい。なまじ血の気が多かったり勇猛だったりすると、一度の負けですべてを失い、多くの者を死なせることになる」

「兵法の話ですか?」

四郎左は伊豆千代丸にコマを使った図上演習を指導しているのだ。

「たとえコマを使った遊びに過ぎないとはいえ、やはり、そこには人の性格が滲《にじ》み出るものだ……」

古今の有名な合戦を下敷きにし、その合戦が行われた地形図の上で双方が順番にコマを動かして図上演習を行う。伊豆千代丸と平四郎が二人ひと組で四郎左と戦ったり、時には、伊豆千代丸と平四郎が戦ったりする。決着がついてから、最初に戻り、どういう意図でコマを動かしたのか、四郎左が伊豆千代丸と平四郎に質問し、二人がそれに答えるという形で講義が進む。その意図が理に適《かな》ったもので、兵法として間違っていなければ四郎左は誉め、そうでなければ厳しく叱る。

四郎左が言うには、伊豆千代丸のやり方は大勝を目指すのではなく、小さな勝利を積み重ねていくというもので、何よりも兵の損失を惜しむ。

だから、伊豆千代丸の軍勢は地形図の上を敵から逃げ回っているように見えるのだ、という。

一方、普段はおとなしそうに見える平四郎は意外にも大胆な奇襲を好み、敵の大将を討ち取るためであれば味方の損失を少しも怖れないのだ、という。

「どちらのやり方が正しいというわけではない。時と場合によっては、どちらも正しいだろうし、どちらも間違っている」

「その場その場で柔軟に対処しなければなりませんからね」

小太郎がうなずく。

「ただ、若君のやり方は、どんな場面であっても負けにくいやり方だ。勝つための戦い方というより、負けぬための戦い方という気がする」

「そう指導したのですか？」

「違う」

四郎左が首を振る。

「おれは何も教えていない。最初から、そんなやり方だったのだ。そういう意味では、生まれながらにして大将の器が備わっていると言えるかもしれぬ。平四郎は大将にはなれぬな。その代わり、大将をよく支える家臣になるだろう」

「それでいいではありませんか」

「その通りだ。あの二人に勝千代が加わったら、どんな戦い方をするだろうな」

「勝千代ですか……。平四郎以上に大胆で勇猛かもしれませんね」

「ふんっ、そうだとしたら、あまり長生きはできぬことになる」

四郎左が肩をすくめ、ぐいっと酒を呷《あお》る。

「年が明けると、おまえはいくつになるんだ？」

「十九です。四郎左さんは？」

「おれは二十五になる」

「早いものですね。初めてお目にかかってから、もう五年も経つなんて」

「五年前、おれは虫けらのような人間だった。おれはな、小太郎、人の一生は長くても五十年と考えている。『敦盛《あつもり》』にあるだろう。『人間《じんかん》五十年、化天《げてん》のうちを比ぶれば夢幻の如くなり。一度生を享《う》け、滅せぬもののあるべきか』とな。五十年の寿命だとすれば、もう半分しか残っていない。それなのに、おれは今も虫けらのままだ。この世に生まれてから何事も為しておらず、世の者たちは誰もおれの名を知らない」

「そんなことはありません。少なくとも、ここに一人、四郎左さんを知る者がいます」

「おまえはいい奴だなあ、小太郎」

四郎左がしみじみとつぶやく。

「でも、おまえのようなお人好しが軍配者になれるかどうか心配だな。戦に勝つためなら、どんな汚い手も使うという輩《やから》が多い。兵法とは名ばかりの卑劣な手を使う連中ばかりといっていいほどだ。そんな連中と渡り合えるのかと心配でな」

「腹黒い人間ではないと軍配者にはなれないということですか？」

「金石斎を見ればわかるじゃないか。お……」

四郎左が背筋を伸ばして前方を見遣る。水平線が仄《ほの》かに青白くなってきた。

「夜が明けるぞ」

「はい」

「来年は、どこで日の出を見るのかなあ」

「気が早いですね、四郎左さん」

「おまえと敵味方に分かれていなければいいが」

「え」

小太郎は四郎左の横顔を見つめる。

四郎左は口を真一文字に引き結び、瞬きもせずに初日の出を見ている。その目が微かに潤んでいるように見えたが、なぜ、四郎左の目に涙が滲んでいるのか、小太郎にはわからなかった。

五

「どうなさいました、若君？」

宗真《そうしん》が伊豆千代丸に顔を向ける。ぼんやりした表情で外を眺めていたからだ。まるで学問に身が入っていない様子である。

伊豆千代丸だけではない。生真面目で学問熱心な平四郎ですら、何となく落ち着きがないし、ようやく怪我もよくなって講義に戻ってきた勝千代もそわそわしている。

それも無理からぬことだと宗真にもわからないではない。

年が明けた大永《だいえい》四年（一五二四）一月十一日、先鋒を務める松田顕秀《まつだあきひで》が二千の兵を率いて小田原を出陣した。直後に第二陣の大道寺盛昌《もりまさ》が一千五百の兵と共に出陣した。その後も出陣が続いた。十一日と十二日の二日間に一万三千の兵が武蔵に向けて小田原を出発し、十三日には、まだ暗いうちに氏綱《うじつな》が五千の兵を率いて出陣した。小田原には留守部隊として二千の兵が残された。

金石斎は第一陣に、小太郎と四郎左は第二陣に同行した。十兵衛も伊奈衆と共に第二陣にいる。部外者の四郎左が北条軍と行動を共にするのはおかしな感じがするが、軍配者の世界では、さして珍しくもない。若い軍配者に経験を積ませるために先輩の軍配者が便宜を図ってやるのだ。金石斎が弟弟子の四郎左のために一肌脱いだのである。

松田顕秀や大道寺盛昌らは武蔵との国境に近い玉縄城で行軍を止め、氏綱の到着を待つことになっていた。

ところが、扇谷上杉軍が玉縄城を迂回《うかい》して相模に侵入し、氏綱を襲撃する動きを見せたため、大道寺盛昌と多目元興《ためもとおき》の二人が六千の兵を率いて玉縄城を出た。

当初の予定とは違って、氏綱の到着前に前線で戦が始まった。

「気にするなという方が無理でしょうな」

宗真がうなずく。

北条軍と扇谷上杉軍間で小競《こぜ》り合《あ》いが始まったという知らせは小田原城にも伝えられ、当然、その知らせは伊豆千代丸や平四郎、勝千代の耳にも入っている。

しかし、続報がなかなか届かないのである。

そうなると、根も葉もない噂だけが一人歩きすることになる。

「小競り合いなどではなく、大きな戦が始まったらしい」

「敵軍は、こちらの予想を上回る大軍だったらしい」

「味方は苦戦しているようだ。だから、何も知らせが来ないのだ」

「玉縄城で食い止めることができず、敵は小田原に向かっているのではないか」

「鎌倉が奪われたそうだ」

想像で口にしたことが、あたかも事実であるかのように勝手に一人歩きしてしまい、小田原にいる者たちを疑心暗鬼に陥《おちい》らせた。

戦というのは、どう転ぶかわからない。

戦地で戦う者も大変だが、故郷で待つ者も大変だ。

待っている者は自分の力では何もできないだけに、どうしても不安に苛《さいな》まれることになる。

「敵が小田原に攻めてきたら……」

庭に目を向けたまま、伊豆千代丸が言う。

「わたしは先頭に立って戦うつもりです。すぐに殺されてしまうでしょうが、それでも必死に戦うつもりです。おじいさまや父上の名を汚さぬように、北条家の跡取りは臆病者ではないと知らしめるために、わたしは戦おうと思います」

「……」

宗真は言葉を失い、瞬きもせずに伊豆千代丸を見つめる。

（この子は知っているのだ……）

実のところ、家中における伊豆千代丸の評判は芳《かんば》しいものではない。

「若君は軟弱じゃ」

「あれでは御家の先行きが心配でならぬ」

「本当に早雲庵《そううんあん》さまや御屋形さまの血を引いているのであろうか」

何年も前から伊豆千代丸について囁《ささや》かれている陰口である。

見た目が優しげであるだけでなく、その性格もおっとりとしておとなしく、何かあるとすぐに涙ぐんでしまう。剣術や馬の稽古が大嫌いで、貝合わせや双六《すごろく》などの室内遊戯を好む、まるで女の子のようにいつも人形を持ち歩いている……そんな伊豆千代丸を女々しいと蔑む家臣が多かったのである。

今では学問にも励み、剣術稽古にも熱心に取り組んでいるが、そう簡単に昔からの印象が変わるわけではない。

祖父の宗瑞は不敗の名将として幾多の合戦を勝ち抜き、父の氏綱は類《たぐ》い稀《まれ》なる猛将として宗瑞を支えてきた。その結果、客将として今川の小さな城を預かっていたに過ぎない北条氏は、今や伊豆と相模を領し、武蔵にまで攻め込もうとする大国にのし上がった。宗瑞や氏綱と比べると、あまりにも伊豆千代丸が頼りなく見えるのは仕方のないことであった。

そういう噂を耳にするたびに、宗真は胸を痛め、

（いや、わたし以上に若君が辛い思いをしているのだ）

と気を取り直し、家中の者たちに力量を認められるように、伊豆千代丸の力添えをしようと考えた。

とはいえ、宗真にできるのは学問教授だけである。

勝千代や小太郎の存在が伊豆千代丸のやる気を刺激し、今までにないほど学問や剣術稽古に励むようになっており、その成果はめざましいほどだが、伊豆千代丸に対する家中の評価を変えるには至っていない。何も知らない者たちは、依然として「軟弱な若君」と伊豆千代丸に白い目を向けている。

それを伊豆千代丸は知っているのに違いない。

だからこそ、万が一、氏綱が敗れ、敵軍が小田原に攻め込んできたら、留守部隊の先頭に立って敵と戦う覚悟を決めているのであろう。

わずか十歳の伊豆千代丸がそれほどまでに思い詰めていることに、

(何と、おいたわしい……)

と、宗真は涙が出そうになる。

「わたしも若君と共に戦います」

勝千代が胸を張って言う。

「わたしもです。大して力もありませぬが、若君の前に立って、敵の矢を防ぐことくらいならできましょうから」

おとなしい平四郎までが勇ましいことを言う。

「戦がどうなったのか、まだ何もわからぬのです。あれこれ心配しても仕方ありません。御屋形さまの勝利を信じて、わたしたちは、ここで為すべきことをしましょう」

「国が滅びるかもしれぬときに学問など……」

伊豆千代丸が口を尖《とが》らせる。

「若君、そのお考えは間違っておりますぞ。こんなときだからこそ、いつもと同じように過ごすことが大切なのです。なぜなら……」

　宗真が尚も戒めの言葉を続けようとしたとき、どたどたと廊下を踏み鳴らす音がして、お福が転がるように部屋に走り込んできた。おっとりとして、どんなときも落ち着きと冷静さを失わないお福がこれほど慌てふためくことなど滅多にあることではない。

「お味方が……お味方が……」

　あまりにも動揺が激しく、すぐには言葉が続かない。

「……」

　宗真を始め、伊豆千代丸、平四郎、勝千代がお福を見つめる。味方はどうなったのか、勝ったのか、それとも負けたのか……お福の様子からは、どちらとも判断できない。

「高輪原《たかなわはら》の合戦でお味方が大勝利したそうでございます。江戸城も落としたそうでございます」

　そう言うと、お福の目から大粒の涙がこぼれ落ちる。

「勝った？　父上が勝ったのか？」

　伊豆千代丸がお福に駆け寄る。

「はい。大勝利でございますよ」

「……」

　みるみるうちに伊豆千代丸の目にも涙が溢《あふ》れる。こらえようがなくなったのか、お福に抱きついて、うわーっと声を上げて泣き始める。平四郎と勝千代も伊豆千代丸にすがって大声で泣く。

（よかった……）

　宗真の目にも涙が滲む。実戦の経験はないが、伊豆千代丸に兵法を講じるくらいだから、戦の怖さはよく知っている。北条軍が有利だと言われてはいたものの、戦では何が起こるかわからないから、いつまでも前線から知らせが届かないのは不吉ではないかと危惧していた。そうではなかったと知り、ホッとした。

やがて、前線から続々と小田原城に使者がやって来て、戦いの詳細が明らかになった。

お福は、高輪原の合戦で北条軍が勝利した、と伊豆千代丸に告げたが、それは間違っていた。

この合戦、実は北条軍が敗北した。

しかも、大敗である。

扇谷上杉軍の軍配者・曽我冬之助の仕掛けた罠にはまり、一万の北条軍が五千の敵に敗れた。

総大将の氏綱が馬で逃げ出さなければならないほどの無様な敗北を喫したのである。

大道寺盛昌と多目元興の率いる六千の別働隊の到着がもう少し遅れていたら氏綱は討ち取られ、北条軍は壊滅していたであろう。

別働隊の到着により、戦いは膠着《こうちゃく》状態に陥り、扇谷上杉軍は権現山《ごんげんやま》城に、北条軍は玉縄城に引き揚げた。

玉縄城に戻った北条軍は一万三千で、依然として三千の兵の行方がわからないままだった。敗北の痛手は大きく、誰もが弱気になってしまい、作戦を中止し、小田原に帰るべきではないか、と考える者が多かった。

軍議の直前、思いがけぬことが起こった。

江戸城から太田源三郎《げんさぶろう》が忍んできて、

「これからは小田原殿に仕えたい」

というのだ。

太田一族といえば、百年以上にわたって扇谷上杉氏を支えてきた関東の名族である。稀代の名将と言われた道灌《どうかん》が家宰を務めていた時代には山内上杉氏を圧倒するほど扇谷上杉氏の勢力が伸びた。

ところが、あまりにも道灌の声望が大きくなったため、主の定正《さだまさ》が道灌を怖れるようになり、ついに道灌を謀殺した。道灌を殺したのは、今の主・朝興《ともおき》の相談役・曽我兵庫頭である。

主を恨むわけにいかないので、太田一族の憎しみは曽我一族に向けられた。

当然ながら、曽我と太田の関係は険悪なものになり、朝興の側近として権勢を振るう曽我兵庫頭は太田一族を冷遇した。

武蔵における扇谷上杉氏の拠点は三つある。

河越城、江戸城、岩付《いわつき》城である。

河越城は、上野《こうずけ》の平井《ひらい》城を本拠とする山内上杉氏と対峙《たいじ》する重要拠点で、曽我兵庫頭が城代を務めている。

江戸城には当主の朝興がいて、相模の北条氏と対峙している。

岩付城を任されているのが道灌の孫たち、すなわち、太田三兄弟である。この城は、元々は下総《しもうさ》を基盤とする古河公方《こがくぼう》との戦いに備えて築かれた城だが、古河公方の力が衰えるにつれて、城の重要性も低下している。

普段、岩付城にいるのは次男の源三郎資貞《すけさだ》と三男の源四郎資時《すけとき》の二人である。

長男の源六郎資高《げんろくろうすけたか》は江戸城にいる。香月亭《こうげつてい》と名付けられた曲輪《くるわ》で暮らしながら、朝興の補佐役を務めているのだ。

江戸城は道灌が縄張りして築いた城で、太田一族にとっては、江戸城の城代となることが悲願と言っていい。

北条氏との戦いが近付くと、扇谷上杉氏の方でも戦いに備えて様々な手を打った。相模から攻め込んでくる北条氏を迎え撃つのだから、三つの拠点のうち、江戸城に兵力を集中することになる。年明けに山内上杉氏とは和睦したから北からの脅威はないし、古河公方を怖れる必要もない。

太田一族は今度こそ自分たちが江戸城を任されるものと期待した。

が……。

朝興は曽我兵庫頭を河越城から呼び、源六郎には岩付城に帰るように命じた。反《そ》りの合わない源六郎が江戸城にいたのでは何かとやりにくいと考えた曽我兵庫頭が裏で細工したのである。

源六郎は失意のうちに香月亭を引き払って岩付城に戻った。事情を知った二人の弟たちは激怒し、

「もはや敵は北条ではない。曽我である。兵庫頭、討つべし！」

と息巻いた。

そんなときに北条氏から再度、内応を持ちかけられたのである。

北条氏は初代・宗瑞以来、好んで調略《ちょうりゃく》を用いた。

敵国に数多くの忍びを送り込み、処遇に不満を抱いている家臣はいないか、と調べた。

そういう家臣を見付けると、金や土地など、様々な餌《えさ》をぶら下げて裏切りを促すのである。

太田三兄弟についても、格式と伝統のある名家で、しかも、三兄弟の器量が人並み以上であるにもかかわらず、曽我兵庫頭に疎《うと》まれ冷遇されていることを調べ上げた。

本来であれば、主の朝興が曽我と太田の仲をうまく仲裁するべきだったが、朝興は愚物と言ってい

いほどに凡庸で、曽我兵庫頭の言いなりだから、太田三兄弟の不満を取り除いてやることができなかった。

去年の秋、北条氏は太田三兄弟に調略の手を伸ばした。

その誘いを、源六郎はきっぱりと断った。

曽我兵庫頭は憎いが、扇谷上杉氏が憎いわけではない。昨日今日、主従になったわけではなく、百年もの長きにわたって仕えてきたのだ。主家に謀反《むほん》した裏切り者と後ろ指を指されることになったら、ご先祖さまに顔向けできない、という理由である。

もっとも、源六郎の胸中が複雑だったのは、北条氏から調略されたことを朝興に告げなかったことである。

曽我兵庫頭も馬鹿ではない。太田三兄弟に憎まれていることを承知しているから、三兄弟には常に目を光らせていた。

それ故、北条氏から調略の手が伸びていることも知っていた。

（なぜ、黙っている？　まさか、われらを裏切るつもりなのか。あやつらは信じられぬ）

三兄弟に対する疑念が膨《ふく》らんだ。

その結果、曽我兵庫頭は北条軍とどのように戦うか、その詳細を三兄弟に告げず、それどころか、でたらめの作戦まで口にして三兄弟を岩付城に追い払ったのである。

三兄弟が江戸城に呼び戻されたのは高輪原の合戦の直前である。朝興と曽我兵庫頭が全軍を率いて出陣するので、江戸城の留守役が必要になったからだ。

今度は弟たちだけでなく、源六郎も腹の底から強い怒りを感じた。

（そこまで愚弄《ぐろう》するか……）

扇谷上杉氏における重臣筆頭は曽我氏であり、それに次ぐのが太田氏である。その太田氏が北条氏との決戦当日まで作戦の詳細を知らされなかったというのは尋常ではない。

合戦が起こり、扇谷上杉軍が勝った。捷報《しょうほう》が届き、喜びに沸く江戸城で、太田三兄弟だけが苦い顔をしていた。

その夜、玉縄城に太田源三郎がやって来たのである。しかも、一人ではない。長男・源六郎の嫡男を人質として連れて来た。

氏綱は、この申し出を疑った。高輪原の合戦で北条氏が勝ったのであれば、勝ち馬に乗ろうとして主を裏切ろうとするのもわからないではないが、合戦に勝ったのは扇谷上杉氏の方である。なぜ、わざわざ負けた方に味方しようとするのか、その理由がわからなかった。

とにかく、会って話を聞くことにした。松田顕秀、大道寺盛昌、金石斎、小太郎の四人が同席した。

「堅苦しい挨拶はいらぬ。なぜ、上杉を裏切る気になったのか、それを申せ」

「それは……小田原殿が高輪原で敗れたと知ったからでございます」

「何と申した？　われらが敗れたから、われらに味方すると申すのか」

「御意《ぎょい》」

「それは、おかしいではないか。われらが勝ったのであれば、旗色の悪い扇谷上杉を見限るというのもわからぬではない。ところが、負けたから味方したいという。話が逆ではないのか」

「高輪原で扇谷上杉が敗れていたならば、わたしはここにおりません。われら太田兄弟が小田原殿にお味方したいと申し出ることもなかったはずです」

「わからぬ話よのう。わかるように説明してみよ」

「もし扇谷上杉が高輪原で敗れて江戸城に戻ったならば、われら兄弟で曽我兵庫頭、祐重《すけしげ》、冬之助の三人を討つ覚悟を決めておりました……」

それから源三郎は、曽我一族に対する恨み辛《つら》みを滔々《とうとう》と語った。

「もうよい」

氏綱は源三郎を下がらせると、どうしたものかと四人に相談した。金石斎と松田顕秀は、信用できない、この話に乗るべきではない、と反対した。

大道寺盛昌と小太郎は、信じられないような話だからこそ真実だと思えるし、合戦に勝ったばかりの扇谷上杉氏が小細工を弄《ろう》するとも思えない、と太田三兄弟の裏切りを信じるべきだと主張した。

小太郎は、明日になれば権現山城の扇谷上杉軍が江戸城に戻るだろうから、今夜のうちに守りの手薄な江戸城を攻めるべきだと付け加えた。

その策を氏綱は受け入れ、深夜、一万二千の北条軍が玉縄城を出た。

氏綱は一万の兵を率いて権現山城を包囲し、大道寺盛昌が二千の兵を率いて江戸城に向かう。

江戸城には曽我兵庫頭の息子・祐重の兵が三千、太田三兄弟の兵が三百、合わせて三千三百の兵がいる。それを二千の兵で奪おうというのだから、普通に考えれば不可能な話である。太田三兄弟の裏切りが前提なのだ。

この夜、呆気なく江戸城は落ちた。

太田三兄弟は三百の兵たちに命じて城内に放火させ、同時に表門を開いて北条軍を城に入れた。

扇谷上杉軍は大混乱に陥り、城を預かる曽我祐重は何の抵抗もせずに逃げた。置き去りにされた兵たちも我先にと城外に逃れたので、戦いらしい戦いもなく北条軍は江戸城を手に入れた。

権現山城は孤立した。玉縄城と江戸城の間に位置しているので、長期戦になって補給路を断たれてしまえば立ち枯れて自壊するしかないのである。

扇谷上杉軍は権現山城を捨てて江戸城に向かった。

氏綱は追撃せず、悠々と権現山城に入った。扇谷上杉軍がどう動くか、事前に予想しており、その通りになった。

途中で敗残兵を収容するうちに扇谷上杉軍は七千という大軍に膨れ上がった。

江戸城にいるのは北条軍二千と太田三兄弟の三百である。数だけを比べれば、扇谷上杉軍が圧倒しているが、北条軍は強固な江戸城に拠っている。真正面から力攻めしても、そう簡単に落ちるような城ではない。攻撃するたびに扇谷上杉軍の死傷者が増えた。ついに朝興は攻撃を諦め、河越城を目指して北進を始めた。

朝興は武蔵の南半分を失った。

江戸城は武蔵の水陸交通の要衝に位置しており、武蔵の臍《へそ》とも言うべき重要拠点である。江戸城を中心とする商業圏は扇谷上杉氏の経済を支えていたし、周辺の小城や砦《とりで》は江戸城との繋がりなくしては立ち行くことができない。

だからこそ、宇田川《うだがわ》、毛呂《もろ》、岡本《おかもと》といった、江戸城周辺に古くから住み着いている土豪たちは、朝興の敗走を知ると、直ちに氏綱のもとに出向いて降伏を申し出た。父祖伝来の土地を捨ててまで、朝興に忠誠を誓うつもりはなかったし、あれこれ逡巡《しゅんじゅん》しているうちに北条軍に攻められたら何もかも奪われてしまう。

氏綱は降伏を受け入れ、所領安堵を約束した。この寛大な処置を知った他の土豪たちも雪崩《なだれ》を打つように氏綱に降伏したので、一夜にして、武蔵の勢力図が書き換えられた。武蔵南部は北条氏の勢力圏となり、江戸城は武蔵北部にある河越城や岩付城と対峙する拠点となった。

氏綱は遠山直景《とおやまなおかげ》を江戸城の城代に任じ、太田三兄弟には香月亭を与えた。

太田三兄弟が江戸城を欲していることは氏綱も承知していたが、江戸城の重要性を考えれば、すぐに太田三兄弟に任せることはできなかった。

正式な恩賞は、後々、改めて与えると約束し、太田三兄弟も納得した。江戸城を任せてもらえるほどの信頼を氏綱から得ていないとわかっていたからだ。

氏綱は扇谷上杉軍の反撃を警戒したが、これといって目立った動きもないので、小田原に戻ることにした。江戸城、権現山城、玉縄城の三つの城に合わせて五千の兵を配置した。これだけの兵力があれば、たとえ扇谷上杉軍が不意に南下してきたとしても、小田原から氏綱が駆けつけるまで十分に持ちこたえることができるはずだった。

六

「少しだけですよ」

「わかっておる」

お福の言葉に、伊豆千代丸は素直にうなずく。

「お待ち下さいませ」

お福が廊下から部屋に入っていく。

伊豆千代丸は、おとなしく廊下に控える。

しばらくするとお福が戻ってきて、

「どうぞ、こちらに」

「やった」

伊豆千代丸の表情がパッと明るくなる。喜び勇んで部屋に入り、部屋を横切って、その奥に進もうとする。

「そこまでです」

お福がぴしゃりと言う。

「え」

襖に手をかけようとした、伊豆千代丸の動きが止まる。

「中に入ってはならぬそうです」

「でも……」

「襖越しにお話なさいませ。ちゃんと返事をして下さいますよ」

「うん」

伊豆千代丸が襖の前にちょこんと坐る。大きく深呼吸してから、

「母上」

と呼びかける。

「伊豆千代丸ですか」

襖の向こうからかぼそい声が聞こえる。

伊豆千代丸の母・珠江《たまえ》である。昔から体が丈夫ではなく、ことに伊豆千代丸を生んでから床に臥《ふ》せることが多くなった。二年ほど前から肺の病が重くなり、一日のほとんどを病室で過ごし、人に会うことも滅多にない。伊豆千代丸も、病が伝染《うつ》ってはいけないというので病室への立ち入りを氏綱から禁じられている。

ひ弱な珠江を氏綱の正妻に迎えたのは、亡くなった宗瑞の考えであった。珠江の実家である横江《よこえ》氏は鎌倉北条氏、すなわち、執権として鎌倉幕府を支えた得宗家《とくそうけ》の末裔《まつえい》と言われている。将来的に関東の覇権を握ることを目論《もくろ》んでいた宗瑞は、名家の血を容《い》れることが、いつか役に立つと考えた。

氏綱が伊勢《いせ》氏から北条氏に改姓したとき、扇谷上杉氏や山内上杉氏を始めとする関東の名門士族は、「詐称《さしょう》である」

として、これを認めず、今に至るまで氏綱を「伊勢新九郎《しんくろう》氏綱」と呼んでいる。

だが、鎌倉北条氏の血を引く伊豆千代丸が当主になれば、「詐称である」とは言えなくなるはずであった。

「どうしたのですか?」

「あの……父上が上杉との戦に勝ったそうなのです。江戸城も落としたそうです。それで、わたしは……何と言うか、嬉しくて仕方なかったので……」

「わざわざ知らせに来てくれたのですか?」

「はい」

「ありがとう。伊豆千代丸は優しいのね」

「あの……」

「どうしたの？」

「学問にも剣術稽古にも励んでいます。宗真先生も十兵衛も、それに小太郎も、とても上達したと誉めてくれるのです」

「それは、よかった。母もうれし……」

突然、襖の向こうで激しく咳《せ》き込む音が聞こえ、

「大丈夫でございますか。しっかりなさいませ」

そばに仕えている女たちの慌てた声が聞こえる。

「母上？」

「たらいをこちらに……それに手拭いも」

「もっと持ってきなさい」

「急いで」

女たちの声に咳の音が混じる。

「母上」

伊豆千代丸が咄嗟に襖に手をかける。

「いけませんよ」

その手を、お福が押さえる。

が……。

ほんの少し襖が開いた。

布団に体を起こした珠江が激しく咳き込み、その背中を女たちが撫《な》でさすっている。

珠江が襖に顔を向ける。

（あ）

伊豆千代丸が息を呑む。

珠江の口許がべっとりと血にまみれている。肌は透き通るように白く、眼窩《がんか》は落ちくぼんで、目の下には濃い隈《くま》がある。両手は、枯れ枝のように細い。

伊豆千代丸と珠江の目が合ったとき、目の前で襖がぴしゃりと閉められた。

七

氏綱は小田原に凱旋《がいせん》した。

その直後、甲斐の武田信虎が五千の兵を率いて相模に攻め込んできた。

武田軍の出陣は、形の上では、扇谷上杉氏からの援軍要請に応えたものであった。

だが、氏綱も重臣たちも、さして深刻には受け止めなかった。

河越城に逃れて態勢を立て直している扇谷上杉氏に山内上杉氏と武田氏が手を貸して江戸城奪回を図れば由々しき事態だが、そうはなりそうにないからだ。

山内上杉氏の当主・憲房《のりふさ》は重い病に臥せており、朝興の出陣要請に応えられる状態ではない。

信虎は朝興が期待したように武蔵に兵を入れるのではなく、国境の山を越えて相模に攻め込んだ。

朝興は落胆した。

氏綱が見抜いたように、朝興も信虎の狙いが別にあることに気が付いたのである。甲斐は山深い国で平地が少ないため慢性的な食糧不足に悩まされている。蓄えていた食糧を長い冬の間に食い尽くすと、食糧を手に入れるために近隣諸国に攻め込むのが武田氏の年中行事になっている。朝興からの援軍要請を受け、北条氏の目が東に向けられている間に、火事場泥棒をしてやろうと考えたのに違いなかった。

「武田のことですから、腹が膨れれば、おとなしく甲斐に引き揚げるでしょう」

松田顕秀が言う。

「そうかもしれぬが、このまま知らん顔をしているわけにもいくまい。甲斐の農民を食わせるために相模の農民は汗水垂らして働いているわけではない」

氏綱の表情が険しくなる。

「武田軍は五千というものの、まともに戦ができる兵がどれくらいいるものか……。三千ほどの兵を送れば十分かと存じます」

「うむ、三千でよかろう。さて、誰に行ってもらうかだが……」

氏綱がぐるりと重臣たちの顔を見回すと、

「御屋形さま」

十兵衛が膝を進める。

「わたしでよろしければ、どうかお命じ下さい」

「おお、十兵衛。行ってくれるか。それは、ありがたい。しかし、伊奈衆だけでは手が足りまい」

「伊奈衆が五百、あと御屋形さまの手許から五百ほど貸していただければ十分でございます」

「一千でよいと申すか？」

「まともに戦うことのできる兵がどれだけいるかわからぬのに、こちらが三千も率いていったのではつまりませぬ」

「遊びではない。武田に不覚を取れば、御屋形さまが不覚を取ったと笑われることになるのだ」

松田顕秀が十兵衛をたしなめる。

「わたしが連れて行くのは一千の兵だけではありません。風摩小太郎も連れて行きます」

「小太郎を？」

氏綱が意外そうな顔をする。

「武蔵での働きを見ると、今の小太郎には城のひとつやふたつを落とす知恵がありそうです。一千の兵で武田を破る妙案を考えてくれるでしょう。なあ、小太郎？」

「は、はい」

小太郎が緊張と恥ずかしさで顔を赤くする。

「よかろう。二人で存分に働いてくるがよい」

氏綱がうなずく。

八

翌朝早く、十兵衛は一千の兵を率いて出発した。

小太郎と四郎左が同行する。

それに先立って、多くの斥候《せっこう》を放ち、武田軍の動きを探るように命じた。

昼過ぎ、武田軍が居座っている場所まで三里（約十二キロ）に迫ったところで、十兵衛は兵たちに休息を与えた。その場所に続々と斥候が戻ってきて、武田軍に関する情報を伝える。

「さて、どうすればいい？　おまえたちの考えを聞かせてもらおう」

「わたしもですか？」

四郎左が驚いたように十兵衛を見る。北条家の家臣ではなく、ただの部外者である。戦に口出しできる立場ではない。

「構わぬ。二人で武田退治の妙案を捻《ひね》り出してもらおう。こっちは一千、向こうは五千だ。どうする？」

「五千といっても、やはり、まやかしだったではありませんか」

なあ、と四郎左が小太郎に同意を求める。

予想通りというか、予想以上に武田軍はひどい状態なのである。指揮を執《と》っているのは信虎だが、武田軍と呼べそうなのは二千ばかりで、あとの三千は農民で、ろくに武器も持っていない。老人や女子供まで交じっている。

数では劣るが、一千の精兵が不意を衝《つ》いて襲えば、武田軍を粉砕するのは、さして難しいことではないはずであった。

「まやかしだろうが何だろうが、その連中が御屋形さまが治めている国を荒らしているのだ。武田に食い物を奪われれば、相模の民が飢える。ここで思い知らせておかないと、味を占めて何度でも同じことをするだろう。盗人どもめが」

十兵衛が吐き捨てるように言う。

「おっしゃる通りだと思います。しかし、まともに戦うことすらできない者たちを攻撃すれば、多くの者を死なせることになります」

「それが盗人の定めというものだ。他人のものを盗めば、たとえ殺されても文句など言えない」

「でも……」

「年寄りや女子供を助けるために武田兵だけを選んで戦うということもできまい。戦になれば、こっちも必死に戦うだけだ。下手に手加減などすると、手痛いしっぺ返しを食うことになる」

「戦になれば、武田軍は村に火をつけます。村人も殺されるでしょう。武田の農民ばかりでなく、相模の民も死ぬことになりますよ」

「やむを得まい」

「他に手立てがないのならやむを得ないかもしれませんが、無駄に人を死なせなくて済むのなら、その方がいいんじゃないですか？」

「そんなうまい策があるのか？」

「ふたつ、お願いがあります」

「言ってみろ」

「ひとつは、夜が更けるまで武田軍を攻撃しないことです」

「夜更けまで？」

「明日の朝までということになるかもしれません」

「なぜ、そんなに待つのだ？　武田軍は三里先にいる。一刻（二時間）もあれば辿《たど》り着けるぞ」

「小太郎の話を最後まで聞いてはいかがですか？」

四郎左が口を挟む。

「そうだな、続けろ」

「道々、気になっていたのですが……。あの雲を見て下さい」

小太郎が北の空を指差す。国境付近にそびえる山々の上に黒っぽい雲が浮かんでいる。

「あれを滝雲《たきぐも》といいます。あたかも水が滝を落ちるように、山々の稜線に沿って流れる雲です。小田原を出るときには、そうでもありませんでしたが、国境に近付くにつれて、滝雲が大きくなってきたような気がするのです」

「それが何だ？」

「これから天気が崩れそうだと小太郎は言いたいんですよ」

四郎左が仏頂面で言う。

「雨になるのか？」

「すぐではありません。しかし、明日の朝までには間違いなく雨になるはずです」

「おれも気が付いた。空気が湿ってきているし、山道に入ってから雷鳥《らいちょう》を何羽も見ている」

四郎左がうなずく。

「雷鳥？」

十兵衛が怪訝な顔になる。

「空気が湿って風が強くなると、雷鳥が餌にする虫がたくさん飛ぶようになるんですよ。それを狙って、雷鳥が元気に飛び始める。普通、雷鳥は人間の前に姿を現さないものなんです。雷鳥の姿が目に付くようになると、雨が近いと言われています」

小太郎が説明する。

「雨が降れば村を焼くことができないから、それまで攻撃するなということか。もうひとつは？」

「武田軍が逃げ始めたら、後を追わないでほしいのです」

「盗人どもを見逃せというのか？」

十兵衛が舌打ちする。気に入らないらしい。

「われらが追えば、逃げ遅れるのは足腰の弱い年寄りや女子供です。そんな者たちを殺してどうなるのですか」

「わかった、わかった。おまえは百姓の味方だったな。武田軍を追い払うことができれば、それでいい。後を追うことはしない」

「約束ですよ」

「おい、おれを誰だと思ってるんだ？」

十兵衛がじろりと小太郎を睨む。

九

小太郎と四郎左が言った通り、夜半過ぎから雨が降り始めた。

夜明け前、北条軍は武田軍の陣地に忍び寄り、一斉に鬨《とき》の声を上げた。叫び声を上げながら、棒で木を叩く。それに驚いて馬たちがいななく。

一千の北条兵が騒ぎ立て、数百の馬たちがいななくのだから大変な騒ぎである。

武田軍は混乱した。

その混乱に輪をかけたのは、

「敵が来た！　小田原勢だ、小田原勢だ」

「一万もの大軍だというぞ」

「皆殺しにされる」

「逃げろ、逃げろ」

という叫び声であった。彼らは野良着をまとった北条兵で、夜陰に乗じて武田の農民の中に紛れ込んだのである。合戦することなく武田軍を追い払うという、小太郎が立案した作戦計画のひとつだ。

「ふんっ、氏綱が出てきたか。ならば、引き揚げだ。食い物も奪ったし、扇谷上杉への義理も果たした。長居は無用。国に帰るぞ」

本気で北条軍と戦うつもりはなく、いつでも帰国できるように支度を調《ととの》えていたから、信虎の行動は素早い。夜が明けると、周辺に武田軍はいなかった。雨のおかげで村が焼かれることもなかった。

「何だか肩透かしを食わされた気もするが、まあ、合戦などしない方がいいに決まっているからな。おまえたちのおかげだ。御屋形さまに申し上げて何か褒美をもらってやろう」

十兵衛は上機嫌である。

「その褒美、この場でいただけませんか」

四郎左が言う。

「何がほしい？」

「この馬をいただきたいのです」

「馬がほしいのならば、小田原に戻ってから、もっといい馬を選んでやろう」

「小田原には戻りません」

「もしや……」

小太郎がハッとする。

「ここから旅に出る。お別れだ」

「何も今でなくても……。小田原に戻ってからでは駄目なんですか」

「小田原は居心地がよすぎる。あそこに戻ってしまうと、ずるずると旅立ちを先延ばしにしてしまいそうだ。だから、ここで旅立つことに決めた」

「止めても無駄ですか？」

「黙って見送ってもらえるとありがたいな」

「……」

「小太郎、行かせてやれ。こいつにも何か考えがあるのだろう」

「十兵衛さま、小太郎をお願いします。軍配者としては一人前でしょうが、まだまだ人としては甘いところがあります。特に金石斎には注意して下さい。小太郎を亡き者にしようと企んでいますから」

「心配するな。そんなことをしたら、わしが金石斎の首を刎《は》ねてやる。小田原に戻ったら、ちょっと脅かしておこう」

「そうして下さい」

「ほら」

十兵衛が自分の刀を差し出す。

「持っていけ。餞別《せんべつ》だ。一人旅は危ないぞ。刀も必要だ。食えなくなったら売ればいいしな」

「ありがたくいただきます」

「四郎左さん……」

「そう呼ぶのは、これが最後だぞ。おれは山本勘助だ。どこかの国の軍配者になり、おまえや養玉と戦場で相見《あいまみ》える日を楽しみにしている」

「……」

小太郎の目が潤む。

「泣くな。こっちも悲しくなる。それでなくても不細工な面なのに、これで泣き顔になったら化け物だ。そんなひどい顔を見せたくないから、もう行くよ」

四郎左は馬首を返すと、

「達者でな、小太郎!」

そう言い残して馬の腹を蹴る。

「四郎左さん……」

涙で曇る目で、小太郎は四郎左の後ろ姿を見送る。

第三部　風摩小太郎

一

「つまらんのう」

伊豆千代丸《いずちよまる》が絵図面の上に白いコマを放り出して畳にひっくり返る。

「投げ出すのであれば、若君の負けですぞ」

勝千代《かつちよ》が言う。

「ふんっ、それでよいわ。退屈でたまらぬ」

「今までと同じことをやっているのですけどね」

平四郎《へいしろう》が首を捻《ひね》る。

「やはり、あの不細工な勘助《かんすけ》がいないと駄目なのじゃな。憎らしいことばかり言う意地悪な奴だと思っていたが、いなくなってみて、ようやくありがたみがわかった」

四郎左《しろうざ》は伊豆千代丸たちに、兵法を学ぶ応用編として図上演習を教えてくれた。『平家物語』や『太平記』などの軍記物を教材にして、一ノ谷《いちのたに》の合戦や壇《だん》ノ浦《うら》の海戦、湊川《みなとがわ》の合戦といった有名な戦いを絵図面上で再現するのである。伊豆千代丸と勝千代、平四郎が敵味方に分かれ、自分が総大将になったつもりで、兵に見立てた白と黒のコマを使って合戦をする。

図上演習を行うに当たっては、最初に様々な制約を設ける。実際の戦いと同じように兵力に差をつけたり、軍勢が布陣した場所の有利不利の違いを明確にしたり、歩兵が進む場合と騎兵が進む場合でコマの進み方に違いをつけたりした。

時には、双方の兵力差があまりに大きすぎるときがあり、

「これでは最初から負けが決まっているようなものではないか」

と、伊豆千代丸が不平を口にした。

「ほう、おかしなことをおっしゃる。現実の戦《いくさ》とは、そういうものでございます。とても勝てそうにないようなときでも戦わなければならぬときがあるのです。早雲庵《そううんあん》さまも、御屋形《おやかた》さまも、何度となく、そんな戦を経験してきたはずですぞ。しかし、若君のような泣き言などは口にしなかったはず」

「泣き言など言っておらぬ」

「ならば、黙って始めればよい。負けが決まっているような苦しいところから、どうやって勝機を見出すか、それを思案なされよ」

四郎左は、伊豆千代丸に対しても、まったく遠慮なく、ずけずけと駄目出しをした。苦し紛れに伊豆千代丸が投げ遣りなやり方をすると、

「何という阿呆な御方か。今のやり方で、多くの兵が死にましたぞ。バカ殿のおかげで死ぬ者たちは

何と哀れなことであろう。なんまいだぶ、なんまいだぶ……」

平気でそんな言い方をしたのである。

面と向かって、阿呆とか、バカ殿とか罵《ののし》られて、伊豆千代丸は何度も悔し涙を流した。

それでも、やめるとは言わず、我慢してがんばったのは、家臣たちから、

「頼りない若君じゃのう」

と白い目で見られているのを知っていたからだ。

去年の秋、城を出て遊びに出かけたとき、巨大な猪《いのしし》に襲われて、伊豆千代丸は九死に一生を得た。勝千代が身を投げ出して猪の勢いを削《そ》ぎ、たまたま急場に遭遇した小太郎《こたろう》の弓矢のおかげで助かったのだ。

その一件に関しても、

「さすが猛将と呼ばれた福島正成《くしままさしげ》の子じゃ」

「主のために命を投げだそうとするとは、幼いとはいえ立派な武士よなあ」

と、勝千代の評判は大いにあがり、

「学問しかできぬ頭でっかちかと思っていたが、武芸も達者だったのか。大したものだ」

小太郎も一目置かれるようになった。

それに引き替え、伊豆千代丸の評判は散々である。

「震えて足がすくんでいたというぞ。小太郎の妹と乳母に守られて青い顔をしていたらしい。何と情けないことよ」

もちろん、面と向かって口にする者はいないが、陰口というのは、どこからともなく耳に入ってく

るものである。

（わしは意気地なしではない）

悔しくてたまらないから、それまで以上に学問や剣術稽古に励んでいるのだし、いつの日か大将として戦に臨むとき、図上演習が役に立つと聞いたから、四郎左に面罵《めんば》されても必死に食らいついた。自分は決して頼りない若君などではない、と家臣たちに認めてもらいたいと思うからだ。

そう思って努力してきたのに、突然、四郎左がいなくなってしまった。どこかに旅立ってしまったのだ。当然ながら、図上演習もできなくなった。

四郎左の代わりを小太郎に頼みたかったが、そもそも小太郎は、

「まだ早すぎます。兵法をしっかり学び終えてからやることなのですから」

という考えだ。実際、足利《あしかが》学校では卒業を控えた学生たちがやることなのだという。

仕方なく勝千代や平四郎を相手にして三人でやってみるが、これが何ともつまらない。自分たちのやり方がいいのか悪いのか判断できないせいだ。しっかりした判定役がいないと、どうにもならないのである。

その結果、

「つまらんのう」

と、伊豆千代丸は投げ出してしまったわけである。

「では、三人で兵書でも読みますか？　兵法を身に付けるには、まず兵書をきちんと読みこなして頭に入れることが大切だと青渓《せいけい》先生もおっしゃっていましたから」

平四郎が生真面目な物言いをする。

「学問なら、毎日やっている」

伊豆千代丸がつまらなそうに答える。

「そうですとも。剣術稽古をやりましょう。体を動かすと気持ちがよくなりますよ」

勝千代が目を輝かせる。学問では平四郎にかなわないが、剣術の腕なら自分が一番だとわかっているからだ。

「やらぬ」

伊豆千代丸が首を振る。

「では、何をなさるのですか？」

平四郎が訊《き》く。

「もう何もやらぬ」

「え」

「何をすればいいかわからぬ。何もやる気がしないのだ」

「しかし……」

「おじいさまがよく話しておられた。心に迷いが生じたときには坐れ、と」

「坐る？　もう坐っておりますが」

勝千代が不思議そうな顔をする。

「バカ者。そういうことではない。座禅を組むということだ」

「はあ、座禅ですか」

「やったことがあるか？」

「ありませぬ」

「平四郎は？」

「わたしもありません」

「ほほう、二人ともやったことがないのか」

「若君はあるのですか？」

勝千代が訊く。

「おじいさまにやり方は教わった。まだ幼かったので、あまり真剣にはやらなかったが」

伊豆千代丸は胸を反らし、だから、これからやるのだ、おまえたちも一緒にやれ、わしが教えてやる、と威張《いば》ったように言う。自分だけが座禅のやり方を知っていることが嬉しいらしい。

「いいか、こうやるのだ」

伊豆千代丸が結跏趺坐《けっかふざ》の姿勢を取る。いくらかぎこちないものの、そう悪い姿勢ではない。

「こうですか……」

勝千代が右足を左の腿《もも》に載せる。それから同じように左足を右の腿に載せようとするが、うまくいかずに仰向けにひっくり返ってしまう。

「ははは、勝千代は鈍いのう」

伊豆千代丸が愉快そうに笑う。

「仕方ありますまい。初めてなのですから。若君とは違います」

勝千代がむっとした顔で言う。

「平四郎、やってみよ」

「はい」

伊豆千代丸を真似て、平四郎が結跏趺坐の姿勢を取る。勝千代よりも体が柔らかいので、初めてでも苦労することなくできる。

「ほれ、見るがいい。平四郎は簡単にできたぞ。やはり、おまえが鈍いのだ」

「……」

カッとなって勝千代は頭に血が上る。顔を真っ赤にして何度も試みる。そのうちに、

「お、できましたぞ」

ようやく、それらしい格好になり、勝千代が嬉しそうな声を発する。

「背中が曲がっておる。ピンと伸ばすのじゃ」

伊豆千代丸が勝千代の背中をどんと叩く。その拍子に勝千代がまたひっくり返る。

「ダメじゃのう。無理せずともよい。今日のところは、わしと平四郎の座禅を見ていればよい」

伊豆千代丸は平四郎と並んで結跏趺坐の姿勢を取る。

「右手を下、左手を上にして四本の指を重ねる。親指同士を軽くつけて円を描く。これを法界定印《ほっかいじょういん》という。このままの格好で、少し先の畳を見る。やや目を閉じるが、すべて閉じるのではない。半眼にする。そして、ゆっくり大きく息をする。平四郎、やってみよ」

「はい」

平四郎がゆっくり呼吸を始める。

「では、わしも始めよう」

「若君、それからどうするのですか?」

勝千代が訊く。

「それから？　それだけじゃ。後は何もせぬ。何も考えてはならぬのだ。心の中を空っぽにする」

「しかし、いろいろ心に思い浮かぶではありませんか。空っぽになどできませぬ」

「勝千代は阿呆よなあ。そのための修行なのではないか。もうわしらの邪魔をするな」

「そうはいきませぬぞ」

負けず嫌いの勝千代は、自分だけできないことが悔しいらしく、また何度もやり直す。しばらくすると何とか結跏趺坐の姿勢を取る。苦労したので顔に汗をかき、息が荒くなっている。

「静かにせぬか」

伊豆千代丸が注意する。

「わかっています」

二人を真似て、勝千代がゆっくり呼吸を始める。

ようやく三人並んで座禅をする。

それから四半刻（三十分）ほど……。

「今日は、ここまでにしよう」

伊豆千代丸が姿勢を崩す。

「はい」

平四郎もふーっと息を吐きながら足を伸ばす。

「どうだった？」

「何というか……体が軽くなったような気がします。ちょっと足が痺《しび》れましたが」

「実は、わしもだ。この姿勢に慣れるまでは苦労するなあ。勝千代、もうやめていいのだぞ。いつまでもやっていると苦しかろう」

伊豆千代丸が声をかけるが、勝千代は返事をしない。

「おい……。ん？　こいつ、寝ておる」

「え」

平四郎が勝千代の顔を覗き込む。

「本当だ。寝ています」

「結跏趺坐の姿勢を取ったまま居眠りするとは……器用な奴だな」

伊豆千代丸と平四郎が顔を見合わせて笑う。

「起こしますか？」

「放っておけ。気持ちよさそうに眠っている」

「そうですね。しかし、いつまでこの格好で寝ていられるものか……」

と、平四郎が言った途端、勝千代が大きく舟を漕《こ》ぎ、前のめりになる。床にごつんと額をぶつけて、

「あれ、何だ、これは！」

大きな声を上げて、目を覚ます。夢でも見ていたらしい。

「座禅はどうだ、勝千代？」

笑いをこらえながら、伊豆千代丸が訊く。

「はあ……なかなか、よいものでございますなあ。何とも言えぬ心地よさを感じました」

「ほう、そうか、そうか。勝千代は座禅が気に入ったか。それは、よかった」

「心を空っぽにするというのは、どういうことなのか、最初はよくわかりませんでしたが、今は何となくわかる気がします」

「おじいさまは毎日持仏堂《じぶつどう》に籠もって座禅を組んでおられた。一日に一度ではなく、何度もだ。何がそんなに楽しいのだろうと不思議だった。おじいさまに訊いたことがある。楽しくはない、とおっしゃった。しかし、苦しいわけでもない。ただ、座禅を組むと心を空っぽにすることができるのだとおっしゃっていた。心に迷いが生じて、どうしていいかわからなくなったときに座禅を組み、心の中を空にして最初から考え直すのだ、と。城にいるときだけでなく、旅先でも座禅を組んだというし、聞いた話では合戦の合間に座禅を組んだこともあるそうだ」

「合戦のときにですか？　敵と戦っているときに」

平四郎と勝千代が驚く。

「そう聞いた。味方が苦戦し、このままでは負けてしまいそうだというとき、いきなり、おじいさまは地面に腰を下ろして座禅を組んだそうだ」

「そんなところを敵に襲われたら、ひとたまりもないではありませんか」

「何もしなくても、どうせやられてしまうんだよ。それほど追い込まれてどうしようもないから、そこから助かる方法を考えないとダメなんだ」

「何となくわかる気がします。負け戦になると、どうしても気持ちばかり焦って、何とかそこから逃げ出そうとしてしまいますよね。でも、誰も踏み止まって戦おうとしなければ、それで終わりじゃないですか。兵法書にもそんなことが書いてあった気がします。戦に負ける者というのは、敵に負ける以前に己の弱い心に負けてしまうのだ、と」

平四郎が言う。

「確かに、合戦の最中に座禅を組むというのは、よほど強い心がなければできないだろうけどな」

勝千代がうなずく。

「よし、これからは、わしらも毎日座禅を組むぞ。学問と剣術稽古をするだけでなく、座禅を組むことで心を強くするのだ。おじいさまのようにな」

「はい」

「はい」

「もう居眠りはするなよ、勝千代」

「は？」

「気持ちよさそうに眠っていたぞ」

「……」

勝千代が顔を赤くする。

二

氏綱《うじつな》は軍議を開いている。

と言っても、重臣たちを一堂に集めて行うような大がかりなものではない。そういう本格的な軍議は、氏綱自身が方針を明確に定めてから開くことにしている。方針が曖昧なまま重臣たちと話し合いをしても何も決まらないからだ。

座敷にいるのは、氏綱、松田顕秀《まつだあきひで》、大道寺盛昌《だいどうじもりまさ》、根来金石斎《ねごろきんこくさい》、風摩《ふうま》小太郎、伊奈十兵衛《いなじゅうべえ》の六人だけである。六人は大きな絵図面を囲んであぐらをかいている。

絵図面に描かれているのは武蔵《むさし》だ。

一月に奪った江戸《えど》城が海沿いにあり、そのほぼ真北の方角に岩付《いわつき》城がある。岩付城の西、江戸城からは北西の方角に河越《かわごえ》城がある。

扇谷朝興《おうぎがやつともおき》は河越城に腰を据えて、虎視眈々《こしたんたん》と江戸城奪回を画策している。

河越城の北西、武蔵と上野《こうずけ》の国境近くには鉢形《はちがた》城がある。山内上杉《やまのうちうえすぎ》氏のもうひとつの本拠だ。当主の憲房《のりふさ》は重い病で臥《ふ》せっている。朝興がすぐに南進できないのは憲房の支援を期待できないことが理由のひとつである。

「次は岩付城ですな」

松田顕秀が絵図面を指差す。

「うむ」

皆がうなずく。

その点に関しては意見が一致している。

扇谷上杉氏は、江戸城、岩付城、河越城を鼎《かなえ》として長く武蔵を支配してきた。その一角が崩れたことで、武蔵南部を失った。

しかしながら、岩付城と河越城で武蔵北部をがっちり押さえており、その勢いは依然として侮《あなど》りがたい。純粋に軍事的な側面から考えれば、朝興のいる河越城に向かって北進し、決戦を挑んで一気に雌雄《しゆう》を決するのも有力な作戦だが、それは危険な賭けでもある。その決戦に敗れれば、せっかく手に入れた武蔵南部を失うだけでなく、相模《さがみ》に攻め込まれる怖れもある。勝利によって得られるものも大きいが、敗北によって失うものも大きいのである。

敵が朝興だけであれば、氏綱も迷うことなく北進するであろうが、山内上杉氏がどう出るかわからない。憲房が病に臥せっていることは間違いないが、病状までは確認できない。万が一、病から回復して朝興の後詰めとして出陣してきたら手強《てごわ》い相手になる。甲斐《かい》の武田信虎《たけだのぶとら》の動向も不気味である。

朝興は何度となく信虎に武蔵出兵を要請している。

さして旨味を感じないのか、信虎はその要請に応えず、食糧を奪うために相模に兵を入れたりしているが、考えが変わって武蔵に出て来るかもしれない。氏綱が北進して朝興と対峙《たいじ》したときに、信虎が甲斐から出てくると、氏綱は脇腹を攻められることになる。そうなれば苦戦は必至だ。

つまり、すぐに河越城を攻めるのは不確実な要素が多くて危険だということだ。

そこで岩付城である。

河越城を支える役目を担っている岩付城を奪うことで朝興の力を削ごうというのが氏綱たちの考えなのだ。河越城の周囲には岩付城以外にも蕨《わらび》城や毛呂《もろ》城といった城があり、地理的な観点から考えれば、江戸城と河越城の中間地点に位置している蕨城を攻めるのが手堅いように思える。

にもかかわらず、岩付城に目を付けたのには、いくつか理由がある。

高輪原《たかなわはら》の戦いが起こるまで、岩付城を守っていたのは太田《おおた》三兄弟だった。扇谷上杉氏の武蔵支配を支える三つの柱のひとつという位置付けではあったものの、実際には、江戸城や河越城と比べると、この時期、岩付城の戦略的な重みは低下していた。

元々は下総《しもうさ》の古河公方《こがくぼう》に睨《にら》みを利かせるために築かれた城だが、古河公方の軍事的・政治的な脅威が減じたためである。太田三兄弟が岩付城に行かされたのも、曽我兵庫頭《そがひょうごのかみ》の画策によるもので、体《てい》のいい左遷であった。

それを恨んだ太田三兄弟が北条《ほうじょう》氏に寝返ったことで、氏綱は易々《やすやす》と江戸城を手に入れることができた。たかが城ひとつとはいえ、そのおかげで江戸城周辺の豪族たちが雪崩《なだれ》を打ったように扇谷上杉氏を見限って北条氏に鞍替《くらが》えし、おかげで武蔵南部を支配下に収めることができたのだから氏綱は笑いが止まらなかったであろう。

扇谷上杉氏から見れば、岩付城の戦略的な重要性は低下しているが、氏綱からすれば、これほど重要な城はない。

古河公方・足利高基《あしかがたかもと》の子・亀王丸《かめおうまる》は氏綱の娘婿である。もし岩付城を奪うことができれば、江戸城、岩付城、古河城という南北の同盟線ができることになり、河越城の朝興に大きな圧力をかけることができるのだ。東と南の二方面から攻め立てれば、いかに堅固な河越城とはいえ、ひとたまりもないであろう。

他にも理由がある。

今現在、岩付城の守りを命じられているのは太田彦六資頼《ひころくすけより》である。太田三兄弟と同じ太田一族だ。但《ただ》し、系統が違う。

太田一族の地位を飛躍的に高めたのが道灌資長《どうかんすけなが》であることは言うまでもない。道灌の子が資康《すけやす》で、資康の子が太田三兄弟である。

これが太田氏の嫡流だ。

道灌の弟を資忠《すけただ》といい、資忠の子が資家《すけいえ》、資家の子が資頼である。

つまり、資頼と三兄弟は又従兄弟《またいとこ》という関係になり、資頼は傍流に過ぎない。

血の繋がりは薄いとはいえ、同族には違いないから、三兄弟が寝返った今、資頼を寝返らせるのも難しくないはずだ、調略《ちょうりゃく》で江戸城を落としたように、岩付城も調略で落とせばいい、三兄弟から密書を忍ばせれば資頼も逆らうまい、というのが金石斎の意見である。

「そう簡単にいくでしょうか」

小太郎が首を捻る。

「調略に反対なのか？」

氏綱が訊く。

「そうではありません。岩付城は深い濠《ほり》に周囲を囲まれており、力攻めしても、城を落とすには長い時間がかかるでしょうし、大きな損害を被《こうむ》ることを覚悟しなければなりません。やはり、調略が一番よいと思います」

「では、何が難しいと思うのだ？」

「太田三兄弟は嫡流、彦六殿は傍流です。本家筋の指図であれば、普通ならば素直に従うはずです。しかし、そんなことは扇谷上杉の御屋形さまにしろ、曽我殿にしろ百も承知のはず。にもかかわらず、彦六殿に岩付城を預けているというのは、彦六殿の寝返りを心配していないからだと思うのです」

「まあ、確かに、三兄弟と彦六殿の間にわだかまりがあっても不思議はないがのう」

氏綱が腕組みして難しい顔をする。

実は、三兄弟と資頼は、単純にどちらが嫡流で、どちらが傍流だというように割り切れない関係なのである。

道灌は子宝に恵まれず、中年に至って、ついに子を持つことを諦め、弟・資忠の子である資家を養子に迎えた。行く行くは資家に自分の後を継がせるつもりだった。

ところが、その後で道灌に男の子が生まれた。

これが三兄弟の父・資康である。

ようやく授かった子である。道灌もかわいくないはずがない。できることなら後継ぎにしたいと考えたものの、すでに資家を養子にした後である。下手なやり方をすれば太田氏が分裂して御家騒動になりかねない。

道灌はつらつら思案して資忠と資家を呼び、自分の後は、やはり、実子の資康に継がせたい、と二人に頭を下げた。その代わり、資康には資家を兄として敬わせることを約束し、資康には江戸城を、資家には岩付城を与えるので、二人が力を合わせて河越城の御屋形さまに忠義を尽くしてほしい、と頼んだ。

この申し出を資忠と資家が承知したので、家督を巡る問題は穏便に片付いた。

以後、資康の系統は江戸太田氏、資家の系統は岩付太田氏と称されることになる。

資頼の立場からすれば、

「わしは傍流呼ばわりされる覚えはない。元々、父が太田の家督を継ぐはずだったのだ」

ということになる。

曽我兵庫頭の差し金で三兄弟が江戸城から岩付城にやって来たときも、表向きは丁重に遇したものの、何かというと三兄弟が本家面をしてあれこれ指図するのが気に入らず、資頼は腹に据えかねていたのである。

三兄弟が江戸城に戻り、扇谷上杉氏を裏切って北条氏に寝返ったと聞いたときも、

「やはり、信用ならぬ者たちよ。あのような者たちは太田の本家ではない。わしら岩付の者こそが太田の嫡流よ」

と吐き捨てるように言うと、直《ただ》ちに数百の兵をまとめて河越城に向かった。

「わたしも太田の血を引く者ではありますが、あのような裏切り者たちとは違います。お疑いなさるのであれば、御屋形さまの手でこの首を落として下さいませ。そうでないのであれば、どうか江戸城を奪い返す先鋒をお命じ下さい。裏切り者たちの三つの首を切り落としてご覧に入れます」

資頼は朝興の前で豪語した。

そこまで露骨な物言いをされてしまえば、朝興としても、

「おまえも裏切り者の一味に違いない」

と成敗するか、

「いやいや、おまえとあやつらは違う。わしはおまえを信じておるぞ」

と強い信頼を表明するかのどちらかしかない。

朝興は、資頼を信頼した。

実際、そうするしかなかった。もし資頼を成敗すれば、岩付城に籠もっている資頼の一族が反旗を翻《ひるがえ》し、北条方に走るのは明らかだ。たとえ全幅の信頼を置くことができないとはいえ、そんな素振りを見せるわけにはいかなかった。

「すぐには戦にならぬ。何かあれば、おまえを頼りにするから、とりあえず、岩付に帰るがよい」

そう諭《さと》した。

朝興の言葉に資頼は大いに喜んだ。

もっとも、朝興も馬鹿ではない。曽我兵庫頭の勧めもあり、曽我兵庫頭配下の猛々《たけだけ》しい武者、陣内《じんない》掃部介《かもんのすけ》に二百ばかりの兵を預け、資頼と共に岩付城に行かせることにした。今や北条だけでなく、古河公方も警戒しなければならないから、城の守りを固めるためにも兵を増やす方がよい、と恩着せがましい言い方をしたが、もちろん、それは本心ではない。

万が一、資頼が裏切るような気配を見せれば、

「彦六を斬れ。家族も重臣たちも殺してしまえ」

と、曽我兵庫頭は陣内掃部介に耳打ちした。

そのあたりの事情は、氏綱を始め、この場にいる者たちは、すでに知っている。風間《かざま》一族の諜報《ちょうほう》網はそれほど優秀なのである。

それを踏まえた上で、

「彦六殿の立場を考えれば、そうでも言わなければどうにもならなかったのでしょう。口ではそう言っても、やはり、同じ一族であり、三兄弟が本家筋なのですから、こちらに味方するように命じれば素直に従うでしょう」

というのが金石斎の意見である。

「従わなかったときは、どうするのだ?」

十兵衛が訊く。

「そのときは蕨城を攻めるのです」

金石斎が絵図面上の蕨城を指差す。

「蕨城は河越城や岩付城ほど大きくもなく、守りも堅固ではありません。こちらが大軍で押し寄せれば、とても支えきることはできますまい。それ故《ゆえ》、河越城と岩付城から援軍がやって来るはず。兵が減り、手薄になった岩付城を……」

江戸城から下総方面にぐるりと曲線を描きつつ、最後に岩付城を指先でとんとんと叩く。

「なるほど、蕨城を攻めると見せかけて敵軍を誘《おび》き寄せ、その隙《すき》に別の者がこっそり忍び寄って岩付城を攻めるのだな？」

松田顕秀が金石斎の顔を見る。

「はい」

「それは悪くないやり方かもしれぬのう」

大道寺盛昌も大きくうなずく。

「どう思う？」

氏綱が小太郎に訊く。

「もし、そのやり方で岩付城を落とせるとお考えであれば、調略など考えず、最初から、そうすればよいのではないでしょうか」

「このやり方では落とせぬ、と言うのか？」

金石斎が気色ばむ。

「岩付城は守りやすく攻めにくい城です。たとえ五千の兵で攻めたとしても、そう簡単に落とすことはできないでしょう」

「一万なら？」

「岩付城に一万もの兵を差し向けたら、蕨城を攻める兵が足りなくなってしまいます」

「確かに」

十兵衛がうなずく。

「では、どうすればよいと思うのだ？」

大道寺盛昌が訊く。

「調略がうまく行かなかったときには、とりあえず岩付城を諦め、蕨城を攻めるべきです。見せかけではなく、本気で蕨城を落としにいくべきかと存じます」

小太郎が言う。

「金石斎が言うように、そうなれば、河越城と岩付城から敵の援軍がやって来るではないか。そのときは、どうするのだ？」

松田顕秀が訊く。

「決戦すればよいのです」

「決戦か……」

「今、何よりも避けなければならないのは河越城や岩付城のような堅固な城を攻めあぐねて時間を費やすことです。戦が長引いているうちに山内上杉や武田が出てくれば必ずや苦戦することになります。しかし、平地での決戦であれば一日で片が付きます。山内上杉や武田が出てくる暇もないでしょう。援軍がいないのなら、扇谷上杉との決戦は望むところではありませんか」

「たとえ、その決戦に勝っても、敵を全滅させることができなければ、敵は河越城や岩付城に逃げ帰って籠城《ろうじょう》するだけではないか」

金石斎がまくし立てる。

「それでよいのです」

「何だと？」

「そうなれば、こちらは悠々と蕨城を攻め落とし、次いで毛呂城、松山《まつやま》城を攻めます」

「ふうむ、河越城を囲むわけだな？」

絵図面を見下ろしながら、氏綱がうなずく。

蕨城は河越城の東に、毛呂城は西に、松山城は北にある。この三つの城を奪うことができれば、河越城は袋の鼠《ねずみ》と言っていい。

「周りの城を三つも落とされたら河越城は手も足も出なくなる。まさか、指をくわえて眺めているわけにもいくまいから、きっと河越城から出てくるな」

「そこをもう一度、叩くのです」

小太郎が言うと、

「悪くない策に思える」

氏綱がうなずく。

「すると、まずは岩付城への調略、それがうまくいかないときは蕨城攻め……そういうことでよろしいのでしょうか？」

松田顕秀が念を押すように氏綱に訊く。

「よかろう。で、調略は、どんな具合なのだ？」

氏綱が金石斎に訊く。

「思うようには進んでおりませぬ……」

江戸城を奪ってから、何度か岩付城の太田資頼のもとに使者を送り、北条に味方するように申し入れているが、資頼は首を縦に振らないという。

「やはり、そうであろう。河越城に押しかけ、江戸城攻めの先鋒を務めさせてほしいと懇願したくらいだから、そう簡単に寝返ったりはするまいよ」

松田顕秀が首を捻る。

「わたしは、そうは思いませぬ」

小太郎が口を開く。

「本心から寝返る気がないのなら、そもそも使者に会ったりもしないでしょうし、皆が噂するように彦六殿が血の気の多い人であれば、使者を斬るでしょう。しかし、そうはしないし、使者がやって来れば、こっそり会って話も聞く。北条の使者が来ていることを河越城に知らせている様子もない」

「向こうには、寝返る気があるというのか?」

大道寺盛昌が訊く。

「ないはずがありませぬ。江戸城が落ちた途端、城の周りにいる豪族たちは、こぞって当家の味方になりたいと申し入れてきました。彼らにとって何よりも大切なのは自分たちの土地を守ることです。彦六殿が三兄弟の裏切りを口汚く罵り、扇谷上杉の御屋形さまに忠義を誓ったのは、そうしなければ、岩付城を取り上げられてしまうとわかっていたからです。そうしなければならなかったのです」

「なるほど、表向きの顔と本音を使い分けているということだな?」

氏綱が、腑《ふ》に落ちた、という顔をする。

「北条に勢いがあることは明らかですから、岩付城を守っていくには寝返るしかないと彦六殿も承知しているはずです」

「心の中で迷っているとして、こちらとしては、どうする？　当家に味方すれば、今までと同じように岩付城も任せるし、領地も安堵すると伝えてある。もっと甘い餌《えさ》をぶら下げるのか？」

十兵衛が小太郎を見る。

「そうです。但《ただ》し、その甘い餌は彦六殿にはやりませぬ」

小太郎が生真面目な顔で言う。


話し合いが終わって、小太郎が自分の部屋に引き揚げようとして廊下を歩いていると、背後から荒々しい足音が聞こえた。

（来たな）

予想していたので、小太郎は少しも驚かず、落ち着いて足を止め、ゆっくり振り返る。

金石斎の拳《こぶし》が顔に飛んでくる。際どいところでかわすと、逆に金石斎の横っ面に平手打ちを食らわせる。あっ、と叫んで金石斎が尻餅をつく。

「おのれ、何をするか」

脇差しに手をかける。

「それは、やめておきましょう」

小太郎が金石斎を睨む。

「先生が脇差しを抜けば、わたしも抜かなくてはならぬことになります。わたしなど、弱々しいと思っておられるかもしれませんが、子供の頃から剣術稽古は人一倍励んだものです。先生の腕前は存じませんが、少なくとも刺し違えるくらいの腕と覚悟がわたしにはあります。それでも抜きますか？」

「うぬぬっ……」

金石斎が悔しそうな顔をする。剣術の自信はないらしい。

「わたしも先生も北条に仕える軍配者として、話し合いの場では自分のよいと思う策を提示します。どの策を採るか、それは御屋形さまや重臣の皆様方の決めることです。決まったことに腹を立て、異を唱えるというのは、つまりは御屋形さまの決めたことに逆らうということではないでしょうか？」

「何を偉そうに」

「わたしも軍議のたびに先生に襲われる心配をしたくはありません。納得していただけないのであれば、御屋形さまの元に戻り、どちらが正しいか、お考えを伺おうではありませんか」

小太郎が広間に戻ろうとする。

「待て、待たぬか。まだ何も言ってはおらぬ」

金石斎がよろよろと立ち上がる。

「心配するな。もう同じことはせぬ」

「約束して下さいますか？」

「嘘はつかぬわ」

ふんっ、と不機嫌そうに鼻を鳴らすと、金石斎が立ち去っていく。その後ろ姿を小太郎が見送っていると、

「上出来だ。よくやったな」

物陰から十兵衛が姿を現す。

「十兵衛さまに指図された通りにやっただけです」

話し合いの場で意見が衝突すれば、必ずや金石斎はそれを恨んで小太郎を襲うに違いない、そのときは、こういう風に対応せよ、と事前に教えてくれた。まるっきり十兵衛の予想したようになった。

「わしが懲《こ》らしめてやってもよかったのだが、そうすると、わしの留守を狙って、おまえに嫌がらせをするに違いない。そういう卑怯な男なのだ。そんなことを許さないためには、おまえ自身が金石斎を脅しつける必要があった。それがうまくいった」

「あまり後味はよくありませんが」

「仕方あるまい。敵は城の外だけにいるのではない。時には城の中に敵がいることもある」

「味方が敵になることもある、とおっしゃりたいのですか？」

「味方に寝首を掻《か》かれるのは嫌だろう？」

十兵衛がにやりと笑う。

三

「まさか二人で旅することになるとはなあ」

「まったくだ」

小太郎の言葉に慎吾《しんご》がうなずく。

二人は同い年の従兄弟だが、幼い頃から仲はよくない。反《そ》りが合わないということもあったし、将来、どちらが風間党の棟梁《とうりょう》になるのか、という軋轢《あつれき》もあった。

元々は小太郎の父・五平《ごへい》が風間党を率いていたが、三浦《みうら》氏との戦いで五平が死ぬと、小太郎が幼かったこともあり、叔父の六蔵《ろくぞう》が棟梁となった。世は太平ではなく、戦国である。実力のある者が一族を導かなければ、生き残ることのできぬ世なのである。

慎吾は、いずれは自分が六蔵の後を継ぐものと期待していたが、小太郎が頭角を現すに従って疑心暗鬼となり、ついには小太郎の命を狙うほどに憎悪をたぎらせた。

小太郎が足利学校から北条家に戻るにあたって、氏綱は小太郎に「風摩」という由緒ある家を継ぐように命じた。別家を立てるというのは、小太郎が風間と絶縁することを意味するわけであり、風間党を継ぐのは慎吾である、と氏綱が公に裁定を下したということになる。

二人の関係がぎくしゃくしていたのは、慎吾が一方的に小太郎を憎んでいたせいだが、氏綱の裁定のおかげで二人のわだかまりは解消された。

「気が進まぬであろうが」

「何を言う。御屋形さまのご命令だ。好きも嫌いもない。これは大切なお役目だからな」

「確かに」

小太郎と慎吾は修験者《しゅげんじゃ》の姿をしている。

この時代、旅をするのは命懸けである。どこで誰に襲われるかわからない。遠くに旅するときは、できるだけ多くの道連れと共に行くのが最善である。できれば護衛の武士を伴っていれば更に安全だ。

小太郎と慎吾は、そんな仰々しい旅をすることはできない。武蔵北部の扇谷上杉氏と南部の北条氏が対峙し、いつ戦が始まってもおかしくないというきな臭い状況である。北条の者だと知れれば、扇谷上杉の兵たちに寄ってたかって叩き殺されてしまうであろう。できるだけ目立たぬように旅をしなければならない。

　二人は岩付城に向かっている。

　目的は調略である。

　難攻不落と言われる岩付城を力攻めすれば、多くの犠牲を覚悟しなければならない。調略ならば、何らかの見返りを要求されるとしても、人的な損失は避けることができる。

　それ故、江戸城を奪ってから、岩付城を預かっている太田資頼に対して、北条氏はたびたび使者を送っている。資頼は使者には丁重に応対するものの、北条氏への寝返りは頑《がん》として拒んでいる。

　小太郎が氏綱に進言したのは搦《から》め手《て》からの調略である。

　太田三兄弟が裏切ったことで氏綱は江戸城を手に入れることができた。当然ながら、扇谷上杉氏に残った太田一族は周囲から冷たい目で見られている。裏切った三兄弟は江戸太田氏であり、資頼の属する岩付太田氏とは系統が違っているものの、傍《はた》から見れば同じ太田氏である。

「どうせ、おまえたちも裏切るのであろう」

　と思われているからこそ、資頼は、そう簡単に調略に応じるわけにはいかないのである。自分が疑われていることを承知しているのだ。

　岩付城には曽我兵庫頭配下の陣内掃部介が二百の兵と共に居座っており、資頼の挙動に目を光らせている。もし資頼が寝返りの素振りを見せれば、掃部介はためらうことなく資頼を殺すであろう。

　つまり、資頼はどうにも身動きが取れない状況に置かれている。その資頼に対してしつこく説得を試みたところで仕方がない、目先を変えるべきだ、というのが小太郎の考えなのである。

小太郎が目を付けたのは、資頼を補佐する立場にある渋江三郎《しぶえさぶろう》だ。

渋江氏は千葉《ちば》氏の庶流で、岩付付近に古くから根を張る豪族である。成田《なりた》氏に仕えていた。

成田氏が築いた城が岩付城である。

代々、成田氏の当主が城主となったが、二十五年ほど前、成田氏は本来の本拠である忍《おし》城に帰った。

その後を継いで、城主の地位を得たのが渋江一族なのである。

その頃、岩付太田氏は渋江氏よりも格下の扱いで、城代を務める家柄に過ぎなかった。

ところが、曽我兵庫頭の画策で太田三兄弟が江戸城を追われ、岩付城に追いやられると、今度は江戸太田氏の方が渋江氏より格上になった。何しろ、江戸太田氏は道灌の直系で、家格だけで言えば、曽我氏よりも上なのだ。

玉突き衝突のような事情で、太田三兄弟の長兄・源六郎資高が岩付城の城主となり、従兄弟の資頼が城代に任じられた。

城主の地位にあった渋江三郎は城代補佐という馬鹿馬鹿しい地位に格下げになった。

もちろん、渋江三郎は大いに不満であった。

しかし、扇谷上杉氏の主・朝興の指示に逆らうことはできず、じっと口を閉ざしていた。

やがて、高輪原の戦いが起こり、太田三兄弟の裏切りによって氏綱が江戸城を奪った。

蚊帳《かや》の外に置かれていた岩付城では城主不在という事態に陥り、ごく自然に資頼が城主に、渋江三郎が城代に繰り上がった。

小太郎は、

（渋江三郎が今の地位に満足しているはずがない）

と見抜いた。

これは小太郎でなくても、簡単にわかる道理であろう。かつて城主だった男が城代の地位に満足できるはずがない。

扇谷上杉の主・朝興にも不満を抱いているはずであった。太田氏の本家である江戸太田氏が裏切ったのだから、その一族である岩付太田氏に対しても何らかの処分を下して連帯責任を取らせるべきだし、少なくとも資頼を城主にするべきではない……当然、それくらいのことは考えているはずだ。

慎吾は先を急がなかった。明るいうちに歩けば、どうしても人目につく。いくら修験者に扮《ふん》しているとはいえ、間諜《かんちょう》が僧侶に化けるのはよくある手だから、扇谷上杉の者に見付かれば捕らわれて尋問されることになりかねない。それ故、街道を歩くのは日が沈んでからにして、明るいうちは森の中で眠るようにした。そんなやり方をしているから、あまり距離を稼ぐことができない。

しかし、慎重な旅を続けたおかげで、危ない目に遭うこともなく、岩付城のそばに辿《たど》り着くことができた。

岩付城周辺には風間党の者が何人か潜入している。

物売りや僧侶に化けたり、逃散《ちょうさん》してきた農民を装ったり、様々な姿になって情報収集に励んでいる。

その者たちが森の木樵《きこり》小屋に集められた。

「どんな様子だ？」

慎吾が訊くと、

「城内は殺気立っているようでございますな。太田の者たちと陣内掃部介の兵たちが何かというと小《こ》競《ぜ》り合《あ》いを起こし、喧嘩刃傷沙汰《にんじょうざた》が絶えぬようです」

「それぞれ相手を疑い、まったく信用していないのでしょう。力を合わせて城を守ろうという気持ちがない。互いに憎み合っている」

「あれでは、まともな戦などできますまい。調略よりも力攻めする方が意外とあっさり城を落とせるかもしれませぬぞ」

「渋江殿に会いたい。手筈《てはず》を整えられるか？」

慎吾が言うと、

「彦六殿ではなく渋江殿に会うのですか？」

耳八《みみはち》という年寄りが驚いた顔をする。源八《げんぱち》というのが本当の名前だが、人並み外れて耳が大きく、人の話を聞き逃さず、どんな情報でも頭に入れて持ち帰るので、仲間からは「耳八」と呼ばれている。針売りの行商人に化けて岩付城下に滞在している。

「これ以上、彦六殿を説得しても埒《らち》が明かぬというのが御屋形さまのお考えだ。渋江殿と話をする。そのために、おれと青渓が来たのだ」

「御屋形さまのご命令となれば、わしらは黙って従うのみでございます。今まで渋江殿に使いを送ったことがないので、どうなるかわかりませぬが……」

耳八が首を捻る。

「渋江殿の身内に周徳《しゅうとく》という軍配者がいる。周徳殿に、この書状を渡してもらいたい」

小太郎は荷物から和紙と筆、墨を取り出すと、

周徳さま
お目にかかりたく候《そうろう》
青渓

と短い手紙を書いた。

「これだけでよいので？」

耳八が小太郎を見る。

「それでわかる」

小太郎がうなずく。

四

夕方、耳八が慌てた様子で木樵小屋に戻ってきて、

「会うそうです。日が暮れたら屋敷に来てくれってことでして」

と、慎吾と小太郎に告げる。

「もう話がついたのか？」

慎吾が驚いた様子で訊く。

初めて調略の手を差し伸べるとき、相手もあれこれ疑ってかかるので、思うように事が進まないのが普通である。何度も書状を送って、少しずつ相手の警戒心を解いていくしかないのだ。それには時

間がかかる。今回もじっくり腰を据えてかからなければならないだろうと慎吾は覚悟していた。

にもかかわらず、こうもあっさり相手が会うというのだから慎吾が驚くのも当然であった。

「屋敷の小者に金を握らせて、手紙を主に渡してくれるように頼んだんですが、すぐに奥から主が出てきて、日が暮れたら訪ねてくるように青渓に伝えてくれ、と。いやあ、びっくりしました」

額の汗を拭いながら、耳八が言う。

「そんな簡単にいくものなのか？」

「こんなことは初めてですよ」

「怪しいのではないか。まず、おれが一人で会おうか？」

慎吾が小太郎の顔を見る。

「いや、心配ないだろう。周徳さまは足利学校の先輩だ。お人柄は、よく知っている。おかしなことをする人ではない」

「おまえがそう言うのならいいが……。話し合いの席には、おれも同席するぞ。万が一、ということがあるからな」

どうやら、慎吾は小太郎の用心棒役を務めるつもりでいるらしい。


その夜……。

闇夜に紛れて、小太郎と慎吾は耳八の案内で岩付の城下に入った。周徳の屋敷に着くと、すぐに奥に通された。

「まるで客人扱いではないか。こんなことは初めてだ」

板敷きに腰を下ろすと、慎吾が首を捻る。狐狸《こり》の類《たぐ》いに化かされている気がするのである。さして待つこともなく、周徳が現れ、二人の前に腰を下ろす。

「おおっ、青渓、久し振りだな。よく訪ねてくれた。嬉しいぞ」

人のよさそうな三十男である。

「お懐かしゅうございます」

小太郎が丁寧に頭を下げる。

周徳は小太郎が足利学校に入る何年も前から在校していた大先輩である。

思うように学業が進まず、二年も経たないうちに、あっさり小太郎に抜かれてしまった。その頃になると、周徳の方が小太郎に教えを請《こ》うような立場になっていた。

しかし、そんな自分を卑下することもなく、小太郎を嫉《そね》むこともなく、

「青渓、おまえは若いのにすごいなあ」

と素直に感心し、小太郎が何か教えてやると、お礼に饅頭《まんじゅう》や焼き芋を食わせてくれた。優等生ではなかったが、とびきり人のいい男だった。

小太郎が小田原《おだわら》に戻る半年ほど前に、周徳は卒業を断念して退校し、故郷の岩付に戻った。成績が優秀であれば、小太郎の友・養玉《ようぎょく》（曽我冬之助《ふゆのすけ》）のように扇谷上杉氏の軍配者になる道も開けたであろうが、中退したことで、その目は消えた。

とは言え、足利学校で学んだという経歴があれば、田舎豪族の軍配者くらいにはなれる。周徳が渋江一族の出だということを小太郎は知っていたから、岩付城で軍配者として奉公しているのではないか、と推測した。

城主の資頼でなく、城代の渋江三郎に調略を仕掛けるべきだ、と小太郎が氏綱に進言したのは、

（周徳さまを説得できれば、きっと渋江三郎殿を味方に引き込むことができる）

という見通しがあったからである。

しばらく小太郎と周徳は、足利学校時代の仲間たちの消息について語り合った。かつて同じ釜の飯を食った親しい仲間が久し振りに再会したときの最も大きな喜びであろう。

やがて、二人の話題は北条氏と扇谷上杉氏の戦いに関することへと移っていく。軍配者にとって最大の関心事は、やはり合戦沙汰なのである。

「高輪原では、最初はこっちが勝っていたのに、次の日には、こっちが負けていた。あっさり江戸城まで奪われてしまった。おまえも、あの戦に出ていたのか？」

「軍配者として同行したのではなく、実戦を間近で経験せよという御屋形さまの指図で同行しただけです」

「ふうん、そうか。おまえが北条の軍配者として戦に出ていたら、高輪原で養玉と手合わせしていたのになあ。それなら面白いなあと期待していたのだが」

もちろん、最後には扇谷上杉に勝ってほしかったのだが、と周徳が笑う。

「え」

小太郎が驚く。

「あの戦で軍配を振ったのは養玉さんなんですか？」

「そうだよ。すべての策を養玉が考え出した。すごい奴だよな。今だから正直に言うが、扇谷上杉の者だって、まさか勝てるとは誰も思っていなかった。時間稼ぎをして、北条が相模に引き揚げるのを

待てばいいという者ばかりでな。山内上杉が加勢してくれれば話は別だが、御屋形さまが病で臥せっているから援軍を出してもらうことができない。自分たちだけで北条と戦えば、まず負けるだろうと皆が考えていた。実は、おれも、そう思っていた。だからこそ驚いた。ものすごく驚いたよ。一流の軍配者とは、こういうものかと感心もした」

「養玉さんがひっくり返したわけですね？」

「ああ、そうだ。次の策も考えていたらしいから、太田三兄弟の裏切りがなければ、北条もただでは済まなかったはずだぞ」

「そう思います」

小太郎がうなずく。周徳の言う通りだ。高輪原で大敗を喫した後、すぐさま氏綱が江戸城攻めを決断したからこそ、北条氏は九死に一生を得た。ぐずぐずと夜が明けるのを待っていたら、冬之助がまたもや恐ろしい罠を仕掛けてきたに違いない。高輪原の戦いに続いて、またもや敗北するようなことになれば、北条氏は滅んでいたかもしれないのだ。それを思うと、小太郎は背筋が寒くなる。

「扇谷上杉の御屋形さまが河越城から動かないのが、わたしには不思議です。すぐにでも江戸城を奪い返そうとすると思っていましたから」

「軍配者がいなくては兵を動かすこともできまいよ」

「軍配者が？　養玉さんがいるじゃないですか」

「ん？」

周徳が怪訝な顔になる。

「ああ、知らないのか。養玉だが、危うく命を落とすところだった」

「え」

「流れ矢が胸に当たってな。大変な重傷だった。よく助かったものだ。死んでも不思議はなかった。今も養生しているはずだ」

「そうだったのですか」

冬之助が無事であれば、江戸城を奪い返す策を捻り出していたはずだ。頼りにしている軍配者が重傷を負ったせいで、朝興は兵を動かすことができなかったのであろう。

「……」

慎吾は目を丸くしながら二人の会話を聞いている。

当然であろう。

小太郎と周徳は敵と味方なのだ。北条と扇谷上杉の新たな戦いが明日にも起こるかもしれないという状況なのである。そんなときに、双方の軍配者同士が、何の隠しごともしようとせず、ざっくばらんに腹を割って楽しそうに話し合っているのだから、慎吾が驚くのも無理はない。

足利学校で学んだ軍配者同士だけが持つことのできる独特の友情なのである。

「さて、そろそろ話を聞こうか。まさか、わしを懐かしんで小田原から来てくれたわけではあるまい？」

周徳の表情が引き締まる。

「遠回しな言い方はしません。北条に味方して下さいませんか」

小太郎が言う。

「扇谷上杉を裏切れというのか？」

「周徳さまにとっても渋江一族にとっても、大切なのは岩付を守ることではありませんか。戦になれば、村も田畑も焼かれ、岩付は荒廃してしまいます」

「北条に味方すれば、そうならないと言うのか？」

「なりませぬ」

小太郎がうなずく。

「扇谷上杉としては、何よりも江戸城を取り戻すことを第一に考えなければならぬはず。岩付城は後回しです」

「江戸城を御屋形さまが奪い返せば、岩付城も奪い返されることになる。御屋形さまは裏切り者を容赦せぬ。渋江一族は根絶やしにされてしまうではないか」

「今の扇谷上杉に、江戸城を奪い返すだけの力がありますか？」

「……」

「小田原の御屋形さまは、渋江一族が北条に味方してくれれば、いずれ城を与えると申されております。遠い話ではありませぬ。恐らくは年内に」

「城だと？　まさか岩付城を預けるとは言うまい？」

「渋江一族が岩付城を望んでいるのは承知しておりますが、さすがに彦六殿を差し置いて岩付城を与えるとは言えませぬ。代わりに蕨城を預けましょう」

「蕨城だと？　あれは扇谷上杉の城ではないか」

「今はそうですが、近々、北条の城になります」

小太郎がにこっと笑う。

「自信満々だな」

「扇谷上杉と北条の力を比べて、最後にはどちらが勝つと思われますか？　忠義を尽くして故郷を追われるか、新たな主に仕えて父祖の眠る土地を守っていくか、よく考えるべきではないでしょうか」

「青渓、おまえの言いたいことはわかる。わしなど三流の軍配者に過ぎぬが、そのわしの目から見ても、今の扇谷上杉では北条に歯が立たぬことくらいはわかる。山内上杉と武田が味方してくれなければ、どうにもならないだろう。そして、両家共に援軍を送ってくれそうにない」

「山内上杉と武田は不仲ですから、力を合わせて扇谷上杉を助けようとは考えないでしょう」

「わしら渋江一族が北条に味方すると決めても、彦六殿が納得するとは限るまい。それでなくても御屋形さまや曽我殿から疑われているのだし、そう簡単には首を縦に振るまいよ」

「何をおっしゃいますか。周徳さまさえ覚悟を決めれば、何も難しいことなどありませぬ」

「ふうむ……」

　周徳が険しい表情で腕組みする。

（この男、もう寝返るつもりでいる）

　慎吾は黙って二人の話を聞いていたが、いつの間にか周徳が小太郎に丸め込まれ、扇谷上杉を裏切るつもりになっていることに驚いた。これほどすらすらと容易に調略が成功したことなど今まで一度もない。

　もちろん、小太郎と周徳が足利学校における先輩後輩という親しい間柄だからこそ、話し合いが円滑に進むのであろうが、それにしてもあり得ない展開と言っていい。自分の目で見ているのでなければ、とても信じられなかったであろう。

その驚きは、小太郎に対する驚きでもある。

（ただのお人好しだったくせに、いつの間にこんな駆け引きを身に付けた？）

相手を利で釣るだけでなく、こちらに味方しなければ、先祖代々住み慣れた土地を追われ、一族が滅びることになるぞ、と優しげな表情を崩すことなく、さりげなく恫喝《どうかつ》しているのだ。厳しい現実を突きつけた上で、北条に味方せよ、と説いている。

周徳の心は北条に傾いているが、そう簡単に決断できない事情がある。岩付城を預かっているのは太田彦六資頼であり、周徳と同族の渋江三郎は、その補佐役に過ぎない。

まず資頼を説得しなければならない。

しかも、資頼を説得できても、もうひとつ大きな障害がある。岩付城には曽我兵庫頭の腹心・陣内掃部介が二百人の兵と共に駐留している。

曽我兵庫頭は資頼の謀反《むほん》を疑い、万が一、謀反の兆しが見えたら、資頼を殺せと陣内掃部介に命じている。そういう事情を資頼も察しているから、どちらも扇谷上杉支配下にあるとはいえ、まるで敵と味方のようにいがみ合い、城内で喧嘩刃傷沙汰が絶えないのだ。

難しい状況に置かれているのだと訴える周徳に対し、小太郎はにこにこ笑いながら、苦境を脱する策を授けた。それを聞いて、慎吾は、一瞬、背筋が寒くなり、

（こいつは昔の小太郎とは違う）

と思い知らされた。

この数年で慎吾も変わったが、それ以上に小太郎も大きく変わっていたのだ。

五

翌朝早く、周徳と渋江三郎が連れ立って登城し、太田資頼に面会を申し入れた。

「こんな早くに二人揃って、どうしたのだ？」

資頼が訊く。

「殿、どうやら北条は近いうちに蕨城を攻めるようでございますぞ」

渋江三郎が言う。

「うむ、そうであろうな。江戸城を手に入れ、周辺の豪族どもを手懐《てなず》けたとなれば、次は河越城を目指すことになろう。まずは、江戸城と河越城の間にある蕨城を攻めるのは当然だな」

資頼がうなずく。

「どうなさるおつもりなのです？」

「ん？　どうするとは、どういう意味だ？　言うまでもなく、御屋形さまのお指図に従って北条勢と戦うに決まっているではないか」

「それは殿の本心でしょうか？」

「これは妙なことを言う。本心でなければ何だというのだ？」

「北条の使者と何度もお会いになりましたな？」

「確かに会った。わしに内通しろというのだ。もちろん、断ったぞ」

「嘘ですな」

「何？」

「使者に会い、裏切りを勧められた。しかし、断ってはいない。曖昧な返事をしたまま使者をお帰しになった。違いますかな？」

「何が言いたい？」

資頼が目を細めて、渋江三郎を見つめる。

「勘違いして下さいますな。殿を責めているのではありませぬ。それどころか、よくぞ断らないで下さった、と感謝したい気持ちなのです」

「わしに感謝する？　よくわからぬが……」

「北条に味方なさいませ。今の扇谷上杉には北条に勝つ力などありませぬ。北条勢は蕨城を簡単に落とすでしょう。そうすれば、次に攻められるのは岩付城か毛呂城。周辺の城を順繰りに攻め落としてから、じっくり河越城を攻めるに違いありませぬ」

「最初から諦めて、どうするのだ？　戦というものはやってみなければわからぬものだ。現に高輪原では……」

「高輪原ではわが軍が北条を打ち破りました。それは養玉という軍配者の力でしょう。しかし、養玉は矢傷を受けて臥せっていると聞いております。高輪のようなわけには行きますまい。それに高輪原で勝ったといっても、次の日には江戸城と権現山《ごんげんやま》城を奪われたのですから、全体として見れば、北条の大勝利と言うべきかと存じます」

「何を言う、江戸城が落ちたのは……」

ハッとして、資頼が口をつぐむ。

「太田三兄弟の裏切りのせいだとおっしゃりたいのですか？」

「……」

資頼の顔が赤くなる。怒りで頭に血が上ってきたのであろう。

「同族の裏切りを殿が恥じる気持ちはわからぬではありません。しかし、三兄弟を責めるべきでしょうか？　今の世の中を生き抜いていくには、きれいごとだけでは済みませぬ。強い者が生き残り、弱い者は滅んでいく。それ故、強い者に逆らってはならぬのです」

「汝《うぬ》ら、わしに謀反を勧めに来たのか？」

資頼が渋江三郎と周徳の顔を順繰りに見る。

「そうです。三兄弟と同じように北条に寝返るべきです。そうすれば、殿は岩付を保っていくことができます。扇谷上杉に忠義を尽くせば、この城も、城の周りの土地も北条に奪われてしまいます」

「何ということを言うのだ」

「御屋形さまも曽我兵庫も、そもそも殿を信じておらぬではありませんか。だからこそ、陣内掃部介を送って寄越したのです。古河公方からの攻撃に備えるなどとは空々しい。殿の裏切りを警戒し、裏切りの気配が見えれば、殿を斬るつもりでいるのでしょう。わしらを馬鹿にしているのです」

渋江三郎が苦い顔をする。

「そこまでわかっているなら、もう何も言うな。謀反などできぬ。掃部介の目を欺《あざむ》くことはできぬ」

「その必要はございません」

それまで黙っていた周徳が口を開く。

「なぜだ？」

「なぜなら……」

持参した木箱を周徳が資頼の方に押《お》し遣《や》る。

「これは？」

「どうぞ」

周徳が蓋《ふた》を開ける。

「……」

資頼が箱を覗き込む。

次の瞬間、げっ、と声を発して仰《の》け反《ぞ》る。箱の中に入っているのは陣内掃部介の生首である。

「こ、これは……？」

「先手必勝と申すではありませぬか。掃部介が動くのを待つことはないのです。さっさと殺してしまえば話は早い」

「こんなことをして、ただで済むと思うのか？」

「かえって話がわかりやすくなったではありませぬか。掃部介を斬ったとなれば、もはや御屋形さまにも曽我殿にも申し開きはできますまい。扇谷上杉と手を切って北条に寝返るしかないのです」

「……」

呆然とした表情で資頼が掃部介の生首を凝視する。

「それとも」

周徳が口許に笑みを浮かべる。

「この首を河越城に持っていき、渋江一族が裏切りました、自分は関わり知らぬことでございます、と訴えてみますか？　さてさて、殿は生きて河越城を出られますかな」

「掃部介が死んでも、まだ二百人の兵がいる。あの者たちは、どうするのだ？」

「掃部介の首を見せ、ここに残ってわれらに味方したいという者は召し抱えてやります」

「納得しない者は？」

「武器を取り上げた上で城から出してやります」

「河越城に帰してやるのだな？」

「いいえ、城を出たら、すべて討ち取ってしまいます」

「は？」

「われらの敵となる者たちを、なぜ、無傷で河越城に帰す必要があるのですか？　討ち取ってしまえば、それだけ敵が減るのです」

「敵とは……河越城のことか？」

「はい」

「他の道はないか？」

「ありませぬな。掃部介を殺した以上、もう後戻りはできぬのです」

「そうか」

資頼ががくっと肩を落とす。

二人が言うように、こうなった上は、もはや後戻りはできそうにない。掃部介の首を河越城に持参して事情を説明しても、朝興や曽我兵庫頭が納得するとは思えない。彼らを納得させるには、渋江三郎と周徳の首も持参しなければならないであろうが、資頼がそんな気になった途端、今度は資頼が首を刎《は》ねられてしまいそうな恐ろしさを感じる。

渋江三郎と周徳は北条氏に味方すると決めており、それに反対すれば、資頼ですら容赦しないだろう。ただの思いつきで行動しているのではなく、周到に計画した上で事を進めているように思えるのだ。しばらく思案を続けたが、

（まずは生き残ることを考えなければならぬ）

と腹を括《くく》り、資頼は寝返りを承知した。

「では……」

周徳が用意してきた和紙と筆、硯《すずり》を資頼の前に置く。扇谷上杉への手切れの手紙を書けというのである。その手紙に掃部介の首を添えて、河越城に送るというのだ。

「……」

資頼は観念した。そこまでやってしまえば、後々、どんな言い逃れもできなくなってしまう。何とか、この場をやり過ごし、場合によっては渋江三郎と周徳を成敗することも考えていたが、この二人は資頼より上手だったのだ。

「どう書けばよい？」

溜息をつきながら、資頼が周徳に訊く。

「は。このように……」

周徳が手紙の文面を口にする。

六

「よくやってくれた」

氏綱は、小太郎と慎吾にねぎらいの言葉をかける。

よほど喜びが大きいのか、言葉をかけるだけでなく、太刀や銭、銀まで与えた。

それも当然であろう。

岩付城が北条方に寝返ったのだ。天険を利した難攻不落と呼ばれる名城である。力攻めしたら、どれほどの費用がかかり、どれほどの人的損害を被ったかわからない。その城を、小太郎と慎吾が口先ひとつで落としたようなものであった。

裏切りの見返りは、これまで通り、太田資頼に岩付城を任せること、北条軍が蕨城を落としたら、渋江三郎を蕨城の城主にすること、そのふたつだけである。

しかも、蕨城を落としてもすぐに渋江一族に与えるのではなく、河越城を落としたら、という条件付きである。

氏綱にとっては悪くない取引と言っていい。氏綱の最大の狙いは、扇谷上杉氏の本拠・河越城を落とすことだ。それが成功すれば、武蔵全域を北条氏の支配下に置くことができる。

だからこそ、扇谷上杉氏も必死だ。北条軍の侵攻に備え、着々と戦支度を進めている。

そんなときに、岩付太田氏と渋江氏が寝返れば、扇谷上杉氏の戦力は低下し、その分だけ北条氏の戦力が大きくなる。

岩付城と江戸城を南北に結ぶ強固な防衛線ができたことで河越城は東側から強く圧迫されることになるし、河越城の前線基地という位置にある蕨城は孤立を余儀なくされる。蕨城を守るために、朝興が河越城から出て来れば、それこそ氏綱の思う壺である。城攻めをするより、野外決戦する方が、北条軍にとっては有利だからだ。

「どういうやり方で彦六殿を説得したのだ？」

氏綱が訊く。

「はい……」

資頼本人の説得は難しいと考え、資頼を支える渋江一族を懐柔することで、結果的に資頼に寝返りを承知させたのだ、と小太郎が説明する。

そのために陣内掃部介を討ち取り、資頼を後戻りできないように追い込んだことも話した。掃部介が率いてきた二百人の兵のうち、岩付城に留まることを望んだのは三十人ほどで、残りの者たちは丸腰で城から出した。彼らは城から一里ほどのところで、森に身を潜めていた城兵たちによって、ことごとく討ち取られた。

「そこまでやったか」

うむうむ、と氏綱が険しい表情でうなずく。

「足利学校の先輩だという周徳が考え出した策なのか？」

「いいえ、わたしが考えて、周徳さまに耳打ちいたしました」

「そうか。掃部介を討ち取ったのはよい。だが、二百人の兵たちは何も言わずに城から出すべきだったろう」

「確かに城から出た者たちを討ち取るのは非情なやり方ではないかと迷いました。何もせずに河越城に帰すべきだったでしょうか？」

「いや、そうではない」

氏綱が首を振る。

「と、おっしゃいますと？」

「わしは城に残った三十人が気になるのだ。なるほど、最初は本心から彦六殿に仕える気持ちだったかもしれぬ。しかし、他の者たちが城外で成敗されたことを知れば、どう思うかな？　彦六殿は腹黒い御方よ、心から信じることはできぬ、いずれ自分たちも殺されるのではないか、と疑うのではないかな？」

「全員討ち取るべきだったということでしょうか？」

「わしなら、そうしただろう。中途半端に情けをかけると、思わぬしっぺ返しを食うことがある。わしの思い過ごしであればよいが」

七

岩付城を手に入れた氏綱は、三月初め、満を持して蕨城攻略の軍を進めた。

朝興が河越城から出てくることを警戒し、五千という大軍を率いたが、扇谷上杉軍に動きはなかった。そうなると、蕨城のような小さな城が北条軍に独力で抵抗することもできず、わずか数日で城は落ちた。

四月になると、氏綱は毛呂城を攻めた。河越城の西側にある城である。この城も氏綱はあっさり落とした。

河越城にいる朝興は追い込まれた。東側の岩付城と蕨城、西側の毛呂城という三つの城に包囲される格好になったからである。万が一、北側の松山城まで落とされる事態になれば、河越城は完全に袋の鼠になってしまう。

（解《げ》せぬ）

氏綱が首を捻るのも無理はない。

たとえ野外決戦が扇谷上杉軍にとって不利だとしても、援軍も出さずに知らん顔を決め込み、指をくわえて蕨城と毛呂城が陥落するのを眺めている理由がわからないのである。

自分が朝興の立場にいたら、どれほど劣勢だとしても、味方の城を見捨てるようなことはしないだろうと思うのだ。

（なぜだ？）

朝興が凡庸な男だということはわかっている。朝興一人の考えであれば不思議はないが、朝興の周囲にいるのは無能な者ばかりではない。だからこそ、氏綱は高輪原の戦いで苦杯を嘗《な》めたのだ。

にもかかわらず、なぜ、蕨城と毛呂城を必死に守ろうとしなかったのか、それが不思議なのである。

何か罠でも仕掛けているのかと疑ったが、城ふたつを犠牲にしてまで、いったい何をしようというのか、氏綱には想像もできない。単純に、今の扇谷上杉氏には河越城を守る力しかないのだ、と考えるべきかもしれなかった。

八

六月になって氏綱の疑問が解けた。

朝興は罠を仕掛けたのではなく、独力では氏綱にかなわないと考え、援軍がやって来るのを待っていたのだ。

援軍は甲斐からやって来た。

武田信虎である。

信虎と朝興の軍勢、合わせて八千という大軍が岩付城に押し寄せた。

武蔵にいる北条軍だけでは、とても太刀打ちできないので、氏綱が軍勢を率いて小田原から出陣することになった。八千の敵と決戦するには一万くらいの兵を集める必要がある。時間がかかった。

とはいえ、岩付城は難攻不落と言われる堅固な城である。城に籠もっている兵は五百くらいだが、ひと月やふた月であれば持ちこたえられるはずであった。

知らせを聞いて七日ほど後、氏綱は五千の兵を率いて小田原を出立した。あとの五千が集まり次第、松田顕秀が後を追ってくることになっている。

氏綱が江戸城に着くと、城代の遠山直景《とおやまなおかげ》が青い顔で駆け寄ってきた。

「御屋形さま」

「どうした、そのように慌てて？」

「つい先程、知らせが届きました。岩付城が落ちた由にございます」

「何だと？」

氏綱の顔色も変わる。まさか、これほど呆気なく岩付城が落ちるとは思っていなかった。

「詳しい話を聞こう」

氏綱は険しい表情で江戸城の大広間に向かう。


主立った者たちが顔を揃えると、氏綱は皆の顔をぐるりと見回し、

「すでに岩付城は落ちたそうだ」

大広間にどよめきが起こる。

「なぜだ？　あれは、そう簡単には落ちぬ城のはずだぞ」

大道寺盛昌が遠山直景に訊く。

「裏切りよ」

「裏切り？　太田彦六がこちらに寝返ってから、まだ四ヶ月しか経っておらぬ。変わり身が早すぎるのではないか？」

「裏切ったのは太田殿ではない」

「では、誰だ？」

「陣内掃部介の家臣たちよ」

と、遠山直景が言ったとき、大広間の後方で小太郎が、あっ、と声を発した。

遠山直景によれば……。

朝興と信虎の大軍が岩付城を厳重に包囲し、火の出るように激しく攻めたが、難攻不落の名城と言

われるだけあって、びくともしなかった。

朝興の腹心・曽我兵庫頭は一計を案じ、陣内掃部介が殺されたとき、河越城に戻らず、岩付城に残ることを望んだ三十人に連絡を取り、扇谷上杉への帰参を勧めたのである。三十人が応じたのは、百七十人の仲間たちが騙し討ちで殺されたことに不安を感じていたせいでもあるし、八千もの大軍に包囲されるのを間近に見て、籠城しても勝ち目はないと見切ったためでもある。

深夜、彼らは表門を守る岩付太田氏の兵たちを襲い、表門を開けて扇谷上杉軍と武田軍を城に入れた。いかに堅固な城でも、敵が城内に入ったら終わりである。わずか半刻（一時間）で城は落ちた。

太田資頼は捕らえられ、渋江三郎や周徳は命からがら城から逃れた。

朝興は直ちに資頼を処刑しようとしたが、曽我兵庫頭が止めた。資頼を殺せば、岩付太田氏を敵に回すことになる。北条氏との決戦を控えている今、敵を利することをするべきではない。それより、ここで資頼を助け、岩付太田氏に恩を売る方が得である……そう朝興を説得したのだ。

陣内掃部介を殺したのが資頼であれば、朝興もそう簡単に資頼を許すことはできなかったであろうが、掃部介を斬ったのは渋江三郎である。すべての罪を渋江三郎と周徳に負わせ、資頼の罪を不問に処した。


「ふうむ……」

遠山直景の話を聞き終わると、氏綱は難しい顔で腕組みをした。

後続の五千の到着を待って岩付城に向かい、朝興と信虎に決戦を挑むか、あるいは自重するか、どうすればいいいか迷っているのだ。

氏綱は朝興との決戦を望んでいるが、あくまでも敵が扇谷上杉氏だけの場合である。そこに山内上杉氏や武田氏が加われば話は違ってくる。

（勝てるか？）

と自問しても、絶対に勝てるという自信はない。勝てるかもしれないが、負けるかもしれない。

万が一、敗北を喫すれば江戸城を奪われてしまう。それは武蔵における足場を失い、南武蔵を失うことを意味する。

（そもそも、こうして迷うということが、自分たちが不利だという証なのではないか）

ここぞというときには、弓から放たれた矢のようにがむしゃらに敵を攻め、敵を滅ぼすまで攻撃の手を緩めることがないが、敵の勢いが盛んなときには無理をせず、冷静に攻撃を手控える……それが氏綱の持ち味である。

「蕨城と毛呂城に兵を送る。城の守りを固め、敵の襲来に備えるのだ」

今は攻めるときではない。守りに徹するときだ、と氏綱は判断したのである。

話し合いが終わると、重臣たちが大広間から出て行く。

小太郎は廊下に出ると、

「御屋形さま」

背後から氏綱に呼びかける。

氏綱が足を止めて振り返る。

「小太郎か、どうした？」

「申し訳ございませぬ」

小太郎は廊下に膝をつき、頭を垂れて、

「わたしのやり方が甘かったせいで岩付城を失ってしまいました」

「ああ……」

氏綱は廊下の端から空を見上げ、何事か思案する。

「何かに迷ったとき、わしは、父上ならどうするだろう、と考える」

「早雲庵さまだったら……?」

「父上ならば、二百人の兵をすべて河越城に帰したかもしれぬ。しかし、わしは父上ではない。それ故、わしならば、すべて殺しただろう。小太郎もわしや父上とは違う。だから、三十人を助けた。どのやり方が正しいか、そのときにはわからぬものだ。ひとつ言えることは、誰でも間違えるということだ。父上も多くの間違いをした。わしもだ。たぶん、父上よりも、もっと多く間違ったことをしている。ただ、父上にしろ、わしにしろ、間違ったときには、何が悪かったのかを反省し、その反省を次に生かそうとした。同じ間違いをしないように心懸けた。だから、北条の家は今でも続いていると思うのだ。わしはおまえを責めぬ。おまえを信じて、すべて任せたのだから、責められるとすれば、わしの方なのだ」

「御屋形さま……」

「間違ったことから多くを学ぶのだ。それを次に生かせ。岩付城は奪われた。しかし、幸い、渋江一族は逃げ延びたというではないか。いずれまた岩付城を奪い返す好機が来るであろう。そのときは同じ間違いを繰り返さないようにするのだ」

「はい」

小太郎の目に涙が溢《あふ》れ、その涙がぽたりぽたりと廊下に落ちる。

九

氏綱が警戒したのは、岩付城を落とした勢いに乗って、扇谷上杉と武田の連合軍が蕨城や毛呂城に押し寄せることだった。それ故、ふたつの城に兵を送り、守りをしっかり固めさせた。

幸い、岩付城が落ちてしばらくすると武田軍が甲斐に戻った。

それを見て、氏綱も小田原に帰った。朝興には独力で蕨城や毛呂城を攻める力はないと見切ってのことである。

だが、油断したわけではない。

河越城に戻った朝興は、依然として戦支度を続けていると風間党から報告を受けていたからだ。

氏綱が最も気にしていたのは山内上杉氏の主・憲房の病状である。

もう甲斐に帰った信虎の心配をする必要はない。一年のうちに、そう何度も国外に遠征する余裕は信虎にもない。朝興に手を貸せるとすれば憲房だけである。

憲房が病に臥せっているのは確かだが、どれくらい悪いのか、正確なことがわからない。

それが気になる。

(出てくるのか、出てこないのか……)

それによって氏綱の方針も変わってくるのだ。

氏綱としては、できるだけ早く岩付城を奪い返したい。その準備に全力を注ぎたいのである。

もし憲房が出てくれれば、岩付城攻撃を後回しにして、蕨城と毛呂城の防衛に重点を置かなければならない。

憲房の動きが読めないので、氏綱はふたつの作戦を同時進行させなければならない。ひとつの作戦に集中するより、手間も時間もかかる。

危惧が現実のものとなった。

十月十日、朝興と憲房の率いる扇谷上杉と山内上杉の連合軍一万が毛呂城に押し寄せたのである。戦支度に手間取ったため、知らせを聞いたとき、小田原の氏綱の手許には三千の兵しかいなかった。直ちに伊豆と相模の豪族たちに出陣を命じたが、彼らの来着を待っていたのでは毛呂城が落ちてしまう。やむを得ず、氏綱は三千の兵を率いて小田原を発ち、道々、駆けつけてきた豪族たちの兵を加えた。江戸城に入ったときには兵力は六千に増えていた。

それでも劣勢だが、氏綱はためらうことなく毛呂城救援に向かった。これが十月十六日である。毛呂城まで一里（約四キロ）と迫ったものの、そこから先に進むことができなかった。両上杉軍が小さな毛呂城を十重《とえ》二十重《はたえ》に包囲し、蟻《あり》の這い出る隙間もなかったからである。もはや城方と合流することは不可能であった。

氏綱とすれば、劣勢を承知で両上杉軍に決戦を挑むか、毛呂城が落とされるのを遠くから指をくわえて見ているか、ふたつにひとつを選ぶしかない。

重臣たちを集めて軍議を開いても、皆の意見はばらばらで収拾がつかない。そもそも氏綱自身、どうすればいいか迷っているのだから結論が出るはずもないのだ。

（困ったことになった）

氏綱は窮した。

救いの手は思いがけないところからやって来た。

何と優位に立っている両上杉軍が和睦を申し入れてきたのだ。和睦といっても、氏綱に有利な話ではない。毛呂城を引き渡せば、城兵の命を助けるというのだ。

直感的に、

（罠かもしれぬ）

と思い、風間党に情報収集を命じた。

こういう事情であった。

朝興に泣きつかれて、病を押して出陣した憲房だが、やはり、体調が優れず、とても長い滞陣には耐えられない。できるだけ時間をかけずに毛呂城を奪い返すために、憲房が朝興に和睦を提案したのである。いかに小さな城とはいえ、力攻めすれば、城を落とすのに時間がかかる。憲房には、その気力も体力もなく、すぐにでも陣を払って帰りたいのだ。

当然、朝興は反対した。城が落ちるのは時間の問題だし、援軍としてやって来た氏綱の兵力は六千である。一万の兵力で迎え撃てば、北条軍を打ち負かすのは、そう難しくないはずであった。

朝興にとっては千載一遇の好機なのだ。

が……。

「和睦を承知できぬとあれば、わしは帰る」

骸骨《がいこつ》のように痩《や》せ衰え、血の気のない青い顔の憲房に強く言われると、朝興も何も言えなかった。

山内上杉軍が去れば、残るのは扇谷上杉軍五千だけである。朝興には独力で氏綱に勝つ自信はない。

渋々、承知した。

氏綱にとっても満足のいく結果ではないが、他に選択肢はなかった。毛呂城を失ったことより、五百人の城兵を無事に救い出すことができたことを喜ぶべきだとわかっている。

（次は、こうはいかぬ。必ず、わしが勝つ）

岩付城と毛呂城を取り返すことを、氏綱は己に誓った。

十

年が明けて、大永《だいえい》五年（一五二五）正月。

小田原城で小太郎の元服《げんぷく》の儀が行われた。烏帽子《えぼし》親は氏綱が務めた。

武家の男子が元服すると、前髪を落として月代《さかやき》を剃《そ》る。子供の姿から大人の姿に変わるのである。

そして、名前も変える。

例えば、小太郎にとって最大の恩人であり、生涯の師と言っていい伊勢宗瑞《いせそうずい》の場合、幼い頃は鶴千《つるち》代丸《よまる》と呼ばれていた。これが幼名である。

元服して、通名を新九郎《しんくろう》と改め、諱《いみな》を盛時《もりとき》とした。

後、出家してからは宗瑞と号し、早雲庵とも称した。

小太郎は、やや変則的である。

元服前に足利学校に入学し、足利学校では僧形《そうぎょう》で学ぶのが決まりだったので、得度《とくど》はしなかったものの、青渓という僧名を名乗った。

金石斎もそうだが、軍配者は成人してからも僧形でいる者が多い。小太郎自身、足利学校から小田原に戻ってからも、頭は総髪のまま後ろで束ねているだけだし、墨染めの衣を常服にしている。その姿を見れば、誰も小太郎を武士だとは思わないであろう。

そういう事情があって、小太郎は元服しても特に幼名から通名に改めなかった。ある意味、青渓という僧名が通名のようになっていたからだ。

むしろ、小太郎にとっては、この元服によって、正式に「風摩《ふうま》」という由緒ある家の主になったことが感慨深かった。城下に屋敷を賜《たまわ》り、家禄《かろく》を与えられ、使用人まで使う身分になったのである。ようやく奈々《なな》を引き取って一緒に暮らすことができるようにもなった。

（ここまで出世するとは……）

宗瑞と出会ったとき、小太郎はただの小太郎に過ぎなかった。風間《かざま》小太郎というのは、風間村出身の小太郎というほどの意味に過ぎず、姓を持っていたわけではない。父の五平を亡くしてからは貧窮に喘《あえ》ぐ生活を送った。自分の田畑を持っていなかったから、百姓ですらなかった。野良仕事の手伝いをすることで、かろうじて糊口《ここう》を凌《しの》いだのである。

二十歳になったばかりの小太郎だが、その短い人生を振り返ると、山あり谷あり、まさに波瀾万丈であり、よくぞここまで辿り着いたものだと自分でも驚きを隠すことができない。

元服が終わった翌日、小太郎の屋敷に伊豆千代丸が訪ねて来た。平四郎と勝千代、お福《ふく》、そば仕えの女中たち、警護の武士たちも一緒だ。十人以上の大人数だが、北条家が大きくなるにつれ、氏綱の跡取りである伊豆千代丸の重みも増しており、万が一のことがあってはならぬというので、ちょっとした外出も物々しいものにならざるを得ないのだ。

「おお、若君ではありませんか」

門前で伊奈十兵衛と出会《でくわ》した。

「十兵衛か。来たところか?」

「はい。風摩家の主となった小太郎がどんな顔をしているのか見物しようと思いまして」

「暇なことよのう。父上は戦の支度で忙しくしておられるぞ」

「いろいろ策を練っておられるのでしょう。わしなど、策が決まってから、お指図に従うだけなので気楽なものです。あ……もしや、小太郎は留守なのでは?」

氏綱が忙しくしているというのなら、軍配者である小太郎や金石斎も忙しいはずであった。

「ああ、それは心配ない。ちゃんと先触れを出して、わしが訪ねることは伝えてある。もちろん、お役目があるのなら邪魔するつもりはないが、今日は暇らしいぞ」

「昨日は疲れたでしょうから、一日くらい休ませてやろうという御屋形さまの気遣いかもしれませんね」

伊豆千代丸と十兵衛が立ち話をしていると、小太郎が屋敷から走り出してきた。門前に人が集まっている気配を察したらしい。

「若君、それに十兵衛さま。こんなところで何をしておられるのですか?」

「なあに、おまえの噂話をしていただけだ。それにしても……」

十兵衛が小太郎をじろじろ眺める。いつもと同じ墨染めの衣をまとっている。

「薄汚い格好だな。今や風摩家の主なのだから、少しはましな格好をしたらどうだ?」

「失礼な」

小太郎がムッとする。

「ちゃんと洗ってるから汚れてませんよ」

「ふんっ、おまえのことだ。どうせ自分で洗ってるんじゃないのか？」

「そうですが」

「こんな大きな屋敷の主が、井戸端で汚れ物を洗うのは変だと思わないか？」

「いいえ、別に。なぜですか？」

小太郎が不思議そうな顔をする。

十一

伊豆千代丸たちは奥座敷に通された。堅苦しい訪問ではないので、あまり礼儀作法にとらわれることなく、皆、思い思いに気楽な姿で坐っている。

そこに奈々とあずみ、それに小太郎が茶と茶菓子を運んできた。その家の主が自ら運ぶというのが最大のもてなしである。茶と茶菓子を並べると、

「たくさんの贈り物をありがとうございます」

小太郎が姿勢を正して伊豆千代丸に頭を下げる。その後ろで、奈々とあずみも小太郎に倣《なら》う。

「何がいいのかわからないので、お福に選んでもらった。喜んでもらえると嬉しい」

伊豆千代丸がにこっと笑う。

「おまえは、なぜ、ここにいるんだ？」

十兵衛があずみに訊く。

「わたしが頼んだんです。この屋敷で奈々と暮らすことになったものの、やはり、女手がないと何をどうしていいかわからないことが多いですから」

十一歳の奈々に女主人の役を務めるのは無理だから、その代わりをあずみに頼んだということであろう。

「祖父母も親もおらぬし、他に兄妹もいないからな。二人きりで、この広い屋敷に住むのは淋しそうだし、奉公人の指図をするのも大変だろう。戦になれば、小太郎は御屋形さまに従って出陣しなければならない。そうなると、奈々は屋敷に一人で残されてしまう。それは辛かろう？」

十兵衛が奈々に訊く。

「はい」

奈々がこっくりうなずく。

「そういうときは城に来ればよい。今までと同じように暮らせばよいのだ。わしもいるし、平四郎や勝千代もいる。お福がきちんと世話してくれる」

伊豆千代丸が言う。

「それでは屋敷を持った意味がないではありませんか。おお、そうだ」

十兵衛がぽんと両手を打ち合わせる。

「おまえたち、夫婦《めおと》になればよいではないか」

「は？」

小太郎がぽかんとする。

「そういう約束になっているのではないのか？　ならば、さっさと一緒になればよい」

「ちょっと待って下さい。突然、何を言い出すのですか。わたしとあずみは身内なんですよ」

「身内といっても兄妹ではあるまい。いとこ同士が夫婦になるのは、さして珍しいことではない」

「ああ、そうじゃ。それがよい。小太郎とあずみが夫婦になれば奈々も安心できよう。わしから父上に話してやろう」

伊豆千代丸も賛成する。

「何をおっしゃるのですか。昨日元服したばかりなのに、いきなり所帯を持てなどと……早すぎます」

「それは違う」

十兵衛が首を振る。

「元服が遅すぎたのだ。おまえ、いくつだ？」

「二十歳ですが」

「普通は十三か十四で元服するのだ。十五でも遅いくらいなのに、二十歳で元服とは遅すぎる。まあ、長く足利学校で学んでいたから仕方ないが……。あずみ、おまえはいくつだ？」

「十八です」

「ほら、ぴったりだ。十八なら、とうに誰かに嫁ぎ、子を生んでいてもいい年頃だぞ。風間の家が普通の武家とは違っているにしても、やはり、女は女だからな」

「もう、やめましょう。すぐに出陣しなければならないのに、今はそれどころではありませんから」

小太郎が上擦《うわず》った声で言う。

あずみも顔を赤くしている。

「青渓先生、出陣はいつ頃ですか？」

勝千代が訊く。

「恐らく、来月になったら、すぐだと思うな」

平四郎が訊く。

「岩付城を攻めるのですか？」

「よく知っているな」

「わしらはまだ本当の戦には出られないが、戦に出たつもりで、いろいろ策を練っているのだ」

のう、と伊豆千代丸が勝千代と平四郎を見る。

二人が真剣な面持ちでうなずく。

北条と扇谷上杉との本格的な戦いは、ちょうど一年前に始まった。両者の間で行われたいくつかの合戦を素材にして、三人は図上演習に励んでいるのだ。

「若君が指揮を執《と》っていれば、今頃は河越城も手に入れることができましたかな？」

十兵衛がからかうように訊く。

「合戦するだけでよいのなら、わしが勝つ。だが、そこに調略が絡むと、どうなるかわからぬ」

伊豆千代丸が生真面目な顔で首を振る。

「調略がうまくいけば、合戦をしなくても城を落とすこともできます」

小太郎が言うと、

「それで岩付城を奪ったのだろう？　父上から訊いた。誉めていたぞ」

「しかし、すぐに奪い返されてしまいました。わたしのやり方が手緩《てぬる》かったからです」

小太郎が肩を落とす。

「戦とは、そういうものだ。そう何でもうまくはいかぬ。向こうも必死なのだからな」

十兵衛が慰めるように言う。

「ああ、早く戦に出たいなあ」

勝千代が溜息をつく。

「おまえは戦が好きなのか？」

十兵衛が勝千代を見る。

「好きか嫌いか自分でもわかりませんが、北条家の役に立ちたいと思うのです」

「立派な心懸けだ。しかし、すぐには無理だろう」

「なぜですか？」

「確か、若君と同い年だから十一だな？」

「はい」

「若君が元服なさるのは十三か十四だろう。おまえの元服も、そのときだ。元服するまで戦に出ることはできぬ」

「それは残念です」

勝千代が更に大きな溜息をつく。

「焦ることはない。今はできるだけ多くを学ぶことだ。それが戦で役に立つ。勝千代や平四郎の知恵が若君をお守りすることになるだろう」

小太郎が言うと、二人がうなずく。

十二

二月になると、氏綱は大軍を率いて小田原から江戸城に向かった。江戸城には渋江三郎、周徳ら、岩付城を追われた渋江一族が参集し、氏綱に忠誠を誓った。

二月四日、氏綱は岩付城に向けて進撃を開始した。

河越城の朝興は動かなかった。

いや、動きようがなかった、というのが正確であろう。

朝興が頼りとする武田信虎は、この時期、甲斐が深い雪に覆われているので他国に遠征することは無理だったし、山内上杉氏の憲房は、いよいよ病状が思わしくなくなり、援軍を出すどころではない。

朝興が独力で岩付城を救援しようとすれば、氏綱に撃破され、岩付城だけでなく河越城まで奪われる怖れがある。それ故、岩付城を見殺しにして、じっと河越城に閉じ籠もるしかないのだ。

もちろん、氏綱は、それを見越した上で出陣してきたのである。

六日の午前十時頃に攻撃を開始し、午後四時には城が落ちた。

難攻不落と呼ばれるほどの城にしては、あまりに呆気ない落城だったが、それには事情がある。

城に籠もる者たちが、城主の太田資頼を中心に結束し、徹底抗戦の構えを見せれば、氏綱も攻めあぐねたはずである。大砲のような破壊力のある攻城兵器のない時代、堅固な城を力攻めするのは至難の業なのである。大砲どころか、まだ鉄砲すら使われていない。弓矢と槍だけでは城を落とすことはできない。

それ故、城を落とすには調略がモノを言う。

城主を利で釣って寝返らせるのが最もわかりやすいが、それがダメなら、城主の周りにいる者たちを寝返らせる。

この岩付城攻めが、そうだった。

太田資頼は一年前に氏綱に寝返った。

ところが、去年の六月に扇谷上杉軍と武田軍に攻められるとあっさり降伏して扇谷上杉氏に帰参した。北条の大軍に包囲されて、

（これは勝てぬ）

と諦めたものの、降伏する気持ちはなかった。

氏綱が自分を許すとは思えなかったからだ。北条方には渋江三郎もいることだし、たとえ降伏しても渋江三郎が岩付城の主となり、自分は斬られるに違いないと思った。

だから、太田資頼は最後まで戦い続ける覚悟だった。そういう資頼の考えは氏綱もわかっていたし、ころころ主を替えるような者を信じることもできないから、資頼には何の調略もしなかった。その周囲にいる者たちに働きかけたのである。

すなわち、太田資頼の首を手土産にして降伏すれば、他の者たちの命を助け、領地も安堵すると約束したのだ。よそ者の氏綱の言葉だけであれば、そう簡単に信じてもらえなかったかもしれないが、氏綱だけでなく、渋江三郎も約束した。

岩付太田一族にしろ、渋江一族にしろ、昔から岩付地方に根を張ってきた者たちで気心は知れている。渋江三郎が約束するなら、その言葉を信じようという気持ちになった。

朝興が救援に駆けつけるというのであれば話は違っただろうが、その気配はない。岩付城は孤立無援である。籠城すれば、そう簡単には落ちないにしろ、結局は時間の問題である。北条軍に包囲されているうちに水や食糧がなくなれば降伏することになるのだ。それくらいならば、できるだけ有利な条件を引き出して氏綱に寝返る方がいい、と考えるのは当然であった。資頼の首ひとつを差し出せば、自分たちの立場は安泰なのである。

そういう空気を資頼が感じないはずがない。

(誰も信じられぬ)

実際、北条軍が攻撃を始めても、城方はさして積極的に戦おうとはしなかった。

いくら資頼が叱咤激励しても、兵たちの反応が鈍いのである。やる気がないのは明らかだ。

こんなことでは、北条軍に向けられている刃《やいば》が、いつ自分に向けられるかわからぬ、と資頼は疑心暗鬼になり、夕方、わずかな側近だけを引き連れて城から逃げ出した。置き去りにされた者たちは、門を開いて氏綱を新たな主として迎え入れた。

この岩付城攻防戦は、北条軍が戦いで奪い取ったというのではなく、言うなれば、自落のようなものであったし、代々、北条氏が得意とする調略が最も効果を発揮したとも言える。

岩付城に入った氏綱は論功行賞を行い、渋江三郎を城主に任じた。年貢の取り立て方など、伊豆や相模でやっているのと同じやり方に改めるように指示した。すでに江戸城周辺では行っており、それまでよりも負担が軽くなったので、農民たちには大歓迎されている。逆に豪族たちの取り分は減るわけだから、中には北条のやり方に不満を持つ豪族もいないではないが、農民たちが「小田原さま」に絶対的な忠誠を誓っている以上、どうにもならないのであった。

「農民さえ味方にしてしまえば、その土地を末永く支配できる」

というのが宗瑞から氏綱に引き継がれた北条氏の信念なのである。

様々な仕置きを済ませて、九日に氏綱は江戸城に帰った。

氏綱が去るのを待っていたかのように、朝興が河越城から出てきた。三千ほどの兵力で岩付城を攻める構えを見せたが、渋江三郎が万全の備えで待ち受けているのを知って、さっさと引き揚げた。

三月になると北条軍は葛西《かさい》城を攻めた。江戸城の北東に位置する城である。このときも朝興は援軍を出さず、葛西城を見殺しにした。

葛西城、蕨城、岩付城という南北に連なる三つの城を手に入れたことで、下総と武蔵の国境地帯が北条氏の支配下に入り、氏綱は東と南から河越城の朝興を圧迫することが可能になった。

氏綱は虎視眈々と河越城を攻める機会を窺《うかが》っている。すぐに動かなかったのは武田信虎と山内憲房を警戒したからだ。信虎と憲房の助けがなければ、朝興はさして手強い敵ではない。

葛西城を落とした五日後、氏綱のもとに朗報が届いた。

憲房が上野の平井《ひらい》城で死んだというのである。享年五十九。

戦がうまく、政治力にも長《た》けた憲房は氏綱にとって厄介な存在であった。かつて宗瑞ですら、権現山の合戦で憲房に敗れているのだ。

憲房には五郎丸《ごろうまる》という子がいる。自分の通称である五郎の名をわざわざ幼名として与えたのは、

「この子がわしの後を継ぐ」

と公言したようなものであった。すんなり五郎丸が憲房の後を継ぐことができれば、山内上杉氏の結束が乱れることもなかったであろう。

しかし、そうはいかなかった。

五郎丸は憲房が老いてから生まれた子で、まだ三歳の幼児にすぎなかったからである。

太平の世であれば、幼児が当主となっても、重臣たちが支えていくことで特に問題もない。

が……。

世は戦国である。

弱肉強食、食うか食われるか、いつ誰に寝首を掻かれるかわからない時代なのである。

当主がしっかりしていなければ、たちまち強国の餌食《えじき》になるだけだ。

憲房には養子がいる。中年になっても男子に恵まれなかったので、古河公方・足利高基の四男、賢《けん》寿王丸《じゅおうまる》を養子にもらい受けたのである。

賢寿王丸は二十一歳の青年で、憲寛《のりひろ》と名乗っている。

憲房が五郎丸に後を継がせたかったのは周知の事実だが、幼児には無理だということになり、憲寛が後を継いで、関東管領《かんれい》となった。

山内上杉氏では、代替わりするときに家中が乱れ、時には敵味方に分かれて武力衝突することさえある、というのが定番になっている。

今回は、そこまでひどい事態にはならなかったものの、将来に火種を残したことは確かである。

古河公方家から来た憲寛が当主となったことで、公方家からついて来た者たちや、憲房から遠ざけられていた者たちが力を持つことになるが、それは憲房の側近たちが力を失うということである。彼らがいつまでもおとなしくしているはずがなかった。五郎丸が成長するのを待って、憲寛から家督を奪い返そうとするのは明らかである。いずれ内紛が起こるのは間違いないのだ。

笑いが止まらないのは氏綱である。どう転んでも、氏綱にとっては悪い話ではないからだ。

誰が後を継いだとしても、憲房よりも手強いはずがない。憲寛は青年とはいえ、これまでまったく名前が知られていない。政治においても軍事においても何の経験もないのである。

もし憲寛が賢ければ、家中をまとめることに専念し、無謀な外征を控えるであろう。愚か者であれば、見栄を張って朝興に力を貸そうとするであろうが、そうなれば、両上杉を一気に叩き潰す好機が氏綱に巡ってくることになる。山内上杉を叩けば、北条氏の勢力圏は武蔵から上野にまで拡大することになるのである。

（まずは河越城よなあ）

憲房が死んだことで、扇谷上杉氏の本拠・河越城を攻略する機は熟した、と氏綱は判断した。

第四部　白子原

一

「近《ちこ》う寄れ。そのように遠くにいるのでは顔もよく見えぬではないか」

朝興《ともおき》が嬉しそうに声をかける。

「は」

はるか下座に控えていた曽我冬之助《そがふゆのすけ》が、頭《こうべ》を垂れたまま、朝興のいる上座に向かってにじり寄る。

朝興と冬之助の間には冬之助の祖父・曽我兵庫頭《ひょうごのかみ》と父・祐重《すけしげ》がいる。兵庫頭は七十四歳、祐重は四十八歳、冬之助は二十二歳である。

「よう戻ってくれた。怪我はよくなったのか？」

「何とか普通に動くことができるようになりましてございます。ご迷惑をおかけしました」

「うむうむ。待ちかねておったぞ」

朝興の目にはうっすらと涙まで滲んでいる。それほどまでに冬之助が戻るのを待ちわびていたのだ。無理もない。

去年の一月、北条《ほうじょう》軍が武蔵《むさし》に攻め込んできたとき、兵力で劣る扇谷上杉《おうぎがやつうえすぎ》軍を縦横無尽に動かし、高輪原《たかなわはら》の戦いで北条軍を撃破した立役者が冬之助なのである。

だが、太田《おおた》三兄弟の裏切りで江戸《えど》城を奪われ、形勢は逆転、江戸城奪還の戦いの最中、冬之助は重傷を負った。命も危ぶまれるほど深刻な怪我で、かろうじて命は助かったものの、一年以上の療養生活を余儀なくされた。

その間に北条氏は着々と武蔵に足場を固め、扇谷上杉氏は次々に城を奪われた。今では本拠の河越《かわごえ》城すら安全ではなくなっている。日々、北条氏の圧迫は強まっており、これまで扇谷上杉氏に従ってきた豪族たちも次々と北条氏に寝返っている。手をこまねいていれば自滅しかないと朝興もわかっているものの、合戦で氏綱《うじつな》に勝つ自信はない。地団駄踏みながら、河越城に籠もっているしかないのだ。頼みの綱の憲房《のりふさ》は死んでしまい、信虎《のぶとら》も国内情勢が不安定なため、なかなか出兵要請に応じてくれない。情勢は悪化するばかりで、朝興は実に心細く不安な毎日を送っている。そこに、

「孫が戻りましてございます」

と、曽我兵庫頭が告げた。

それを聞いた朝興は、

「おおっ！」

と跳び上がった。

軍神が降臨したかのような気がした。窮地に陥った自分を救うために、天が冬之助を遣わせてくれ

たのだ、と信じた。

いや、信じたかった。

「早速でございますが、孫から申し上げたいことがある由にございます」

曽我兵庫頭が言う。

「うむ、何なりと申すがよい」

朝興がうなずく。

「北条は河越城に攻め寄せる機会を窺《うかが》っております。山内《やまのうち》の御屋形《おやかた》さまが亡くなったことで、機は熟したと考えているに違いありませぬ」

「そうかもしれぬ」

それくらいのことは朝興にもわかっている。

だが、打つ手がないのだ。

「北条が押し寄せてきたら、どうなさいますか？」

「どうするといっても……とりあえず、籠城《ろうじょう》するしかあるまいよ。今の北条ならば、易々《やすやす》と一万くらいの兵を動かすことができるであろうが、われらが集められるのは、せいぜい、三千。とても歯が立たぬからのう」

朝興が暗い顔で溜息をつく。

「援軍の当てがあってこその籠城でございます。山内や武田《たけだ》から援軍が来ましょうか？」

「山内は代替わりしたばかりだから、すぐに兵を動かすのは難しいかもしれぬのう。武田は……何とも言えぬ」

朝興の表情が更に暗くなる。

「援軍の当てもないまま籠城すれば、北条に城を囲まれているうちに水も食糧も尽き、最後には降伏せざるを得ないことになりましょう。つまり、籠城すれば負けるということで、御当家は北条に平伏《ひれふ》すか、さもなければ滅びるしかありませぬ」

「……」

「山内や武田が動かないであろうと見越して、北条は攻めて来るのです。それ故《ゆえ》、われらも山内や武田を当てにしてはならぬと存じます」

「そうは言っても、どうしようもないではないか」

「残る道はひとつしかございませぬ」

「申せ」

「援軍を当てにすることができず、籠城もできぬのですから、われら扇谷の兵だけで、北条と野外決戦するのです」

「何だと?」

朝興が怪訝な顔になる。こいつ、いきなり何を言い出すのだ、それができるくらいなら、とっくにそうしている、それができないから困り果てているのではないか……そんな顔である。

「われらには、ひとつだけ有利なことがございます」

「何があるというのだ?」

「北条の油断でございます」

「北条の油断だと?」

「岩付《いわつき》城と葛西《かさい》城を落とし、しかも、山内の御屋形さままで亡くなったとなれば、すぐにでも河越城に攻めかかってもおかしくないはず。それをしないのは、武田の出方を窺っているからでございましょう。つまり、北条が気にしているのは武田や山内の動きだけで、われらなど歯牙にもかけていないということなのです。武田や山内の助けがなければ、扇谷を攻め潰すことなどたやすいと甘く見ているのです」

「それが北条の油断なのか？」

「はい」

「そうだとして、わしらに何ができるというのだ？」

「その油断を利用して、一気に野外決戦で北条を打ち破ることができます」

「信じられぬ……」

朝興が首を振る。

「殿、高輪原の合戦をお忘れではございますまい。冬之助は口先だけの軍配者ではありませぬ。冬之助ができるというのであれば、わたしはその言葉を信じます」

兵庫頭が言う。祐重もうなずく。

「わしとて信じたい。今となっては冬之助の知略だけが頼りなのだからな。しかし、野外決戦といっても、まともにぶつかったのでは勝ち目はあるまい」

「それ故、今よりももっと北条を油断させる仕掛けを施さなければなりませぬ」

「仕掛けとは何だ？」

「扇谷の兵がどれほど弱いか、北条に教えてやるということです」

冬之助がにやりと笑う。

二

七月下旬、各地から重臣たちが呼び集められ、小田原《おだわら》城で大がかりな軍議が開かれた。伊豆《いず》や相模《さがみ》の豪族だけでなく、江戸城から城代の遠山直景《とおやまなおかげ》が、岩付城からは渋江三郎《しぶえさぶろう》が呼ばれた。渋江一族の軍配者・周徳《しゅうとく》も随行した。

大広間にずらりと重臣たちが居並ぶ。

小太郎《こたろう》も下座に連なっている。

氏綱が入ってくると、皆が一斉に平伏する。

「面《おもて》を上げよ」

腰を下ろすと、氏綱が言う。

氏綱に最も近い位置には大道寺盛昌《だいどうじもりまさ》と松田顕秀《まつだあきひで》が控えている。

「扇谷上杉を討つときが来た、とわしは思う。皆の考えを聞きたい」

氏綱が言う。

「まず、武蔵で直《じか》に扇谷上杉と対峙《たいじ》している遠山殿の考えを聞くべきかと存じます」

大道寺盛昌が言うと、氏綱が、うむとうなずいて遠山直景に顔を向ける。

「御屋形さまには事細かくお知らせしてありますが、三ヶ月ほど前から扇谷上杉の兵が盛んに蕨城《わらび》周辺に出没しております。その数は五百くらいで、多いときでも一千くらいのものです。蕨城には、それほど多くの兵を入れているわけではないので、知らせを受けると、江戸城から兵を送ります。扇谷上杉の兵は腰が引けており、われらが着くと、すぐに逃げてしまいます。ほとんど戦いにはなりませぬ」

　遠山直景が説明する。

「本気で蕨城を奪い返すつもりがないということかな？」

　松田顕秀が訊《き》く。

「もちろん、本気なのでしょう」

「だが、五百や一千の兵で蕨城を落とせるはずがない。なぜ、もっと多くの兵を出さぬのだ？」

「出さぬというより、出せぬ、というのが正しいのではないでしょうか」

「と言うと？」

「日々、扇谷上杉の勢いは衰えております。三月に山内上杉の御屋形さまが亡くなった頃から、北条に味方したいと申し入れる豪族が増えております。逆に考えれば、扇谷上杉の味方が減っているということです。今年の初めであれば、扇谷上杉は三千から四千の兵をすぐに動かすことができたでしょうが、今はかなり減っているはずです。もう三千も集められないでしょう。さすがに二千ということはないでしょうが、せいぜい、二千五百くらいかと……。それらの兵も常に河越城にいるわけではありませんから、蕨城攻めに五百、がんばっても一千ほどの兵しか差し向けられないのではないか、と思うのです」

「それでもしつこく攻めて来るのか？」

「いずれ河越城が攻められるとわかっているでしょうから、小田原から大軍がやって来る前に少しでも失った土地や城を取り返したいのではないでしょうか」

「なるほどのう」

大道寺盛昌がうなずく。

「渋江殿は、いかがかな？」

「二月に城を奪い返して以来、岩付に扇谷上杉の兵は姿を見せておりませぬ。蕨城に比べて城を守る兵の数も多く、守りも堅いからではないかと思います。河越城とは距離も近く、河越と岩付を行き来する商人や農民も多いので、いろいろな噂が耳には入ってまいります」

「どのような噂かな？」

「山内上杉の先代の御屋形さまが亡くなった直後には、新しい御屋形さまに何とか援軍を送ってくれるように懇願していたそうですが、この頃は違う頼みをしているというのです」

「違う頼みとは？」

「万が一、河越城が落とされるようなことになれば、扇谷上杉の兵を鉢形《はちがた》城に入れてくれ、と」

「何と」

大道寺盛昌が驚く。

「毛呂《もろ》城や松山《まつやま》城に移るのではなく、いきなり山内上杉の城に入るというのか？」

「ただの噂で、どこまで本当なのかわからないのですが……」

「本当だとすれば、よほど追い詰められているということなのでしょうなあ。容易には信じられぬ話ですが……」

大道寺盛昌が氏綱を見る。

「うむ」

氏綱が大きくうなずく。

支配地や動員できる兵力を比べれば、山内上杉は扇谷上杉を凌駕《りようが》している。とは言え、どちらも名門であり、規模が違うと言っても、どちらも自立した大名である。

しかし、本拠である河越城を奪われた朝興が山内上杉の鉢形城に逃げ込んで、山内上杉の新たな当主・憲寛《のりひろ》に頭を垂れれば、それは、もはや対等の関係ではなく、朝興が憲寛の支配下に入ることを意味する。朝興にとって、それ以上の屈辱はないはずであり、もし氏綱が朝興の立場にいれば、憲寛に膝を屈するよりは死を選ぶであろう。

遠山直景、渋江三郎の話を聞いた後、重臣たちが順繰りに意見を述べたが、誰もが、扇谷上杉は怖れるに足らず、今こそ河越城に大軍を送って攻め落とすべきだ、という考えだった。

いつも慎重な小太郎でさえ、氏綱に意見を求められたとき、

「できるだけ早く兵を出すべきかと存じます」

と即答した。

今ならば山内上杉も武田も出て来ることはない。

だが、秋になって収穫が終わり、農作業が暇になれば、武田が援軍の呼びかけに応じるかもしれない。皆が言うように、今こそ扇谷上杉を滅ぼし、武蔵全域を支配下に収める千載一遇の好機なのかもしれないと思った。

「用意が調《ととの》い次第、武蔵に兵を出す。各々方《おのおのがた》、領地に戻って出陣の支度をしてもらいたい」

氏綱が言うと、ははあっ、と一同が声を合わせて平伏する。

三

軍議の一刻（二時間）ほど後……。

氏綱の部屋に、大道寺盛昌、松田顕秀、伊奈十兵衛《いなじゅうべえ》、根来金石斎《ねごろきんこくさい》、風摩《ふうま》小太郎の五人が呼び集められた。

「御屋形さま」

廊下から盛昌が声をかけると、床に広げた絵図面に見入っていた氏綱が顔を上げる。

「入るがよい。絵図面の周りに坐れ。堅苦しい儀礼は抜きだ。遠慮せず、あぐらでよい」

「は」

五人が絵図面を囲んであぐらをかいて坐る。

「先程の話し合いで出陣と決まった。できるだけ早く、恐らく、八月の初めには武蔵に行くことになる。今度こそ扇谷上杉の息の根を止める覚悟だが、さて、具体的にどう攻めるべきか、その方らの考えを聞いておきたいのだ」

「河越城を目指して進撃し、一気に叩き潰せばよいではありませんか」

盛昌が不思議そうな顔をする。

古来、大軍に策なし、と言われる。北条氏は一万以上の兵を動員できるが、今の扇谷上杉氏の動員力は三千にも満たない。三倍以上の開きがある。これだけ兵力差があれば、細かい策など立てずとも、真正面から突き進むだけで容易に勝利を手にすることができる……それが兵法の常識である。

「野戦になれば、大道寺殿のおっしゃる通り、簡単に叩き潰すこともできようが、敵も馬鹿ではないから無謀な決戦などはするまい。となれば、籠城するに違いない。堅固なことで知られる河越城に籠もられてしまえば、どれほど兵力で上回っていても、そう簡単に落とすことはできますまい」

顕秀が難しい顔で言う。

「ふうむ、籠城か……。そうよなあ、まともに戦えば負けるとわかっているのに、馬鹿正直に城から出て来るはずもない、か」

盛昌がうなずく。

「岩付城のように調略で落とすことができれば一番いいが、さすがに向こうも警戒していて、今のところ、調略はうまくいっていない」

氏綱が言う。

「籠城する敵を、どう攻めるか、という話になりましょうな。そうなると、いきなり河越城を囲むのは、よろしくないと存じます」

金石斎が口を開く。

「では、どうするのだ？」

氏綱が訊く。

「まず、毛呂城を奪い返します」

河越城の西に位置する毛呂城を、金石斎が指差す。

「その上で、更に松山城を攻めます」

松山城は河越城の北にある。

「なるほど、それがうまくいけば、岩付城、蕨城、毛呂城、松山城という四つの城で河越城を囲むことになるな」

絵図面に視線を落としながら、氏綱がふむふむとうなずく。

「その上で、河越城を包囲すれば、まさに孤立無援、どこからも援軍が来る当てもなく、食糧を手に入れることもできませぬ。野外決戦をするには三千では足りぬでしょうが、籠城するのに三千は多すぎます。日々、三千の兵が飯を食い続けるのですから、ひと月もすれば、食糧蔵は空になりましょう。われらが手を下さずとも、飢餓が扇谷上杉を締め上げてくれるはずです」

金石斎がすらすらと自説を語る。この場で思いついたわけではなく、いかにして河越城を攻めるか、前々から思案を重ねていたに違いない。

「小太郎、どう思う？」

氏綱が小太郎に水を向ける。

「……」

金石斎がじろりと小太郎を睨む。反対意見を口にすることを警戒している表情だ。

しかし、

「よき策であると存じます」

と、小太郎が言ったので、金石斎は意外そうな顔になる。

「敵が野戦を受け入れれば、それが一番だと思いますが、そうはならぬでしょう。籠城し、われらが根負けして引き揚げるのを待つはずです。毛呂城や松山城を放置すれば、三つの城が助け合い、籠城が長引く怖れもあります。最初にふたつの城を落としてしまえば、河越城に籠もる者たちの士気も落ち、籠城に嫌気が差すでしょう。そうなれば、調略に乗ってくる者が現れるかもしれません」

「城の外から攻めずとも、内側で勝手に崩れてくれるというわけか。悪くないように思うが……どうだ？」

氏綱が大道寺盛昌と松田顕秀に顔を向ける。

「よき策であると存じます」

二人がうなずく。

「さっきから黙っているが、その方《ほう》の考えは？　言いたいことがあれば申すがよい」

十兵衛に水を向ける。

「城を攻めるのも、調略も苦手ですから、皆様のお考えに従うのみでございます」

「ふふふっ、十兵衛が得意なのは野戦だからのう」

氏綱が笑うと、それにつられて皆も笑い声を上げる。

「よし、策は決まった。支度が調い次第、出陣するぞ」

「は」

五人が頭を垂れる。

四

八月の初め、氏綱は伊豆と西相模の兵、八千を率いて小田原城から出陣した。行軍はいつになくゆっくりしたものだったが、それは東相模の豪族たちを軍勢に加えながら進んだからである。小田原から江戸まで四日もかけたのだから、どれほどゆっくりした行軍だったかわかろうというものだ。相模から武蔵に入る頃には軍勢は一万を超えていた。江戸城には南武蔵の豪族たちが兵を率いて集まっていたから、それを加えると一万五千という大軍になった。この当時の北条氏の力からすれば、これは最大限の動員を行ったと言っていい。それは、すなわち、この戦いで河越城を落とし、扇谷上杉氏を滅ぼすのだという氏綱の決意の表れでもあった。

作戦は決まっている。

河越城に籠城するであろう朝興を相手にせず、まずは毛呂城と松山城を落とす。その上で、河越城を包囲し、相手が音《ね》を上げるのを待つのだ。

氏綱が出陣したことは、当然、朝興の耳にも入っているはずである。大慌てで籠城準備をしているに違いない、と氏綱は考えた。

が……。

河越城の様子を探っている風間《かざま》党の報告では、籠城の気配はないという。それどころか出陣の支度をしているようだ、というのである。

「馬鹿な」

氏綱は信じなかった。

朝興の兵力は、予想していたよりも多かったが、それでも三千そこそこに過ぎない。氏綱の五分の一だ。その程度の兵力で野戦を挑むはずがない。

「もっとしっかり探らぬか」

氏綱は珍しく苛立《いらだ》ちを露わにした。

しかし、風間党の報告に変わりはない。やはり出陣の支度をしているようだ、というのである。

八月二十一日、その報告を裏付けることが起こった。朝興が河越城を出て、蕨城を攻めたのだ。

この数ヶ月、扇谷上杉軍は何度となく蕨城を攻めている。そのたびに北条軍にはね返され、尻尾を巻いて河越城に逃げ帰ったのだ。

「何と意気地《いくじ》のない弱い奴らだ」

北条の兵は臆病な敵を嘲笑《あざわら》った。

実際、笑われても仕方のないようなだらしのなさであった。

その扇谷上杉軍がまた蕨城に攻めかかったという。

今までと違うのは、朝興自身が出陣してきたことと、これまでよりも兵の数が多いことである。

「どうせ、われらが出て行けば、今までと同じように河越城に逃げ帰るつもりなのでしょう」

軍議の場で大道寺盛昌が言う。

「わたしもそう思います。敵が河越城に逃げ戻ったら、こちらは予定通り、毛呂城を攻めればよろしいかと存じます」

松田顕秀がうなずく。

氏綱が金石斎に顔を向ける。

「その方の考えは？」

「大道寺さまと松田さまのおっしゃる通りでございましょう」

「おまえも同じ考えか？」

氏綱が小太郎に訊く。

「はい」

小太郎がうなずくと、

「明日の朝、出陣する。まずは蕨城に向かい、敵が逃げたら、それを追いつつ毛呂城を攻める」

氏綱が言う。

五

その頃、朝興と冬之助、それに曽我兵庫頭の三人は丘の上から蕨城を眺めている。

「こうして眺めると小さな城よのう。城と言うより砦《とりで》と言った方がいいかもしれぬ。空堀《からぼり》もさして深くはないし、力攻めすれば、一気に落とせるような気がするぞ」

朝興が言う。

「あれは大切な餌でございますれば、そう簡単に攻め落としてはならぬのです」

冬之助が言う。

「餌のう……」

朝興が自信のなさそうな顔になる。

「くどいようだが本当にうまくいくか？」

「はい。そのために時間をかけて、われらの弱さを北条に知らしめたのです」

「それは、わかるが……」

この何ヶ月か、執拗《しつよう》に蕨城を攻め、北条軍が来るとすぐに逃げ出したのは、扇谷上杉軍が弱いと北条軍に思わせ、彼らの心に侮《あなど》りと驕《おご》りを生じさせるためである。そういう仕掛けをしておかなければ、冬之助が考えた作戦はうまくいかないのだ。

「わしは何もしないでいいのだな？」

「はい」

「何もせず、ただ、じっとしていればよい、と？」

「さようにございます」

「ううむ……」

朝興が難しい表情になる。

無理もない。

冬之助が朝興に求めているのは、北条が攻めかかってきたら、その場から決して動かないでほしい、ということなのだ。何があろうと、ひたすら、北条軍の猛攻に耐えてほしい、というのである。

口で言うのは簡単だが、それを実行するのは容易ではない。北条軍が一万五千という途方もない大軍だということは朝興も知っているのだ。

朝興の方は、蕨城を攻めている扇谷上杉軍は三千で、北条軍と決戦するときは冬之助に一千の兵を預けることになっているから、朝興の手許に残るのは二千に過ぎない。わずか二千の兵で一万五千の北条軍の攻撃にどれくらい耐えられるものか……あれこれ考えると、朝興の胸中には不安の黒雲がむくむくと湧き上がってくる。

「今になって、こういうのもどうかと思うが……」

「籠城した方がよい、とおっしゃるのですか？」

冬之助が訊く。

「河越城ならば守りが堅いしのう」

「何度もお話ししたはずです。籠城の道を選べば、当家は滅びまする。いかに守りが堅いとはいえ、一万五千もの敵に囲まれたら、どうにもなりませぬ」

「わからぬではないが……」

「御屋形さま」

曽我兵庫頭が口を開く。

「捨て身でかからねば、この窮地から脱することはできませぬぞ。今こそ背水の陣を敷くときです。山内上杉にも武田にも頼らず、われら扇谷上杉だけの力で北条に一泡吹かせてやるのです。万が一のときは冥土《めいど》のお供をいたします」

「もちろん、わたしも、その覚悟です。自分だけが生き残ろうなどとは考えておりませぬ」

「わかった。その方らの気持ち、嬉しく思うぞ。わしも覚悟を決めねばなるまいな。この命、おまえに預けるぞ、冬之助」

「大切に預からせていただきまする」

冬之助が恭《うやうや》しく頭を下げる。

六

八月二十二日、まだ夜が明けぬ頃、氏綱の率いる一万五千の北条軍が江戸城を出発して北上を始めた。向かうのは蕨城である。蕨城は三千の扇谷上杉軍に包囲されて苦戦しているのだ。

先鋒が大道寺盛昌の率いる三千、中軍が松田顕秀の率いる五千、後軍が氏綱の率いる七千で、ここに江戸城代の遠山直景を始め、金石斎、小太郎がいる。十兵衛の率いる伊奈衆は先鋒に組み込まれている。

暗い道を進んでいるうちに夜が明けた。朝日を浴びながら、北条軍が粛々と歩みを続ける。

蕨城周辺には多数の忍びを放っており、扇谷上杉軍に何か動きがあれば、すぐに氏綱のもとに知らせが届く手筈になっている。

北条軍の接近を知れば、朝興は蕨城の囲みを解き、あたふたと河越城に逃げ込むに違いない。それを確認した上で、毛呂城を攻め、次いで松山城を攻める。もし河越城から朝興が救援に出てくれば、そこで野外決戦に持ち込む。

朝興が出てこなければ、ふたつの城を落とした後に河越城を包囲する。敵が音を上げて降伏するまで包囲を解くつもりはない。

かつて氏綱の父・宗瑞《そうずい》は三浦《みうら》氏を新井《あらい》城に長期間包囲して滅ぼした。その包囲戦には氏綱も加わり、最前線で新井城に向き合った経験がある。その経験を生かすことで、たとえ時間はかかろうと、最後には河越城を落とすことができるという自信がある。

蕨城を目指して行軍してはいるものの、扇谷上杉軍と戦うことはないという見通しを持っており、いかに短時間に、できるだけ兵を失うことなく毛呂城を落とすか、ということばかり氏綱は考えている。道々、金石斎や小太郎をそばに呼んで話をしたのも、毛呂城攻めに関して意見を聞くためだ。

そこに知らせが届いた。

扇谷上杉軍に動きがあるという。

「さもあろう」

氏綱が大きくうなずく。

が……。

その知らせは、氏綱の予想とはまるで違っていた。

扇谷上杉軍は河越城に向かうのではなく、蕨城から南下しているという。その動きは、あたかも北上する北条軍を迎え撃とうとするかのようだ。

「あり得ぬ」

氏綱は全軍に小休止を命じた。重臣たちを呼び集めて作戦の再確認をしようとした。

朝興が南下することなど夢にも考えていなかった。

今回の作戦の前提は、朝興が蕨城の囲みを解いて河越城に逃げ帰ることなのである。朝興が出てくるとすれば、氏綱が毛呂城や松山城を攻めているときであろうと予想していたし、それでも出てこないかもしれないとも考えていた。

この段階で重臣たちを呼び集めるのは、もはや不可能であった。氏綱がいるのは北条軍の最後尾だ。そこから伝令を放っても、先鋒にいる大道寺盛昌や中軍の松田顕秀に命令が伝わるのには時間がかかる。下手をすると、伝令が着く前に、先鋒は敵と遭遇するかもしれない。

やむを得ず、後軍にいる遠山直景、金石斎、小太郎を呼んだ。扇谷上杉軍の不可解な動きを伝え、彼らの見通しを聞くことにした。

「どう思う？」

と、氏綱が問うと、

「捨て鉢になっているのではありますまいか？」

遠山直景が小首を傾《かし》げる。常識的に考えれば、わずか三千の扇谷上杉軍が一万五千の北条軍に真正面から戦いを挑むなどあり得ないことである。大軍に飲み込まれて全滅するだけではないか。

「見栄でございましょう」

金石斎は鼻で笑う。

「見栄とは？」

「尻尾を巻いて河越城に逃げ戻ったのでは体裁が悪すぎるので、北条に立ち向かおうとしたものの、数が違いすぎるとわかったのでやむを得ず兵を退《ひ》いた……世間に向かって、そんな言い訳をしたいのではないでしょうか」

「なるほど、体裁を取り繕《つくろ》うための見せかけの南下ということか」

氏綱はうなずくと、小太郎に顔を向け、どう思うか、と問う。

「これだけ兵の数に違いがあるのですから、何も心配することなどないとは思うのですが……」

小太郎の表情は曇っている。

「何か気になるのか？」

「金石斎先生のおっしゃるように、ただ見栄を張っているだけであればいいのですが、そうでないとすれば……」

「本気で戦うつもりだというのか？」

「扇谷上杉の御屋形さまは、さして戦《いくさ》がうまくありませんが、そばに仕える者たちは決して戦下手ではありません。捨て鉢になって勝てぬ戦をするとも思えぬのです。この戦いで負ければ、扇谷上杉は滅びてしまうのですから」

「しかし、まともにぶつかってきて向こうに勝ち目があるか？　向こうは、わずか三千なのだぞ。どんな策を立てられるというのだ」

遠山直景が怪訝な顔になる。

「わたしにもわからないのですが……」

小太郎が途方に暮れたような顔になる。

そのとき、先鋒の大道寺盛昌から遣わされた伝令がやって来た。

偵察に放っていた少数の部隊が扇谷上杉軍の斥候《せっこう》と小競《こぜ》り合《あ》いになり、互いに応援が駆けつけて、なし崩しに合戦が始まったというのである。

いよいよ戦いの火蓋《ひぶた》が切られたのだ。

「どのあたりで戦になった？」

氏綱が訊く。

「は。白子原《しらこはら》付近でございまする」

伝令が頭を垂れて答える。

「白子原……」

氏綱が首を捻《ひね》る。聞いたことのない地名である。

「蕨城から南西に三里（約十二キロ）ほどのところにある開けた平地でございます」

小太郎が素早く答える。河越城周辺の土地については、できるだけ詳しく調べてある。いずれ、そのあたりで大がかりな戦いが起こるであろうと予想していたからだ。

もちろん、自分一人の力で調べたわけではない。風間慎吾《しんご》の力を借りた。風間党の忍びは関東諸国を旅して歩いているから、その土地に関する様々な情報を蓄えているのだ。

「平地か。大軍を動かすには都合がいいな。戦いが始まったとなれば、あれこれ考えている暇はない。少しでも早く白子原に着き、扇谷上杉の息の根を止めるのだ」

氏綱が言うと、周りにいる者たちが力強くうなずく。戦いを前にして血が昂《たか》ぶっているのであろう。

七

氏綱が江戸城を出たという知らせは、蕨城を囲んでいる朝興の元に直《ただ》ちに知らされた。北条氏が敵地に多数の忍びを放っているように、扇谷上杉氏も江戸城周辺に忍びを送り込んでいる。去年の一月に氏綱に奪われるまで、江戸城は扇谷上杉氏の重要拠点だったから、その周辺には今でも扇谷上杉氏に心を寄せる者が少なからずいる。情報を集めるのに苦労はない。氏綱が後軍にいて七千の兵を率いていることもわかっている。

天幕を巡らせた本陣の中には朝興、曽我兵庫頭、冬之助の三人がいる。冬之助の父・祐重は河越城の留守役を任されたので、ここにはいない。

床几《しょうぎ》に腰を下ろした朝興が上座に、その左右に曽我兵庫頭と冬之助が控えている。

「いよいよだのう」

朝興が溜息をつきながら言う。

「はい、いよいよでございます」

曽我兵庫頭がうなずく。

「うまくいくかな？」

「それは……」

曽我兵庫頭が冬之助に顔を向ける。

「冬之助次第でございましょう」

「そうだのう」

「氏綱と刺し違える覚悟でございます。しくじれば、この世にはおりませぬ」

冬之助が落ち着いた口調で言う。目前に決戦を控えているという心の昂ぶりは感じられない。

「うむ。わしも同じよ。まともに戦っても勝てぬ。河越城に籠もっても勝てぬ。いくらか命を長らえることはできようが、いずれは氏綱に膝を屈することになる。そのような恥をさらすくらいなら、ここで勝負をかける」

「力強いお言葉でございます。しつこいようですが……」

「わかっておる。敵が攻めかかってきても、こちらからは動かず、貝のようにじっとしていればよいのであろう。そうやって時間を稼ぐのだな？」

「はい。つきましては、わたしは一千の兵をお借りすると申しましたが、五百に減らすことにいたします」

「なぜだ？　わしの身を案じているのなら……」

「そうではないのです」

冬之助が首を振る。

「よくよく考えれば、この策は、兵の数はどうでもよく、大切なのは兵が動く速さなのです。わたしと共に兵たちには素早く動いてもらわねばなりませんが、そのためには兵の数は少ない方がいいのです。その代わり……というのも何ですが、できるだけ多くの馬を貸していただきたいのです」

「許す。好きなだけ持っていくがよい」

朝興がうなずく。

「十分に説明を聞き、納得はしているものの、何とも大胆な策よなあ。白子原で決戦と聞いたときには耳を疑ったぞ」

「わたしも同じでございます。見晴らしのよい広い平地は大軍にこそ有利であり、数が劣るわが軍が戦うには最も不利な場所……なぜ、そのような場所で、と」

曽我兵庫頭が言う。

「白子原は北条にとって最も戦いやすい場所です。だからこそ、われらが白子原に進出したと知れば、何の疑いもなく大喜びで兵を進めるでしょう。それが狙いなのです」

冬之助が言う。

「そうであってほしいものだ。さて、そろそろ行くか。城の囲みを解き、わしと兵庫は白子原に向かう。白子原に陣を敷いたならば、偵察部隊を出し、北条の偵察部隊を挑発すればよいのだな？」

「餌に食いつかせて下さいませ。北条は喜んで食いつくでしょう。先鋒が白子原に入れば、中軍と後軍も急いで後に続こうとするはず。そのときこそ、わたしの出番です」

「うむ」

朝興は大きくうなずくと、小姓を呼んで酒を用意させる。

「これが今生《こんじょう》の別れになるやもしれぬ故な」

朝興が徳利を手にし、二人の盃《さかずき》に酒を注ぐ。

「……」

曽我兵庫頭と冬之助は畏《かしこ》まって酒を受ける。

自分の盃に酒を注ぐと、

「武運を祈ろうぞ」

「は」

三人は互いの顔を見てうなずき合うと、盃の酒を一気に飲み干す。

「では、わたしは、これにて」

冬之助が腰を上げる。

「頼むぞ」

「は」

深々と一礼し、冬之助が天幕の外に出ていく。

二人きりになると、

「わしらも行くか」

「はい」

「兵庫、今まで世話になった。礼を申すぞ」

「何をおっしゃるのですか」

「昼くらいには決着が付くだろう。乱戦になれば、礼を言う暇もなく、首を奪われるかもしれぬ。だから、今のうちに礼を言っておきたいのだ」

「そのようなことをおっしゃいますな。うまくいくと信じるのです。それが大切です」

「冬之助を信じたい。冬之助の双肩に扇谷上杉の命運がかかっているのだからな」

頼むぞ、冬之助……そう朝興はつぶやく。

八

当初、冬之助は一千の兵を朝興から借りるつもりだった。

最後の話し合いで、五百に減らしたいと申し出たが、結局、冬之助が引き連れていったのは、わずか三百に過ぎない。

蕨城を包囲していた扇谷上杉軍は三千である。冬之助が借りる兵が少なければ、朝興を守る兵の数が増えることになるから、冬之助としては、できるだけ多くの兵を残したいと考えた。三百ならば、残りは二千七百だ。それだけの兵がいれば、たとえ相手が数倍の敵であっても、一刻（二時間）くらいは持ちこたえられるだろうと考えた。

北条軍が一万五千といっても、そのすべてが一度に襲いかかってくるわけではない。北条軍は先鋒、中軍、後軍の三つに分けられており、江戸城を出た時間も違っている。

最初に朝興が相手にするのは先鋒の三千で、それならば兵力は互角である。中軍が先鋒に追いつくのに半刻（一時間）くらいはかかるであろうし、後軍が白子原に着くのは、もっと後だ。

もっとも、朝興から借りる兵の数を一千から三百に減らしたのは、朝興の身を案じたせいばかりではない。それが最も効率的だと考えたからだ。

その三百の兵は、すべて騎馬なのである。

最初の予定では、騎馬二百、歩兵八百を連れて行くつもりだった。

だが、歩兵が騎馬の速度を鈍らせることになると考え直し、歩兵を減らして騎馬を増やそうと考えた。それで五百に減らすことにしたのである。

だが、五百頭の馬を冬之助が連れて行けば、朝興の手許に馬がほとんど残らなくなってしまう。それでは万が一のとき、河越城に逃げ帰ることができない。それ故、ある程度の馬は残していく必要があった。

朝興には、

「白子原で死ぬ覚悟で、決して本陣を動かないでいただきたい」

と頼んだが、あくまでも冬之助が生きている間の話である。冬之助の策が失敗し、冬之助が死ねば、朝興が戦場に留まる理由はなくなる。

そのときには戦場を離脱し、河越城に朝興を連れ帰ってほしい、と曽我兵庫頭に耳打ちしてある。

朝興は臆病ではないが、剛胆とは言えないし、武勇に優れているわけでもない。場合によっては逃げてもらうなどと言えば、それを期待して浮き足立つ怖れがあるから、朝興に腹を括《くく》らせるために、白子原で死んでほしい、という厳しい言い方をしたのである。

それらのことを考え合わせ、三百の騎馬だけを率いていくことにした。行軍速度が作戦の成否を分ける、という判断である。

冬之助の立案した策は決して複雑ではない。

複雑どころか、単純そのものといっていい。

狙うのは氏綱の首だけである。軍勢同士の戦いではまったく勝ち目がないので、総大将の首を奪うことで北条軍を混乱させようというのだ。三百の騎馬隊があたかも一本の矢のようになって北条軍に風穴を開け、一気に氏綱の首を奪う。

もちろん、北条軍は大軍である。まともにぶつかってもはね返されるだけであろう。

だからこそ、様々な味付けをした。

ひとつには、扇谷上杉軍は弱い、という先入観を北条軍に植え付けることである。そのために、この何ヶ月か蕨城を攻めては、北条軍に追い返されるというみじめな戦いを繰り返した。今では北条軍は扇谷上杉軍を侮っているはずだ。白子原に出てきたと知っても、罠を警戒するのではなく、戦う振りをして、さっさと河越城に逃げ帰るのであろうと高を括るに違いない。

だから、北条軍の先鋒は何の疑いもなく白子原に進出し、こちらから小競り合いを仕掛ければ、すぐ誘いに乗ってくるであろう。戦いを自重し、氏綱が到着するまで開戦を控えようなどとは考えないはずだ。そうなれば、こっちのものだ。

なぜ、白子原なのか？

広々とした平地で、大軍を動かすには都合がいい。

北条軍には有利だが、扇谷上杉軍には不利な土地である。数で敵に劣る場合、進退の不自由な狭《きょう》隘《あい》地に敵を誘い込め、というのが兵法の教えるところである。それとは、まったく逆なのだから、朝興や曽我兵庫頭が驚くのは当然であった。

だが、冬之助が着眼したのは白子原そのものではなく、白子原に至る地形である。

北条軍が北上して白子原に出るには、最後の数町ほど、狭隘地を通らなければならない。道の左右は深い森と沼地で、その道も馬二頭がかろうじて並んで進むことができる程度の幅しかない。

つまり、北条軍は白子原に出る直前、縦に長く伸びきった状態で、その道を進まなければならないのである。

先回りして、森に兵を隠し、氏綱が通りかかったところを襲えば、冬之助が相手にするのは一万五千の北条軍ではなく、氏綱の周囲にいるわずか数十人の護衛だけということになる。

白子原で北条軍に決戦を挑むというのは、本当の狙いを北条軍に知られないための偽装に過ぎない。

金石斎が推測したように、世間に向けて見栄を張るために扇谷上杉軍は南下しているのではなく、本気で白子原で北条軍を迎え撃つ覚悟だが、あくまでも冬之助を援護するためであり、冬之助が作戦を実行するまでの時間稼ぎをし、北条軍を油断させることが目的である。

三百騎は大きく迂回《うかい》して目的地に向かう。

北条軍の偵察網の優秀さは冬之助もよく知っているから、その偵察網に絶対に引っ掛からないように心懸けたのである。万が一、別働隊の存在を北条軍に知られれば、冬之助の意図を見抜かれてしまうに違いない。

冬之助は北条氏を憎んでいるが、北条氏を侮ってはいないし、北条氏に仕える軍配者たちの能力も認めている。

迂回することで長い距離を進まなければならないから時間がかかる。馬に乗っていても気が急《せ》くほどだ。歩兵など連れていたら、とても間に合いそうにない。

（よし、今のところはうまくいっている）

騎馬と歩兵の入り交じった一千の兵ではなく、騎馬だけの三百の兵を率いるという自分の判断が間違っていなかったことに、道々、冬之助は満足した。

氏綱を襲撃する機会は一度しかない、と肝に銘じている。やり直しは利かないのだ。

だからこそ、そこに至るまでの準備は完璧でなければならない。たとえ準備が完璧であったとしても、成功する可能性は限りなく低いのだから、準備が不完全だったら、成功の可能性などなくなってしまう。

（いける。きっと、うまくいく）

このまま北条軍の偵察網に引っ掛かることなく待ち伏せ地点に着くことができれば、きっと作戦は成功する、と冬之助は己に言い聞かせる。

九

小太郎は盛んに首を捻りながら、馬の背で揺られている。扇谷上杉軍の不可解な動きが気になって仕方がないのである。

すでに、白子原に達した先鋒の軍勢と扇谷上杉軍との間で戦いが始まっているという。

敵軍は、およそ三千。

北条軍の先鋒も三千だから兵力は互角である。

中軍の松田顕秀も、行軍速度を上げて白子原に向かっているから、恐らく、あと半刻（一時間）もすれば到着するはずである。中軍は五千で、先鋒と合流すれば八千になる。それだけでも扇谷上杉軍を圧倒しているが、更に氏綱の後軍七千もそれに加わる。

戦の素人であっても、扇谷上杉軍に勝ち目がないことはわかる。

金石斎が言ったように、世間に見栄を張るために南下の素振りを見せたのであれば、今頃は、とっくに河越城に逃げ帰っているはずだ。

しかし、そうはならず、扇谷上杉軍は白子原に布陣し、北条軍を迎え撃っている。

（もしや総大将だけが逃げたのでは？）

側近の曽我兵庫頭あたりに采配《さいはい》を任せ、朝興は河越城に逃げ帰ったのではないか、と疑ったが、大道寺盛昌からの報告では、敵の本陣には、朝興がいることを示す旗が翻《ひるがえ》っているという。

（なぜだ？　なぜ、みすみす負けるとわかっている戦をする）

それが小太郎にはわからない。自分が扇谷上杉軍の軍配者だったならば、何としてでも朝興を止めるはずであった。

ふと、

（養玉《ようぎょく》さんは、どうしているのだろう……）

足利《あしかが》学校で共に学んだ曽我冬之助のことを思い出した。

冬之助は小太郎とまったく違う考え方をする軍配者である。

小太郎は、いい意味でも悪い意味でも優等生であり、兵法の常識に従った作戦を立案する。

冬之助は、まるで違う。

天才肌なのである。

兵法の常識をいくら積み重ねても、決して出てこないような奇抜な策を生み出す力がある。それが見事にはまったのが去年一月の高輪原《たかなわはら》での合戦だ。その戦いで、北条軍は完膚《かんぷ》なきまでに叩きのめされ、氏綱は命からがら戦場から逃れるという屈辱を味わった。

合戦で大敗したにもかかわらず、江戸城を奪うことに成功したのは太田三兄弟が扇谷上杉氏を裏切ったからである。北条氏が得意とする調略が威力を発揮したのだ。太田三兄弟の裏切りがなければ、勢いに乗る扇谷上杉軍は相模に雪崩《なだ》れ込み、小田原に迫ったかもしれない。そこまで北条氏を追い詰めた立役者が冬之助なのである。

(本当にすごい人だ。まだ傷の養生を続けているのだろうか)

高輪原の合戦の翌日、冬之助が命に関わるほどの重傷を負ったことを、小太郎は知っている。

しかし、その後の消息はわからない。恐ろしい敵ではあるが、誰よりも信じられる友でもある。何とか傷を癒《い》やして復帰してほしいと願わずにいられない。

もし冬之助が復帰して朝興のそばにいれば、白子原で北条軍に決戦を挑むような愚かな真似を決してさせないだろう、と小太郎は思う。まさか、それが冬之助の立案した作戦だとは夢にも想像できない。優れた軍配者というのは、まず敵方の軍配者の狙いは何かということを考える。

小太郎も考えている。

しかし、わからない。

冬之助が復帰していないとすれば、朝興のそばにいる曽我兵庫頭が軍配者の役目を果たしているのだろうが、小太郎は、これまでに曽我兵庫頭がどういう戦い方をしてきたか知らない。

だから、曽我兵庫頭の狙いがわからない。

ただ、兵法を少しでも学んだことのある者なら絶対にやらないようなことを曽我兵庫頭と朝興はやろうとしている。なぜ、そんなことをするのか、いくら考えても小太郎にはわからない。

もしかすると、白子原の朝興は囮《おとり》で、どこかに伏兵を隠しているのではないか、とも疑った。

しかし、白子原には三千近くの扇谷上杉軍が布陣しているという。それは蕨城を包囲していたのと同じ数である。つまり、伏兵などいないということだ。

もちろん、それでも安心できないから、慎吾に頼んで白子原周辺に風間党の忍びを多数放ち、念入りに偵察してもらっているが、今のところ伏兵は見付かっていないという。

(なぜだ、いったい、何が狙いだ?)

馬の背で揺られながら、小太郎は思案を続けている。

突然、馬ががくっと崩れる。ぼんやりしていたので馬から落ちそうになる。慌てて姿勢を直す。

何が起こったのか、と周囲を見回す。道がぬかるんで、それに馬が足を取られたのだとわかった。前後にいる馬たちも体勢を崩している。

道は森に入っていくが、片側は沼地で足場が悪い。道が狭くなっているので、慎重に馬を進めなければならない。小太郎のようにぼんやりしていると、道を踏み外してしまいかねない。うっかり沼地に落ちてしまったら、そこから馬を引っ張り出すのが大変だ。

(沼地、森……。まさか……)

小太郎がハッとする。

恐ろしい想像をして背筋がゾッと寒くなる。

「おい、ちゃんと前を見ていないと、また落馬するぞ」

背後から声をかけられる。振り返ると、小走りに慎吾が近付いてくるところだ。

「どうした、何だか顔色が悪いぞ。あ……そうか。合戦を前にして、びびっているんだろう」

「……」

「ふんっ、冗談だよ。そんなに怒るな。また知らせが届いた。やはり、伏兵などいそうにないぞ。何も見付からない」

「罠だ」

「あ？」

「これは扇谷上杉が仕掛けた罠だ」

「おいおい、何を言ってるんだ」

「ここから白子原まで、森と沼地に挟まれた細い道を進まなければならない。どこかで待ち伏せされて不意を衝《つ》かれたら防ぎようがない」

「何度も言うが、伏兵などいない。まあ、わずかの兵であれば、われらの目をごまかすこともできるかもしれないが、少しくらいの兵で襲ってきても大したことはないだろう。悪あがきに過ぎぬ。どうせ戦には勝てぬさ」

「戦に勝つつもりはないのだ」

「何だと？」

「一万五千と三千だぞ。どうあがいても勝てぬことは子供にもわかる。だから、合戦に勝つつもりはないのだ。しかし、たとえ合戦に勝てなくても、他のやり方で勝つ手立てがないわけではない」

「戦で勝てないのに、どうやって……」

そこまで口にして、慎吾の顔色が変わる。

「まさか、御屋形さまのお命を！」

恐ろしい想像である。万が一、総大将の氏綱が討ち取られれば、その瞬間、北条軍は崩壊する。もはや数の勝負ではなくなる。

「すぐに人を集められるか？」

「周りにいくらでもいるではないか」

「いちいち説明している暇がないし、こんなところで立ち往生したら、それこそ危ない。何の説明もせず、おまえが命じたことに黙って従う者は、どれくらいいる？　今すぐに、という意味だ」

「四十人くらいかな。風間党だけなら二十人くらいだ。偵察に出かけて戻っていない者が多いから」

「それでいい。その四十人を集めて御屋形さまのそばに来てくれ」

「おまえは、どうする？」

「先に御屋形さまのところに行く。白子原に向かってはならないと進言し、一里ほど戻って、開けた場所に布陣していただく。白子原の戦は大道寺さまと松田さまに任せておけば心配ない」

「承知した」

大きくうなずくと、慎吾が駆けていく。

（くそっ、おれとしたことが）

小太郎が舌打ちする。

なぜ、氏綱のそばにいなかったのかと悔やまれる。そばにいれば、これが罠だと気が付いた時点で、すぐに氏綱に知らせることができた。

「すまぬ、通してくれ。御屋形さまに申し上げることがある」

兵や馬たちを押し退《おの》けるように、小太郎が前に進もうとする。

しかし、なかなか思うように進むことができない。

兵たちが意地悪しているわけではなく、道が狭いので、小太郎に道を譲《ゆず》ることが難しいのだ。

（これなら走った方が速い）

そう見極めると、そばにいた兵に、

「風摩小太郎だ。この馬を頼む」

と乗っていた馬を預け、徒歩で進むことにした。しばらく進んだとき、うおーっというどよめきが聞こえた。前方から聞こえる。

それを聞いた小太郎は、

（しまった）

と唇を嚙《か》む。

扇谷上杉軍の伏兵が氏綱に襲いかかったのに違いなかった。

十

冬之助は予定通り、待ち伏せ場所に辿《たど》り着くことができた。途中、北条軍の偵察兵に何度か遭遇したが、幸い、うまく斬り伏せることができた。

（こちらの動きは知られていない。罠にも気付かれていない）

冬之助がほくそ笑む。北条軍が危険を察知しているのであれば、行軍に何らかの変化があるはずだが、特に変化はなく、淡々と行軍を続けている。

（御屋形さまは、ご無事だろうか……）

それだけが心配である。

白子原では、すでに戦いが始まっている。

北条軍の先鋒は三千、中軍は五千、合わせて八千の軍勢が、わずか三千の扇谷上杉軍に襲いかかっているのだ。双方合わせて一万を超える兵たちが雄叫《おたけ》びをあげながら、白子原を走り回っている。その大音声《だいおんじょう》が時折、遠くから聞こえてくるような気がする。本当に聞こえているのかどうかわからない。空耳かもしれない。

そう信じたいだけかもしれない。

なぜなら、戦いが続いているからこそ、大音声も聞こえるのだ。北条軍の攻撃を支えきれずに扇谷上杉軍が潰走《かいそう》すれば、もはや白子原からは何も聞こえないであろう。扇谷上杉軍が持ちこたえている間は大音声が聞こえてくるはずなのだ。

だから、冬之助は空耳などではなく、本当に大音声が聞こえているのだと信じたいのである。

（考えてみれば、恐ろしい話だな。おれがしくじれば、長い歴史のある扇谷上杉氏が滅んでしまうのだから……）

ここで冬之助が死に、氏綱の率いる七千が無傷で白子原に着けば、扇谷上杉軍は壊滅せざるを得ない。今日という日が、長い歴史を誇る名家の終焉《しゅうえん》の日となり、白子原が扇谷上杉軍の墓場となるのだ。

「……」

冬之助がゆっくり周囲を見回す。

三百の兵たちが口を閉ざし、じっと身を固めている。馬のいななきが北条軍に聞こえるのを怖れ、かなり離れた場所に馬は置いてきた。だから、今は風の音と、兵たちの呼吸音しか聞こえない。言葉を発する者がいないのは、事前に冬之助がそう命じたからだが、たとえ、そうでなくても、この場でおしゃべりできるほど肝の据わった者はいないであろう。誰もが緊張で顔を引《ひ》き攣《つ》らせ、血の気の引いたような青い顔をしている。

七千という途方もない大軍に、わずか三百人で斬り込もうというのだから、恐ろしくないはずがない。布陣している敵に突撃するのではない、縦に長く伸びきって行軍している敵に不意打ちを食らわせるだけだ、だから、実際に相手にするのは、せいぜい、数百人に過ぎない……そう何度も冬之助は説明した。

兵たちも頭では理解しているであろう。

しかし、現実に北条軍を眼前に見ると、やはり、恐ろしさで震えるのは仕方のないことであった。

「狙うのは総大将の首だけだぞ。他の者はどうでもいい」

氏綱の命を奪うことだけが、この作戦の目的である。どんなやり方をしてもいいから、とにかく氏綱に迫り、一太刀でも二太刀でも浴びせるのだ、そして、止《とど》めを刺せ……それが冬之助の簡潔な指示だ。やり直しは利かない。一度だけの機会だ。

だから、冬之助も冷静に命令を下さなければならない。氏綱が最も接近したときに、素早く突撃命令を出すのだ。

眼下を北条軍がゆるゆると進んでいる。

しかし、まだ氏綱は来ない。

（慌てるな。落ち着くのだ。おまえが落ち着かなくて、どうする）

冬之助は目を瞑《つむ》って、大きく深呼吸する。兵だけでなく、冬之助自身、今までに経験したことがないほど緊張しており、真っ青な顔をしている。

「おおっ」

という低いどよめきが、冬之助の周りにいる兵たちの間に起こる。

後軍の先頭を進む五百人ほどが通り過ぎたとき、周囲に小姓たちを従え、立派な馬に乗った武将がやって来た。その後ろには旗を持った兵たちが続いている。氏綱である。

「……」

口を閉ざしたまま、冬之助は兵たちに合図を送る。

突撃の用意をしろ、というのだ。

刀の柄《つか》に手をかける者、弓を撫でる者、両手で自分の顔を叩く者……反応は、人それぞれである。

（今だ）

そう判断すると、冬之助は立ち上がり、刀を抜いて振り上げ、

「かかれ、かかれ！」

と叫ぶ。

兵たちも一斉に立ち上がり、うおーっと叫びながら、北条軍の隊列を目指して走り出す。

「敵だ、敵だ！」

冬之助たちに気付いた北条兵が大声を張り上げる。

しかし、扇谷上杉軍の放った矢に射倒されてしまう。たちまち大混乱が起こる。

十一

（くそっ、あんなに多くの敵、どこに隠れていた？）

氏綱のもとに向かって走りながら、小太郎は目が眩《くら》む思いがする。たとえ伏兵がいたとしても、わずかの兵では何もできないだろう、と慎吾は笑ったが、敵はわずかの兵ではない。どう見ても百人、いや、二百人はいる。もっと多いかもしれない。その敵兵が縦に長く伸びきった北条軍の脇腹に一丸となって突撃している。敵の狙いは、はっきりしている。氏綱の命だ。

（蕨城を囲んでいた三千の敵が、そのまま白子原に布陣したのだと思い込んでいた。そうではなかった。そこから二百か三百の兵を抜き、大きく迂回させて、ここに隠れ潜《ひそ》んでいたのだ）

そう小太郎は見抜く。

そして、もうひとつ、

（これは養玉さんの策に違いない）

と直感的に悟る。

これほど大胆な策を捻り出して実行できる軍配者など滅多にいるものではない。

何しろ、北条軍の目を欺《あざむ》くために、扇谷上杉氏の当主・朝興を餌にしたのだ。北条軍の先鋒と中軍はまんまと餌を飲み込んで白子原に進出した。そうなれば、氏綱の後軍も続くしかない。

自分に同じことができるか、と小太郎は己に問う。敵軍を罠にはめるために、氏綱を餌にして敵軍を誘《おび》き寄せることができるだろうか、一歩間違えば、氏綱は死ぬのだ。

（無理だ。おれにはできない）

いかに自分の策に自信があったとしても、その策を成功させるために主の命を危険にさらすことなど、小太郎には、とてもできそうにない。

小太郎にできないことを冬之助はやっている。そこに底知れぬ凄味を感じるし、軍配者としての力の差を思い知らされる気がする。

だが、今は感心している場合ではない。

敵兵が氏綱の命を狙って群がっている。

もちろん、氏綱の前後を進んでいた北条兵も異変に気付き、何とか氏綱を守ろうとするが、道が狭くて身動きが取れない。道を外れて沼地に入れば、今度はろくに歩くこともできない。道を戻ることもできず、沼地にも入れないとすれば、森に入るしかないが、そこには鋭い棘《とげ》を持つ茨《いばら》の茂みが密集していて、そう簡単に前に進むことができないし身動きも不自由だ。

そうなると、三百の敵兵に立ち向かうのは、氏綱の周囲にいる、わずか三十人ほどの北条兵だけということになる。

氏綱の身に危険が迫っているのを目《ま》の当たりにしながら、小太郎自身、道を塞《ふさ》ぐ北条兵に遮《さえぎ》られて前に進むことができない。

（御屋形さま！）

小太郎の背筋を冷や汗が流れ落ちる。このままでは氏綱が討たれてしまう、という恐ろしい予感がしたのである。

（逃がさねば）

その瞬間、小太郎の脳裏に名案が浮かんだ。

「皆の者よ、沼地に入れ。御屋形さまをお通しするのだ！　道を空けて、御屋形さまの馬を通らせるのだ。前に伝えろ、そして、さっさと沼地に入れ」

小太郎が叫び続けると、その意味を理解した者たちが、

「御屋形さまの馬をお通しするために道を空けるのだ。わしらは沼地に入るのだ」

と前方に伝える。

北条兵が沼地や森に入って道を空ける。

小太郎の前に道が開けた。そこを走りながら、

「御屋形さま、こちらにお逃げ下さい！」

と叫び続ける。

周りにいる者たちも、小太郎と同じように、

「御屋形さま、こちらへ、こちらへ！」

と絶叫する。

その声が聞こえたのか、氏綱が小太郎の方に顔を向けて大きくうなずく。

氏綱自身、刀を手にして敵兵と戦っているところだったが、敵の狙いが自分の首を取ることにあると察知しているから、この場から逃れることに迷いはない。臆病なのではない。自分が死ねば、この戦いに敗れるとわかっているからだ。

馬首を転回させると、馬の尻に鞭《むち》を入れる。

敵兵が追いすがる。

そこに慎吾の率いる一団が現れ、敵兵と氏綱の間に割って入る。

（よし、助かったぞ）

小太郎がほっと安堵の吐息を洩《も》らしたとき、敵兵の放った矢が氏綱の背に当たった。続けて放たれた矢が肩や腰にも命中し、氏綱が馬から落ちる。

「ああっ……」

小太郎は目の前で起こったことが信じられず、膝が震えて立っていることができない。地面に膝をつき、落馬して地面に横たわる氏綱を瞬《また》きもせずに凝視する。

十二

「兵庫」

本陣にいる朝興が床几から腰を浮かしながら、傍らにいる曽我兵庫頭に顔を向ける。

扇谷上杉軍は善戦しているが、如何《いかん》せん、兵力差が大きすぎる。時間が経って、今以上に兵たちの疲労が増してくれば、戦線は一気に崩壊しかねない。実際、本陣の近くにまで北条兵が迫っている。朝興が動揺するのも無理はない。できることなら、すぐにでもこの場から逃げ出したいのであろう。

「今しばらくの辛抱でございます」

曽我兵庫頭は落ち着き払っている。見せかけの痩《や》せ我慢かもしれないが、ここで曽我兵庫頭までが浮き足立てば、朝興は逃げるに違いないとわかっているのだ。総大将が逃げたら、それで戦いは終わる。敗北である。

「し、しかし……」

「ここで御屋形さまが動けば、当家は滅ぶのですぞ。ご先祖さまに顔向けできぬことになりましょう」

「……」

朝興ががくっと肩を落とし、また床几に坐り直す。

頭では理解しているのである。決して逃げてはならないのだ。この場に留まり続けることだけが、扇谷上杉氏を滅亡から救い出す道なのである。たとえ自分が死のうとも、屍《しかばね》になろうとも、この場にいなければならないのだ。

しかし、現実に北条兵が迫ってくれば、やはり、朝興も恐ろしい。彼らは容赦なく朝興を殺すであろう。死を覚悟することと、何の怖れも感じずに殺されることとは別の話である。命が危険にさらされているのに、とても落ち着き払ってはいられない。本心では死にたくないのだ。何とか生き残りたいと願っているのだから尚更である。

そこに、

「使者でございます」

小姓が本陣に入ってくる。その後ろから、泥と血で汚れた兵が続く。冬之助が連れて行った兵の一人である。

「如何《いかが》した？」

曽我兵庫頭が訊く。

「養玉さまからの知らせでございます。小田原殿を討ち取りましてございます」

「何だと！」

朝興と曽我兵庫頭が跳《は》ねるように床几から立ち上がる。

「それは、まことか。間違いないか？」

「敵の数は多く、乱戦になったので首級を奪うことはできませんでしたが、小田原殿は体に何本もの矢を受けて落馬しました。北条の後軍は混乱し、算を乱して退却しております。われらに、あと五百の兵があれば、敵を壊滅させることができたでありましょう。残念でございまする」

「十分じゃ。氏綱が死んだことを皆に知らせよ。敵へも知らせてやれ。白子原を走り回って、氏綱が死んだと触れ回れ！」

曽我兵庫頭が興奮気味に命ずる。

「は」

小姓と兵が出て行くと、

「殿、この戦、われらの勝ちでございますぞ」

「うむ」

朝興の顔も赤い。興奮して、頭に血が上っているのであろう。

「ご出馬なさいませ。今、殿が馬を進めれば、われらの勝利は疑いなし」

「承知した」

朝興が大きくうなずく。

さっきまでの弱気は、どこかに消えている。氏綱が死んだと聞かされたことで、俄然、やる気になっているのだ。

本陣を出ると、

「馬を引け！　ここが勝負のときであるぞ。功名を立てたい者は、今がそのときであると思え。手柄を立てた者には存分に褒美を取らせる」

朝興が大きな声を出すと、周りにいた者たちが、うおおーっと腕を振り上げる。すでに彼らも氏綱が討ち死にしたと聞かされている。

この時代、総大将が討たれれば、その戦は、まず負けと決まっている。

逆に言えば、総大将さえ討ち取れば、どれほどの劣勢も挽回《ばんかい》することができるということだ。

ついさっきまでは、いつ敗走してもおかしくない状況だったが、今や形勢は逆転しつつあることを兵たちも敏感に感じ取っている。

戦というのは、兵の数が多いか少ないかだけで勝敗が決まるほど単純ではない。

もちろん、兵力に勝る方が勝つ場合が多いが、そうでないこともある。土壇場でのうっちゃりが決まることもあるのだ。

戦には機微がある。人間同士が戦っている以上、心理的な要素が占める比重が大きいのだ。

敵の総大将である氏綱が討ち死にしたと聞かされて、扇谷上杉軍の兵たちは意気高揚としている。

それを裏返せば、北条軍の兵たちが意気消沈しているということでもある。

現に、朝興の本陣まで迫っていた北条軍が徐々に後退を始めている。大道寺盛昌と松田顕秀のもとにも、氏綱の身に変事が起こったことはすでに知らされており、二人は、できるだけ早く白子原から引き揚げて、氏綱のもとに戻りたいと考えているのだ。

兵たちも明らかに浮き足立っている。

「御屋形さまが討ち死になさったそうだ」

「敵が待ち伏せしていたらしい」

口々に噂が伝えられる。こういう暗い噂というのは、伝えられているうちに、どんどん悲観的な要素が加わってしまうものだ。

このときも、そうだった。

ついには、

「後軍が敗れ、江戸城に向けて逃げているところらしい」

という、とんでもない話になっている。

冷静に考えれば、そんなことが起こるはずがないとわかりそうなものだが、戦場で恐怖心に駆られてしまうと、どんな信じがたい話でも信じるようになってしまう。

そういう戦の機微がわかっていれば、大道寺盛昌と松田顕秀は、すぐに退却するのではなく、正確な情報が伝わるまで白子原に居座って、嵩《かさ》に懸《か》かって攻めてくる扇谷上杉軍を迎え撃つべきであっただろう。

北条軍は七千、扇谷上杉軍は三千弱なのだ。

普通に戦えば、負けようがないのである。

が……。

二人は退却を決めた。

もちろん、敵を警戒しつつ、ゆっくり引き揚げるつもりだったが、後軍が敗北したというでたらめを信じた兵たちは、

「もたもたしていると、ここに置き去りにされてしまう」

「後軍を破った敵軍が戻ってくれば、わしらは挟み撃ちにされてしまうぞ」

扇谷上杉軍の総兵力は三千に足りないほどで、後軍を奇襲したのは、わずか三百に過ぎない。

しかし、正確な情報を知らないから、どこにも存在するはずのない敵の大軍が今にも白子原に現れるのではないか、と怯《おび》えた。

それまで、ひたすら守りに徹していた朝興の軍勢が、雄叫びを上げながら迫ってくるのを見て、

「敵の援軍が到着したのだ！」

と錯覚したのが運の尽きである。

こうなったら、どうにもならない。

北条軍の兵たちは算を乱し、われ先にと逃げ始める。

侍大将たちが、

「馬鹿者！　勝手に退いてはならぬ。留まるのだ。命令に従わぬか」

と声をからして叫んでも、そんな命令に従おうとする兵はいない。もたもたしていると敵の餌食《えじき》になると思い込んでいるのだ。

もはや北条軍は、軍としての体《てい》を成しておらず、ただの烏合《うごう》の衆と化した。

一方の扇谷上杉軍にとっては、これほど楽な戦はない。恐怖に駆られて逃げ惑う敵兵を背後から斬りつけ、矢を射るだけである。

もはや合戦とは言えない。狩りのようなものであった。扇谷上杉軍が北条兵を狩っているのだ。

この白子原の合戦で、北条軍は八百人が戦死したと言われる。死傷者ではなく、死者の数である。

鉄砲や大砲などの火力が武器の主流となる後の時代であれば話は別だが、弓矢と刀で戦っている時代に、八千の軍勢の一割もの兵が戦死するというのは、そう滅多にあることではない。しかも、相手は三千にも足りない兵力なのである。

北条氏の長い歴史においても、これほどみじめで情けない敗北を喫するのは、このときただ一度だけで、後々、北条の家中では「白子原」という言葉が禁句になったほどである。

それほどの痛手であった。

空前の大敗北と言うしかない。

十三

「若君」

宗真《そうしん》が伊豆千代丸《いずちよまる》に呼びかける。

「……」

伊豆千代丸は、ぼんやりしたまま、宗真の言葉にも気が付かないようだ。

「若君、先生が……」

横に坐っている平四郎《へいしろう》が伊豆千代丸の膝に手を当てる。

「え」

伊豆千代丸がハッとしたように顔を上げる。

「お気持ちはわかりますが、若君が普段と変わりなく学問に励むことが御屋形さまを元気づけることになるのではないでしょうか」

「は、はい……」

うなずいた伊豆千代丸の目から、いきなり涙が溢《あふ》れる。

宗真も、そして、共に学んでいる平四郎と勝千代《かつちよ》も大いに驚く。

「わたしは……わたしは父上のことが心配でならぬのです。もしや、父上はすでに身罷《みまか》られているのではないかと……」

「まさか、そのようなことはございません。あるはずがない」

宗真が首を振る。自信を持って打ち消したというのではなく、そう信じたいという思いが言葉に滲《にじ》んでいる。

白子原に向かう途中、冬之助の待ち伏せ攻撃を受け、氏綱は重傷を負った。かなりの重傷で、一時は生命すら危ぶまれたほどである。

実際、

「御屋形さまが亡くなられた」

という噂が流れ、家臣たちは動揺した。

「そんなことはない。御屋形さまは生きておられる」

と重臣たちが必死に打ち消したが、肝心の氏綱が皆の前に姿を見せないので、噂が消えることはなかった。

北条氏の動揺を衝くように、扇谷上杉軍が攻勢をかけてきた。氏綱の死を信じた武蔵の豪族たちが寝返ったこともあり、滅亡の危機に瀕していた扇谷上杉氏は息を吹き返したのである。

兵力では北条軍が上回っていたが、氏綱が動くことのできない状態では積極的に打って出ることもできず、どうしても守勢に回らざるを得なかった。

本来であれば、江戸城で治療して養生させるべきだったが、氏綱を船に乗せて小田原に運んだのは、江戸城を攻められ、万が一、江戸城を落とされるようなことになったら、北条氏が滅びるかもしれないからであった。絶対安静が必要な氏綱を小田原に運ぶのは危険だが、江戸城にいるのは、もっと危険だったのである。

頼りになる後継者がいればいいが、嫡男の伊豆千代丸はまだ十一歳の少年で、元服もしていない。氏綱の身に何かあったとき、伊豆千代丸では北条氏を支えることはできない。

それ故、どんなことがあっても氏綱の命を守らなければならないというのが重臣たちの一致した考えだった。

小田原に戻ってからも、氏綱は家臣たちの前に姿を見せなかった。家臣どころか、家族にも会っていない。氏綱の病室に入ることを許されているのは、医師、身の回りの世話をする小姓と女房、それに大道寺盛昌と松田顕秀の二人だけである。

当然ながら、家臣たちは、

「御屋形さまのお加減は、いかがでございますか？」

と、盛昌と顕秀に訊くことになるが、

「ううむ、何とも言えぬ。今しばらく養生していただかねば」

などと曖昧なことしか言わない。

氏綱に口止めされているのか、それとも、正直に口にできないほど氏綱の容態が悪いのか、その判断もつかず、家臣たちは気を揉むしかなかった。

嫡男の伊豆千代丸ですら見舞いを許されていないということが事の深刻さを雄弁に物語っている。

伊豆千代丸は何度となく、

「父上を見舞わせて下さいませ」

と、盛昌と顕秀に頼んだが、

「なりませぬ」

と二人は首を振るだけで、詳しい事情を何も教えてくれない。そのことが、かえって伊豆千代丸の不安をかき立てることになる。氏綱のことが心配でたまらず、学問にも身が入らないのだ。

「そうご心配なさいますな。御屋形さまは、日々、よくなっているに違いありませぬ」

勝千代が伊豆千代丸を励ますように言う。

「なぜ、そんなことがわかるのだ？」

「なぜなら……。わたしが、そう信じているからでございます」

「わしとて信じたい。信じたいが、武蔵から戻ってから、一度もお目にかかっていないのだ。本当のところ、どうなっているのか……」

伊豆千代丸の表情が曇る。

そこに、

「お邪魔いたします」

廊下から小太郎が声をかける。

「おお、青渓《せいけい》さま、どうなされた？」

宗真が顔を向ける。

「御屋形さまが若君に会いたいと申しておられます。大切な学問の最中ではありますが、中座させていただけませぬでしょうか」

小太郎が言うと、えっ、という声を発して伊豆千代丸が跳ねるように立ち上がる。

「父上が？」

「はい」

「先生、構いませんか？」

「ええ、もちろんですとも。早くお行きなさい」

宗真がうなずくと、伊豆千代丸が廊下に走り出る。

「さあ、青渓先生、早く」

伊豆千代丸が小走りに先になって進む。気が急いて仕方がないといった様子である。

「若君、最初に申し上げておきますが、御屋形さまはひどい様子をしておられます。どうか驚かないで下さいませ」

小太郎が沈んだ表情で言う。

「そんなにひどいのか……？」

伊豆千代丸が不安そうな目で小太郎を見る。

「はい、わたしも、ついさっきお目にかかったばかりですが、正直なところ、とても驚きました」

氏綱が小田原城に戻ってから、小太郎も目通りがかなわなかったので、氏綱の容態については何もわからなかった。十兵衛がいれば、何かしら情報を得られたかもしれないが、その十兵衛自身、白子原の合戦で深手を負い、今もまだ出仕していないという状態なのである。

氏綱を心配し、気を揉んでいたところ、今朝になって呼び出しがあった。病室に入って氏綱の姿を見て、小太郎は愕然とした。自分と同じような驚きを感じさせないために、伊豆千代丸の衝撃を少しでも和《やわ》らげるために、あらかじめ心の準備をさせようと思ったのである。

「御屋形さまは生死の境をさまよい、必死にがんばって、この世に戻って来られたのです。たとえ、どのようなひどい姿であろうと、今は生きておられる……それが何よりも大切なことだと存じます」

「わかった。もう何も言うな。わしが驚いたり泣いたりすれば、父上が悲しむ。そう言いたいのであろう？」

「はい」

「心配ない。わしとて北条家の嫡男だ。女々しい姿を見せはせぬ」

伊豆千代丸は胸を張ったが、小太郎にはそれが虚勢に過ぎないとわかっていた。それでもよかった。何の心構えもしないで氏綱に会うよりは、ましだと考えたからだ。

病室の前には小姓たちが控えている。

伊豆千代丸は大きく息を吸うと、

「父上、伊豆千代丸でございまする」

と声をかける。

小姓たちが襖《ふすま》を引く。

（あ）

思わず足が止まり、瞬《またた》きも忘れてしまう。

病床に横たわっている氏綱は、全身を晒《さら》しで巻かれている。顔にも巻かれ、わずかに鼻と口、目が出ているだけだ。晒しは頻繁に取り替えられているはずなのに、それでもかなり血と膿《うみ》が滲んでいる。

傍らに医師が坐り、氏綱の脈を取っている。

「……」

氏綱が伊豆千代丸に顔を向け、左手をわずかに持ち上げる。横に坐れ、と言いたいらしいが声を出すことができないのだ。

「若君、そこに」

小太郎が伊豆千代丸の肩に手を置いて、坐るように促す。

「うむ」

伊豆千代丸が氏綱の傍らにちょこんと坐る。覚悟してきたつもりだったが、それでも、氏綱のひどい有様を目の当《ま》たりにして平静ではいられないらしく、今にも泣き出しそうに顔が歪《ゆが》んでいる。

「泣くな」

氏綱がかすれるような声で言う。

「は、はい」

「泣いてはならぬぞ」

「はい」

「強くなれ。わしも……」

氏綱が咳《せ》き込む。

「わしも……」

「何でございますか？」

伊豆千代丸が氏綱の口許に耳を近付ける。

やがて、顔を離すと、承知しました、と小さな声で言い、一礼して腰を上げる。

氏綱は満足げにうなずくと、目を瞑る。疲れてしまったらしい。

病室を出て、廊下を歩き始める。

渡り廊下で足を止め、小太郎を振り返ると、

「父上は、こうおっしゃった。強くなれ。わしも強くなる。強くなって、必ず生きる、とな」

「そうでしたか」

「わしは強くなるぞ、小太郎。わしが強い男になれば、父上も安心して養生できるだろう。父上に何かあったときは……」

伊豆千代丸の目に涙が溢れる。

「そのときは、わしが北条の家を守っていかなければならぬ」

「立派なお心懸けでございます。どうか、わたしにも手伝わせて下さいませ」

小太郎の目にも涙が滲んでいる。

小太郎は伊豆千代丸の祖父・宗瑞に見出され、伊豆千代丸の軍配者となるべく教育されてきた。それは小太郎が選んだ道ではない。他に選ぶべき道などなかったのだ。

だが、このとき初めて、小太郎は自らの意思で、

（生涯をかけて、おれは若君に尽くそう。若君のために生きるのだ）
と己の運命を決めた。

十四

白子原における敗戦によって、それまで膨張を続けていた北条氏の勢力拡大に歯止めがかかった。大量の戦死者を出したこともそうだが、何より、氏綱が重傷を負ってしまい、長きにわたって前線から身を引かざるを得なくなったことが大きかった。

氏綱は小田原城で療養に努めた。いくらか具合がよくなると箱根《はこね》に湯治に出かけた。軍勢を率いて出陣するなどということは不可能で、実際、氏綱が再び戦場に姿を見せるのは白子原の一年後のことになる。

その間、扇谷上杉氏は着々と勢力回復に努め、北条方の城や砦を攻めた。

勝ち馬に乗らねば損だ、という思惑から、上総《かずさ》の真里谷武田《まりやつたけだ》氏が武蔵に、甲斐《かい》の武田信虎が相模に攻め込んできたりした。朝興を支援するという大義名分を振りかざしての出兵だが、実際には、北条氏が弱っている隙に少しでも領地をかすめ取ってやろうという思惑である。何とか撃退したものの、北条氏は守勢一方という有様だった。

大永《だいえい》六年（一五二六）六月には朝興に蕨城を落とされた。

江戸城を奪い返して武蔵南部の支配権を取り戻そうとするだけでなく、一気に相模に攻め込もうという意図を朝興が示したのが、九月の小沢《おざわ》城攻略である。

北条氏は鎌倉《かまくら》の北に玉縄《たまなわ》城を置き、鎌倉を守ると同時に、武蔵方面からの敵の侵攻を食い止める役割を担わせている。

小沢城は現在の川崎《かわさき》市にあり、玉縄城の北に位置している。江戸城を攻めるのを後回しにして小沢城を落としたのは、朝興が玉縄城攻めを考えている証であった。

玉縄城を落とすことができれば、鎌倉が手に入る。朝興は関東の盟主という立場を手に入れることができるのだ。その政治的な意味は大きい。

軍事的には、玉縄城を落とせば、そこから小田原まで、北条方の強固な城は存在しないから、相模の東半分を奪うことができる。

しかも、東相模を奪えば、江戸城は孤立する。

小田原との連絡を絶たれ、何の支援も期待できないとなれば、江戸城は立ち枯れるしかない。遠巻きに包囲すれば、いずれ降伏することになる。江戸城が落ちれば、南武蔵が手に入る。

白子原における敗戦によって、氏綱が払わなければならない代償は、あまりにも大きすぎると言えるであろう。宗瑞の代から何十年もかけて築き上げてきたものを、すべて失うかもしれないという瀬戸際に追い込まれてしまったのだ。

当然ながら、氏綱も手をこまねいていたわけではない。玉縄城を支援するため、大道寺盛昌、伊奈十兵衛らに大軍を預けて出発させた。

白子原の戦いが起こるまで、扇谷上杉氏は孤立無援の状態だった。独力で北条氏と対決しなければならなかったのである。

だが、白子原における勝利で風向きが変わった。

真里谷武田氏や甲斐の武田氏だけでなく、山内上杉氏や安房《あわ》の里見《さとみ》氏らも秋波を送ってきた。勢力拡大を続ける北条氏を苦々しく思いながらも、その強大な力に立ち向かう覚悟がなかった者たちが、北条氏の敗北を知り、ここぞとばかりに群がり出てきたわけである。

山内上杉氏の家督は、去年の三月、憲房が亡くなった後に、古河公方《こがくぼう》・高基《たかもと》の四男である憲寛が継いだ。憲房の実子・五郎丸《ごろうまる》がまだ三歳の幼児だったため、養子の憲寛が後継者になったのである。ごく当たり前の流れではあったものの、それでも五郎丸を当主に推《お》す者たちとの間で内紛があり、それを鎮めるのに時間がかかった。朝興の度重なる支援要請に応えることができなかったのは、そういう事情があったからだ。

それから一年半が過ぎ、ようやく憲寛の立場も固まって、外に目を向ける余裕が出てきた。当主の座に納まったものの、憲寛には何の実績もない。何か目立つ働きをして、皆を驚かせてやりたいという気持ちもある。

そんなところに、

「共に北条を攻めましょうぞ」

と、朝興から誘いが来た。

白子原の勝利以来、朝興が快進撃を続けていることは憲寛も承知していたし、北条の動きが鈍いこともわかっている。

(悪くない話だ)

ふたつ返事で引き受けた。

九月、両上杉軍は小沢城を攻めた。氏綱が玉縄城に兵力を集中し、小沢城が手薄だったこともあり、わずか数日で小沢城は落ちた。

（何と呆気ない。戦とは、これほど簡単なものか）

経験がないだけに、憲寛は単純に喜んだ。

この勝利に気をよくし、

「玉縄城も攻めましょう」

と、朝興に誘われると、

「それは大いに結構ですな」

機嫌よくうなずいた。

こうして十一月になると、玉縄城攻防戦が展開された。両上杉軍も満を持して攻撃を始めたし、迎え撃つ北条軍も入念に支度を調えている。一進一退の攻防が繰り広げられた。

この頃になると、朝興の政略に凄味が出てきている。

もちろん、曽我兵庫頭や冬之助の助言があってこそだが、白子原以来の勝利が政治家としても武将としても朝興の器を一回り大きくしたのは確かであった。

玉縄城を落とすのが容易でないことは朝興も承知しており、だからこそ、両上杉の大軍がここで足止めされるのは面白くないと考えた。

「北条を慌てさせてやりましょうぞ」

「何をするのですか？」

「ふむ……」

朝興は若い憲寛を教え諭《さと》すように、北条が必死に玉縄城を守ろうとするのは、この城を失えば、鎌倉を失うことになり、それは東相模を失うことに繋がるからだ、と説明する。

「それは、わかります」

憲寛がうなずく。

「北条軍は玉縄城に立て籠もっている。城から出て野戦になれば勝ち目がないとわかっているからです。それすなわち、鎌倉の守りが手薄になっているということではありませんか」

「では、囲みを解いて鎌倉を攻めるのですか？」

「いやいや、それはよろしくない。背後を衝かれて不覚を取らぬとも限りませぬからのう。こちらが有利なのに、わざわざ何も危ない橋を渡ることはないでしょう」

「では……？」

「手は打ってあるのです」

朝興がにやりと笑う。

そう、この時期の朝興は深謀鬼謀《しんぼうきぼう》が心の奥底から無限に湧き出るが如くであったと言っていい。

朝興の放った一手は、安房の里見氏を使嗾《しそう》することであった。

宗瑞が三浦氏を滅ぼして三浦半島を支配下に収めたのは、かれこれ十年ほど前のことになる。その後、宗瑞は兵を率いて何度か渡海し、茂原《もばら》近辺にまで侵攻した。これは房総《ぼうそう》半島に割拠《かっきょ》する豪族たちに深刻な衝撃を与えた。

その当時、房総半島には突出した大名は存在せず、千葉《ちば》氏、真里谷武田氏、里見氏などが小競り合いを繰り返していた。いずれも両上杉氏とは比べようもないほど規模の小さな大名に過ぎない。その両上杉氏ですら北条氏に圧迫され、扇谷上杉氏など滅亡の瀬戸際まで追い込まれたのだ。

それほど強大な北条氏が房総半島に進出してくれれば、自分たちなどひとたまりもなく平らげられてしまうに違いない……そんな怖れを房総の豪族たちは抱いていた。長い歴史のある土着の大名たちからすれば、新興勢力である北条氏が何を考えて膨張政策を取り続けているのかわからないという不安を感じるのである。

その点、自分たちと同じ旧勢力である扇谷上杉氏ならば、たとえ勢力拡大したとしても、どう対応すればいいか、付き合いが長いだけによくわかっている。

だからこそ、北条の力が弱まったと知るや否や、彼らは扇谷上杉氏への合力を表明したのである。

玉縄城を攻める前に、朝興は里見氏に使者を送り、北条軍を玉縄城に足止めしている間に鎌倉を攻めよ、と指図した。

氏綱が知れば、卒倒しかねないほどの恐るべき策と言っていい。

たとえ鎌倉を落としたとしても、朝興にとって戦術的・軍事的な意味合いはほとんどない。

元々が無防備な都市であり、四方に開けているため、攻めやすく守りにくい都市の典型であり、大軍が攻めればひとたまりもないのである。

氏綱にとって、東相模防衛の要は、あくまでも玉縄城であり、鎌倉ではない。

しかし、政治的な意味合いは言葉で表しようがないほど大きい。

初代の征夷大将軍・源頼朝《みなもとのよりとも》以来、鎌倉には幕府が置かれてきた。関東武士にとっては鎌倉こそが政治の中心なのだ。古来、鎌倉を支配する者が関東武士の主であるという漠然とした思いがある。

三浦氏を追って鎌倉を手に入れた宗瑞が子供のようにはしゃいで大喜びしたのは、そういう関東武士の心の機微を知っていたからである。

軍事的に考えれば、里見軍を三浦半島の南端・三崎《みさき》あたりに上陸させ、北条の守備軍を打ち払いながら北上させる方が堅実で、地に足のついたやり方であろう。

しかし、朝興は鎌倉を攻め落とすことによって得られる宣伝効果を重視した。

それでなくても白子原の敗戦以来、北条氏の実力を疑う声が関東に広まっている。

ここで鎌倉まで失うことになれば、

「北条など、所詮、成り上がりに過ぎぬ。大した力もない」

と見切りを付ける豪族が続出するであろうし、それは、

「やはり、関東の盟主は上杉であろうよ」

という見方に繋がる。

里見軍を稲村《いなむら》ヶ崎《さき》あたりに上陸させ、一気に鎌倉を攻めさせる、という策を聞かされたとき、

(そんなことをして何になるのか?)

と、冬之助は首を傾げた。

このあたり、やはり、軍配者というのは政治家ではない。戦略ではなく、戦術中心の思考をするから、里見軍を稲村ヶ崎に上陸させるのであれば、鎌倉など素通りさせ、玉縄城の包囲に加わらせるべきだと考えた。

「鎌倉を奪うというのは、城をひとつやふたつ落とすのとはわけが違うのだ」

なぜ、鎌倉を落とすのか、そのことにどんな意味があるのか、という説明を聞かされて、

「おおっ」

と、冬之助は嘆声し、思わず膝を叩いた。

「よきお考えにございまするなあ」

「氏綱の面《つら》に泥を塗ってやるのだ」

ふふふっ、と朝興は腹を揺すって愉快そうに笑う。


数百艘《そう》の船に分乗した里見軍が稲村ヶ崎に上陸し、鎌倉を攻めたのは十一月十二日である。

里見軍が安房館山《たてやま》から出航したという知らせは氏綱のもとに届いていたから、氏綱は中相模の豪族たちを中心とする軍勢を鎌倉防衛のために差し向けていた。一千ほどだが、里見軍も七百くらいのものだから兵力に不足はない。

鎌倉の北では玉縄城の攻防戦が続いており、北条軍も両上杉軍も鎌倉方面に兵を出す余裕はない。

里見軍は意気盛んだったが、北条軍には数で劣っている。思うように鎌倉に攻め込むことができず、郊外で一進一退の攻防が続いた。

これに苛立ったのが里見軍を率いる里見義豊《よしとよ》で、まだ二十歳にもならぬ若者であった。このまま退却したのでは、何のために遠征してきたのかわからないし、己の立場が危うくなるかもしれぬという不安も感じた。

義豊は里見家の正当な後継者だが、だからといって立場が盤石《ばんじゃく》というわけではなく、常に叔父の実堯《さねたか》に立場を脅かされている。

「攻め落とすことができぬのであれば焼いてしまえばいい」

義豊は北条軍の目をかすめて数十の兵を鎌倉に侵入させ、火をつけて回るように命じた。

数が少なかったこともあり、鎌倉という町そのものは無事だったが、ひとつ、重要なものが燃えた。

鶴岡八幡宮《つるがおかはちまんぐう》である。

長い歴史を持ち、関東武士の心の拠《よ》り所《どころ》とも言われる神社が兵火で焼け落ちたのである。

この衝撃があまりにも大きかったので、この日の戦いは鶴岡八幡宮の戦いとも大永鎌倉合戦とも呼ばれる。

戦いそのものは北条軍の勝ちで、撃退された里見軍は這々《ほうほう》の体《てい》で船で逃げ去った。

しかし、氏綱は大きなものを失った。鶴岡八幡宮を焼かせてしまったことは、大袈裟に言えば、関東武士の魂を蹂躙《じゅうりん》させたのと同じことであった。どのような罵詈雑言《ばりぞうごん》を浴びせられても、氏綱は甘んじて受けるしかなかった。

玉縄城は両上杉軍の猛攻を何とかしのぎきったが、氏綱は少しも喜ぶ様子がなかった。

この後、氏綱は鶴岡八幡宮を失ったことに苦しめられ続け、鶴岡八幡宮を再建することが氏綱の悲願となる。十年以上の長い時間をかけて、この大事業に取り組むこととなり、それがようやく終わったとき、氏綱の生涯も幕を閉じることになる。

十五

「若君」

廊下から勝千代と平四郎が声をかける。

「入れ」

部屋の中から伊豆千代丸の声がする。

二人が部屋に入ると、伊豆千代丸が畳の上で仰向けにひっくり返っている。

「そんなにお加減が悪いのですか？」

勝千代が訊く。

今日の宗真の講義を伊豆千代丸は休んだ。体調が優れない、という理由であった。

その後の剣術稽古も休んだ。

心配になった二人は、稽古が終わってから見舞いにやって来たのである。

「駄目なのだ……。何もやる気がしない」

伊豆千代丸が溜息をつく。

「わかります。無理もありませぬ」

平四郎の目にみるみる涙が溢れる。

ひと月ほど前、伊豆千代丸の母が長患いの末に亡くなった。

病がうつってはならぬという理由で、氏綱は伊豆千代丸が病室に立ち入ることを禁じた。それ故、母を直《じか》に見舞うことはできず、襖越しに話をすることしかできなかった。それでも伊豆千代丸は何かあると、すぐに母に知らせに行った。

なかなか母に会うことができない淋しさに耐えられないとき、

(母上は病と闘っておられる。わしなどより、ずっと辛いに違いないのだ)

と自分に言い聞かせ、誰にも悲しみを見せないように心懸けた。どうにも我慢できないときには、布団に潜《もぐ》り込《こ》み、声を押し殺して泣いた。

そんな辛さに耐えることができたのも、いつか母の病が回復し、いつでも好きなときに会えるようになるのだ、と期待していたからである。

が……。

その期待はかなわなかった。

しかも、死に目にすら会えなかった。

それは氏綱が禁じたのではなく、母の遺言だった。骸骨《がいこつ》のように痩《や》せ衰えたみじめな姿を伊豆千代丸に見てほしくない、まだ元気だった頃の姿だけを覚えておいてほしい……お福が涙ながらに伊豆千代丸に伝えた。

お福は、伊豆千代丸が納得せず、母上に会いたいと泣き喚《わめ》いて暴れるかもしれないと危惧した。

しかし、そんなことはなかった。

伊豆千代丸は母の願いを聞かされると、

「そうか。わかった。母上がそうせよとおっしゃるのなら、わたしは従う。最後の親孝行だからな」

と素直にうなずいた。

(若君も立派になられた)

と、お福は感心したが、実際には、そうではなかった。

伊豆千代丸は、一人でこっそり城を抜け出すと、郊外の森をうろつき回り、疲れ果てて地面に坐り込むと、声を放って泣いた。人の体から、いったい、どれほど多くの涙が溢れ出るのか、と自分で驚くほど泣き続けた。ついに涙が涸《か》れ果てると、泉で顔を洗い、城に戻った。

それ以来、何もする気がなくなった。学問していても、剣術稽古をしていても、どこか上の空というところがあり、ふと気が付くと溜息をついている。

そんな伊豆千代丸を、勝千代も平四郎も、宗真も小太郎も、周囲にいる者たちは誰もが心配した。安易な慰めの言葉をかけることをためらうほど、伊豆千代丸の悲しみは深く、その悲しみが癒《い》えるには時間がかかることがわかるだけに、そっと見守ることしかできなかった。

そんな状態が一年ほど続いた。

母は亡くなる前に剃髪《ていはつ》して出家し、養珠院《ようじゅいん》さまと呼ばれた。

養珠院の一周忌法要が済んだ後、氏綱は伊豆千代丸を呼んだ。

「実は、京より後添いをもらうことになった」

「そうですか。それは、ようございました」

養珠院の後添いということは側室ではなく、正室を迎えるという意味である。

氏綱がわざわざ伊豆千代丸を呼んで話したのは、この一年、伊豆千代丸がどれほど母の死に衝撃を受けていたか、よくわかっていたからである。

元々、精神的にも肉体的にも強い子ではない。

家臣たちが、

「若君が後を継いでも、当家は安泰であろうか」

と心配するほど、ひ弱だったのである。

氏綱にも、それがわかっているから、これ以上の衝撃を与えたくないという気持ちで話した。

だが、案外、平静を保っているので、かえって氏綱の方が驚いた。

伊豆千代丸が平静だったのは、

（いずれ、そういうことになるだろう）

と予想していたからだし、伊豆千代丸だけでなく、家臣たちも、そう噂していた。

京から正室を迎えるとなれば、当然、政略結婚である。お互いに相手の顔も知らずに結婚するのだ。個人の好き嫌いで結婚するわけではなく、家と家の結びつきを深めるための結婚なのである。

そうしなければならない事情が理解できるくらいには、伊豆千代丸も大人になっている。

つまり、それほど北条家が追い込まれている、ということなのだ。白子原で敗れ、里見勢に鶴岡八幡宮を焼かれてからというもの、北条から離反する豪族が相次いでいる。軍事的にも両上杉氏の攻勢を受け、守勢一方である。

政治的にも軍事的にも揺らいでいる立場を強固なものにするために、氏綱は室町幕府の権威と政治力に頼ろうとしている。

氏綱が正室に迎えるのは前関白・近衛尚通《このえひさみち》の娘である。

尚通は関白を二度務め、太政大臣《だいじょうだいじん》に昇ったほどの大物だ。氏綱と結婚するのは正室の子ではないが、尚通の嫡男で、第十五代の近衛家の当主である稙家《たねいえ》の異母姉にあたる。

稙家は二十六歳だから、その姉となれば、すでに三十近い大年増である。この時代の感覚からすれば、すでに中年で、子供を産むことは期待されていない。そういう観点からしても露骨な政略結婚と言える。近衛家当主の姉というだけでも重みがあるが、すぐ下の妹は第十二代将軍・足利義晴《よしはる》の妻である。この妹とは母親が同じだから仲もいい。

つまり、この結婚によって、北条家は近衛家だけでなく、将軍家とも縁続きになることができる。

この結婚を成立させるために、氏綱は莫大な費用を注ぎ込んだ。要所要所に賄賂《わいろ》をばらまき、様々な裏工作をして、ようやく尚通の承諾を得た。

そういう政治的な根回しをしてまで、この結婚にこだわったのは、幕府の権威にすがらなければならないほど、この時期の北条氏が追い詰められていたということである。

その北条家を率いる氏綱の苦労がわかるから、伊豆千代丸も、わがままなど口にせず、素直に祝意を述べたのだ。

ここ数年、氏綱の苦労する姿を間近で見ることで、

（大名家を率いるというのは、こんなにも大変なのだな）

と、伊豆千代丸はしみじみと思い知らされている。

いずれ自分が氏綱の後を継いで、北条家を率いることになる。その日のために氏綱から少しでも多くのことを学ばなければならぬ、と己に言い聞かせている。

この結婚の効果は、すぐに現れた。

氏綱は従五位下《じゅごいのげ》に叙せられ、左京大夫《さきょうのだいぶ》に任じられたのである。

これには、三つの大きな意味がある。

ひとつには、北条氏が成り上がりなどではなく、幕府から正式に認められた大名であるというお墨付きを得たことである。

ふたつには、北条氏の家格が今川《いまがわ》氏、武田氏、両上杉氏と同等になったことである。

そして、三つ目は、左京大夫という官職の意味である。実は、この左京大夫は、鎌倉幕府の執権を務めた北条氏の主が代々任じられた官職なのだ。

伊勢から北条に改姓したとき、古くから関東に土着する豪族たちは、

「由緒ある家名を簒奪《さんだつ》するか」

と憤慨し、特に激怒したのが両上杉氏である。

両上杉氏は、この改姓を認めず、公文書では常に「伊勢」という名称を使い続けた。

亡くなった氏綱の妻、伊豆千代丸の母は執権を務めた北条氏の末裔《まつえい》である横江《よこえ》氏の出身だから、少なくとも伊豆千代丸には北条を名乗る資格があるのだが、そんな理屈を両上杉氏は決して認めようとしなかった。

しかし、氏綱が左京大夫に任じられると、さすがに両上杉氏も沈黙せざるを得なくなった。

幕府が、

「北条を名乗ってもよい。鎌倉以来の北条氏を継承しても構わぬ」

という許しを与えたようなものだからである。

そういう思惑がなければ、わざわざ左京大夫に任じるはずがなかった。官職など他にいくらでもあるのだ。このあたりに近衛家や将軍家と縁続きになった効果がはっきり現れている。

両上杉氏が沈黙したのは、氏綱を罵倒すれば、それは氏綱を北条氏の正当な後継者であり、幕府支配下の大名として認めた幕府を批判することになるからであった。

この時期、幕府は政治的にも軍事的にも、ほとんど力を持っていない。ただ権威だけがある。その権威は、特に伝統のある名家に対して効き目がある。両上杉氏も、元々は幕府のおかげで関東に根を張ることができた家である。幕府の権威を否定するのは自分たちの立ち位置を否定するようなものだから、たとえ不愉快であっても幕府の権威を重んじる必要がある。

白子原の敗戦以来、北条氏は劣勢が続いていたが、婚姻政策がうまくいったことで、政治的には、ようやく両上杉氏に一矢報いることができた。

だが依然として軍事的には劣勢である。

氏綱は虎視眈々《こしたんたん》と反撃の機会を窺っている。

十六

享禄《きょうろく》二年（一五二九）五月二十六日、駿河《するが》で隠居生活を送っていた保子《やすこ》が亡くなった。享年七十七。

この時代としては、かなりの高齢である。

保子は宗瑞の三つ上の姉で、氏綱にとっては伯母にあたる。

保子の子、今川氏親《いまがわうじちか》は三年前に五十六歳で亡くなっており、氏親の嫡男・氏輝《うじてる》が後を継いでいる。

宗瑞は風雲児と呼ばれ、一代で大名にのし上がった英傑だが、姉の保子の生涯も波瀾万丈だった。

宗瑞と保子が育ったのは備中《びっちゅう》荏原郷《えばらごう》である。

駿河や伊豆、相模とは遠く離れた西国だ。

年頃になって、保子は駿河の国主・今川義忠《よしただ》の妻となり、宗瑞は京に上って幕府に仕えた。

もし保子という姉がおらず、保子が今川家に嫁ぐことがなかったならば、恐らく宗瑞は幕府の役人として生涯を終えたであろう。

龍王丸《たつおうまる》と名乗っていた氏親が六歳のとき、義忠が戦死した。氏親が幼かったため、家臣たちの多くが義忠の従弟・小鹿範満《おしかのりみつ》を当主に推した。たとえ幼かろうと嫡男が相続するべきだと主張する家臣たちもおり、今川家で家督を巡る争いが起こった。

両者の争いは合戦にまで発展した。

この争いに堀越《ほりごえ》公方や扇谷上杉氏が介入した。

扇谷上杉氏の家宰・太田道灌《おおたどうかん》は兵を率いて駿河に入り、駿府《すんぷ》郊外に布陣した。

代々、今川家は幕府に忠実な家である。その今川氏を自分たちの味方にできれば、扇谷上杉氏の影響力は駿河にまで及ぶ。道灌は、次の主になる者に恩を売ろうとした。

小鹿範満を支持する者たちは氏親の命を狙ったので、保子は氏親を連れて駿府を脱出し、小川郷《おがわ》に逃れた。絶体絶命だったと言っていい。

このとき、宗瑞が駿河に乗り込み、道灌と直談判して、この内紛を決着させた。氏親が元服するまで小鹿範満を後見役として、事実上の国主にするという調停案を道灌に飲ませたのである。

宗瑞は、わずか二十一歳だった。

道灌の軍事力を怖れ、今川の家臣たちも、この調停案を受け入れた。

数年は平穏なときが過ぎた。

しかし、氏親が成長しても、小鹿範満は氏親に支配権を譲ろうとせず、それどころか、またもや氏親を亡き者にしようと企んだ。

調停から十一年後、宗瑞は密かに駿河に下向し、少数の兵を率いて今川館を急襲し、小鹿範満を滅ぼした。そのおかげで氏親は今川の家督を継ぐことができた。

氏親の立場が不安定だったので、宗瑞はそのまま駿河に留まり、伊豆や相模との国境に近い興国寺《こうこくじ》城を預かることになった。

その四年後、宗瑞は、いわゆる「伊豆討ち入り」を成功させ、堀越公方・足利茶々丸《あしかがちゃちゃまる》を追い払って、伊豆の支配権を握った。そこから相模、武蔵へと勢力を伸ばしていくことになる。

こうして見ると、宗瑞、保子、氏親という三人には切っても切れぬ強い絆が存在することがわかる。宗瑞がいなければ、保子と氏親は殺されていただろうし、保子がいなければ、宗瑞が駿河の内紛にかかわることもなかったであろうし、氏親がいなければ、宗瑞が城持ちになることもなかったであろうし、それすなわち、今の北条氏が存在しないということである。この三人の運命は密接に絡まり合っており、姉と弟、母と子、叔父と甥は強い信頼と愛情で結びついていた。

宗瑞が生きている頃、伊勢氏と今川氏は兄弟国のように助け合った。対等ではなく、常に宗瑞が一歩下がって、へりくだる関係だった。

宗瑞は氏親を「御屋形さま」と呼び、氏親は宗瑞を「叔父御《おじご》」と呼んで尊敬し合っていた。だから、この両国には何の問題も発生しなかった。

宗瑞が亡くなっても、この関係を維持できたのは、宗瑞が氏綱に、

「御屋形さまを敬え」

と言い残したからである。

そもそも氏綱の「氏」という字は氏親から偏諱《へんき》を賜《たまわ》ったものである。氏綱も宗瑞に倣《なら》って氏親に対しては常にへりくだった態度を取って、「御屋形さま」と呼んだ。

しかし、氏親が亡くなると、両国の関係が微妙に変わってきた。

氏親の後を継いだ氏輝を、もはや氏綱は「御屋形さま」とは呼ばなかった。氏輝を侮ったわけではなく、伊豆と相模を支配下に置き、武蔵にまで進出する大国になった今、もはや今川家とは対等であるという意識が氏綱にも家臣たちにも芽生えていたからである。

それでも氏綱と氏輝の関係は良好だったし、ふたつの国の間には目立った懸案はない。依然として

友好国同士には違いないが、兄弟国とまでは言えない。ごく普通の国と国の関係になったのである。それを決定づけたのが保子の死である。長く続いたふたつの国の友好関係が終わりに向かっていく象徴的な出来事だった。

実際、この数年後には両国の関係が極度に悪化し、ついには氏綱が駿河に侵攻するという事態にまで発展する。

十七

四年前の白子原の敗戦以来、北条氏は劣勢が続き、扇谷上杉氏と、それを支援する諸大名の圧力に耐えつつ、じっと力を蓄えてきたが、ようやく反攻に転じた。

氏綱は風向きが変わり、向かい風が追い風になってきたことを敏感に察知したのである。

ひとつには、扇谷上杉氏の強力な後ろ盾である山内上杉氏で内紛が起こったことである。

白子原の合戦の数ヶ月前に山内憲房が本拠の上野平井《ひらい》城で病死した。その後を継いだのは、古河公方・足利高基の四男で、憲房の養子となっていた憲寛である。憲房には実子・五郎丸がいたが、まだ三歳の幼児だったので、いずれ五郎丸が成長すれば、五郎丸に家督を譲るという約束で憲寛が当主の座についたのである。

しかし、憲寛には独善的な振る舞いが多く、信賞必罰《しんしょうひつばつ》も公平でなく、好みの家臣を贔屓《ひいき》するようなことばかりしたので家中には不穏な空気が渦巻いた。

更に古河公方家から連れてきた者ばかりを重んじ、古くから山内上杉氏に仕えてきた家臣たちを冷遇したので、ついに家臣たちの怒りが爆発し、憲寛を排除して、五郎丸を当主にしようとした。

この争いは深刻で、両者はしばしば合戦まで起こした。軍事的には五郎丸を推す側が優勢で、このため憲寛は父の高基に支援を要請した。

これが今度は古河公方家の内紛に火をつけた。

高基の嫡男を晴氏《はるうじ》といい、元々、二人は不仲だった。何か大きな原因があって不仲になったのではなく、性格的に反りが合わなかったらしい。

高基は凡庸な男である。お坊ちゃん育ちで、性格は温和、争いごとを好まない。政治や軍事に興味がなく、面倒な政《まつりごと》などは側近に丸投げして、お気に入りの女たちをそば近くに侍《はべ》らせて詩歌管弦《しいかかんげん》の遊びにばかり耽《ふけ》っている。

二十二歳の晴氏はまったく正反対の性格だ。英雄肌の男で、政治に容喙《ようかい》して高基のやり方を批判し、時には自ら兵を率いて出陣することもある。権謀術数《けんぼうじゅっすう》を好み、己の勢力拡大に熱心で、かつての面影もなく衰えている古河公方家の現状に憤怒し、何とか再興して関東に号令したいと意気込んでいる。

そんな晴氏の目から見ると、高基のやり方が歯がゆくて仕方がない。

深酒と荒淫《こういん》が祟《たた》ったのか、高基は四十を過ぎてから体調を崩して寝込むことが多くなっている。そんな高基を見て、

「父上、あとのことはわたしに任せて隠居なさいませ。隠居して気楽に遊び暮らせばよいのです」

と、折に触れて、自分に家督を譲ってほしい、と懇願した。

そうは言っても、高基はまだ四十五歳で隠居を考える年齢ではない。政治や軍事に関心はないが、古河公方という地位にあるからこそ好き勝手に遊び暮らすことができることもわかっている。わずか

な隠居料をもらうのでは、そう気儘《きまま》な暮らしもできないのである。

執拗に隠居を迫る晴氏に高基は腹を立て、ついには晴氏の廃嫡を考えるようになった。息子は他にもいるのである。自分の言いなりになるおとなしい息子を後継ぎにする方が、後々、自分にとってもいいのではないか、と思案した。

この動きを晴氏が知ったことで、両者の対立は決定的になった。

そんなときに憲寛が高基に支援要請してきた。

高基としては、当然、憲寛を支えようとする。

晴氏は反対した。政治的な判断ではなく、自分の得にならないと考えたからだ。

つまり、強大な力を持つ山内上杉氏の当主と高基の絆が深まり、互いに助け合うことになれば、高基の力が強くなりすぎてしまい、もはや晴氏が高基に逆らうことなどできなくなってしまうということである。高基から古河公方の座を奪い取るには、憲寛ではなく、五郎丸が山内上杉氏の主になってくれる方が得だと考えた。それは結果的に高基の力を削《そ》ぐことになるからである。憲寛は弟だが、弟のことよりわが身がかわいいのだ。

晴氏は五郎丸を支持する姿勢を明らかにした。

激怒した高基が晴氏を討伐しようと図ったことから、古河公方家も高基派と晴氏派に分裂し、両者の対立は合戦沙汰にまで発展した。

山内上杉氏と古河公方家における家督を巡る争いは関東全域に波及した。これを「関東享禄の内乱」と呼ぶ。それほど大がかりな争いだったのである。

どちらの家も扇谷朝興にとっては大切な同盟者である。その両家で深刻な内紛が起こったため、どちらも朝興に力を貸す余裕がなくなった。せっかく北条氏を追い詰める包囲網を築いたのに、その包囲網に綻《ほころ》びが生じてしまったのである。

漁夫の利を得たのは氏綱だ。

甲斐の武田氏は信濃《しなの》や駿河に盛んに兵を出しており、今は関東に目を向ける余裕がない。房総の真里谷武田氏や里見氏も、それぞれ身近に敵を抱えており、そう気軽に関東に兵を出せる状態ではない。

そこに山内上杉氏と古河公方家で内紛が起こったのだから、氏綱とすれば、今は扇谷上杉氏だけを相手にすればいいということになる。白子原の敗戦以来、これほど有利な状況はなかった。

氏綱は直ちに兵を動かし、三年前に朝興に奪われた小沢城を攻めた。

元々、北条氏の城だったので、その弱点はよくわかっている。周囲が平坦で、山を背にしているわけでもなく、川沿いにあるわけでもないので、攻めやすく守りにくい城なのだ。

氏綱は小田原を出た翌日には、小沢城を一万の大軍で包囲した。朝興の救援が間に合わないように迅速に動いたのである。城兵に戦意がなく、降伏の使者を送ってきた。わずか二日で小沢城は落ちた。

朝興と直に戦ったわけではなかったが、ようやく白子原の雪辱を果たしたことになる。

これに気をよくした氏綱は、小田原に帰還すると伊豆千代丸の元服の儀を行うことにした。

伊豆千代丸も十五歳で、とうに元服してもおかしくなかったのだが、敵の重圧を受けて苦しんでいるようなときに、一生に一度のめでたい儀式をするのは避けたいというのが氏綱の意向で、

（せっかくならば、皆の気持ちが盛り上がったときにやりたい）

と考えていた。

小沢城を奪い返すという明るい材料が出たことで、氏綱も伊豆千代丸の元服の儀を行う気になった

のである。

十二月、伊豆千代丸は元服し、北条氏康《うじやす》となる。

通称は新九郎《しんくろう》。

新九郎という名前は、元々は宗瑞が名乗っていたが、宗瑞から氏綱へ、氏綱から氏康へと、北条氏の嫡男の通称として引き継がれることになる。

氏綱は、以後、新九郎ではなく、左京大夫殿と呼ばれることになる。

十八

「若君……いや、若殿でございました。申し訳ございませぬ」

小太郎が畏まって頭を下げる。

「構わぬ。好きに呼べばよいわ」

氏康は座敷にひっくり返り、腕枕をして庭を眺めている。

「そのように襖を開け放って……寒くはございませぬのか？」

「ふんっ、冬は寒いと決まっている。わかりきったことを言うな」

氏康は小憎らしいことを言う。

元服して、まだひと月ほどである。

今は享禄三年（一五三〇）の正月だ。

氏康は十六歳になった。

（何かお気に召さぬことでもあるのか……）

小太郎が小首を傾げる。

氏康は、伊豆千代丸と名乗っていた幼少時代、素直でおとなしい子供だった。気が弱くて、すぐにめそめそ泣くようなところがあり、北条氏の将来を案じた家臣たちから、

「まるで女のようではないか。情けない」

と陰口を叩かれた。

小太郎は、そういう氏康の性質を情けないとは思わなかった。それは氏康の優しさであろうと思い、
人の上に立つ者には厳しさだけでなく優しさも必要だから、氏康には将器がある、と期待した。

とは言え、人は成長するものである。背丈が伸び、齢《よわい》を重ねるに従って、氏康の性格にも変化が出てきたように思われる。それがはっきり表れてきたのは、二年前、生母を亡くしてからである。気難しく神経質な面が出てきた。元々、おしゃべりな方ではなかったが、むっつりと黙り込むことが多くなった。たまに口を開くと、皮肉めいた顔で揚げ足を取るようなことを言うのである。

子供が少年になり、少年が青年になるにあたっては、肉体だけでなく、精神にも大きな変化が生ずるものだ、と小太郎にもわかっている。己の変化に戸惑い、その戸惑いが苛立ちになり、苛立ちが怒りとなって、その怒りを誰かにぶつけたくなる。

そういうものだと小太郎は思う。小太郎自身は、少年時代のほとんどを足利学校で過ごし、学問漬けの毎日だったので、あれこれ悩む余裕もなかった。

しかし、氏康は、そうではない。学問にも武芸にも励んでいるが、ごく少数の限られた者たちと触れ合うだけで、しかも、氏康の都合に合わせて行われるので、さして忙しいわけではない。中途半端

に時間があり、暇を持て余すことも多いので、かえって、いろいろなことを考えすぎてしまうのかもしれなかった。

「何か気に障ることでもございましたか？」

「いや……」

「余計なことを申しました」

「いいのだ。昨日の夜、父上に呼ばれた。珍しく機嫌がよく、わしにも酒を勧めてくれた。酒など大して好きではないが、せっかくだから少しだけ飲んだ。ほんの少しだけな」

「ほう、そうでしたか」

「父上は機嫌がいいとおじいさまの話をする。おじいさまがどれほど立派な御方だったか、どれほど戦《いくさ》に強く、どれほど民を慈しんだか……そんな話をする。わしも、おじいさまのことが大好きだ。おじいさまの口から若い頃の話を聞かせてもらったこともある。おまえもだろう、小太郎？」

「はい。聞かせていただいたことがございます。早雲庵《そううんあん》さまほど立派な御方はおられませぬ。わたしにとっては、大恩人でございます」

小太郎は、宗瑞に見出されて足利学校に行かせてもらった。大恩人というのは大袈裟《おおげさ》ではない。

「おじいさまの思い出話をするのは楽しい。今までは、そうだった。しかし、ゆうべは、そうではなかった。おじいさまがいかに立派だったかという話を聞いているうちに気が重くなってきた」

「なぜですか？」

「おじいさまの後を継いだ父上は、さぞ大変だったろうと思う。人にも言えぬ苦労をなさったに違いない。しかし、立派にやり遂げた。今の北条家は、おじいさまの頃よりも大きくなっている。伊豆と相模だけでなく、武蔵の南半分も支配している。白子原で敗れなければ、武蔵を征し、今頃は上野や下総《しもうさ》あたりにまで支配地が広がっていたかもしれぬ。途方もないことだと思わぬか？　父上は、おじいさまほど偉い御方はいないとおっしゃるが、わしには父上もおじいさまと同じくらい偉い御方に思える」

「わたしも、そう思います」

「で……わしだ」

氏康が体を起こし、小太郎に向き合ってあぐらをかく。

「おじいさまと父上の次が、このわしだぞ。二人の後が、こんな頼りない男でいいのか？　そう考えると、気が重くなってきた。おじいさまと父上が築き上げた北条家を、わしの代で潰すようなことになったらどうしよう……そんなことを考えた」

「お気持ちはわかります。しかしながら、早雲庵さまにしろ、御屋形さまにしろ、最初から偉かったわけではないと存じます。早雲庵さまから聞いたことですが、早雲庵さまは備中荏原郷にいるとき、周りからは何の役にも立たないろくでなしと思われていたそうでございます。いくらか変わったのは都に出て、幕府の役人になってからだと聞きました」

「わしも聞いたことがあるが……。ならば、わしも変わることができるだろうか？」

「もちろんです」

小太郎が大きくうなずく。お世辞ではなく、心底から、そう思っている。氏康には間違いなく将器が備わっている。宗瑞や氏綱の血が脈々と受け継がれているはずである。

そんな話をしていると、

「失礼します」

廊下から声がする。

「入ってよいぞ」

「は」

「は」

勝千代と平四郎が部屋に入ってくる。氏康と同い年のこの二人も、氏康と同じ日に元服した。

勝千代は福島孫九郎綱成《くしままごくろうつなしげ》となり、平四郎は志水太郎衛門盛信《しみずたろうえもんもりのぶ》となった。

勝千代は氏綱が直々《じきじき》に召し抱えた者だから、氏綱は「綱」の一字を与え、平四郎には、両親が宗瑞の代から仕えているので、宗瑞の名である盛時《もりとき》から「盛」の一字を与えた。どちらも破格の厚遇と言っていい。いずれ、この二人が氏康を補佐し、北条家を支える柱石になることを期待してのことだ。

「何か用か？」

氏康は二人にも素っ気ない態度を取る。

「江戸城の味方が苦戦していると聞きました。近々、御屋形さまが大軍を率いて武蔵に向かうのではないかと皆が噂しております。そうなると……」

綱成が膝を前に進める。

「いよいよ、われらの初陣《ういじん》も近いのではないかと思うのですが、いかがでございましょうか？」

「戦に出たいのか？」

「言うまでもありませぬ。北条の武士として戦いとうございます」

「ふんっ、勇ましいことよ」

氏康が鼻を鳴らす。

「若殿は、そうではないのですか？」

いささかムッとした様子で綱成が訊く。

「初陣がいつになるか、わしは知らぬ。父上が決めることだからな。わしではなく、父上に訊きに行けばよかろうが」

「……」

綱成の顔が朱に染まる。

幼い頃から勝ち気で血の気が多かったが、成長するに従って、更に血の気が多くなったようだ。そのせいか、ちょっとしたことに腹を立ててカッとなる。相手が氏康でなければ、とっくに殴りかかっているであろう。

「青渓先生、武蔵での戦いは、どうなっているのでしょうか？」

不穏な空気を察知した盛信が話の流れを変えようと小太郎に水を向ける。

「うむ……楽ではないようだな」

小太郎が難しい顔になる。

去年の暮れ、氏綱は小沢城を奪い返し、それに気をよくして氏康の元服の儀を行った。

だが、それで一気に北条氏が有利になったとまでは言えなかった。小沢城を奪われたことに激怒した扇谷朝興は、年が明けると河越城から出陣し、小沢城に攻めかかった。火の出るほどに攻め立てたにもかかわらず、朝興は小沢城を落とすことができなかった。

遠からず朝興が攻めて来ることを見越して、氏綱が城の防備を固めておいたおかげだが、扇谷上杉軍の攻撃が単調すぎたせいもある。

朝興は玉縄城からの援軍が迫ったことを知ると、直ちに小沢城の包囲を解き、今度は方向を転じて江戸城に向かった。

城代の遠山直景は、決して城から出て戦うな、守りに徹するのだ、と氏綱から釘を刺されていたので、貝のように江戸城に閉じ籠もり、ひたすら敵の攻撃に耐えた。

万が一、江戸城が落とされれば、北条氏は南武蔵を失ってしまう。それ故、扇谷上杉軍と戦うときは、必ずや小田原から氏綱が駆けつけてから、と決めてある。氏綱がやって来るまでの二日か三日の間、敵の攻撃に耐え抜くことが直景に与えられた役割なのだ。

朝興の方でも、そういう北条氏のやり方はわかっているから、何とか直景を挑発して城から誘い出そうとする。周辺の田畑を焼き払い、逃げ遅れた農民を捕らえ、彼らの首を城の前で刎《は》ねるようなことをした。それでも直景は動かない。

二日後、朝興は陣を払って河越城に帰った。明日には氏綱が到着するという知らせを受けたからである。朝興には氏綱と決戦するだけの兵力がなかった。

「楽ではないようだが、そう悪くもない」

小太郎が言う。

扇谷上杉軍は小沢城を攻め、江戸城を攻め、周辺の田畑を焼き払った。北条軍が守勢一方のように見えるが、実は、それが当初からの作戦なのである。

武蔵に配置されている北条軍の役割は城を守ることだから、計画通りに扇谷上杉軍の攻撃を防いだだけのことで、別に北条軍が負けたわけではなく、苦戦したわけでもない。単に見栄えが悪いだけのことである。

「なるほど、そういうことですか」

　盛信がうなずく。

「夏までには御屋形さまが武蔵に兵を出し、扇谷上杉と決戦するという噂を耳にしています。わたしたちの初陣も、そのときなのでしょうか？」

　綱成が訊く。どうしても、それが気になって仕方ないらしい。

「それは、どうだろう……」

　小太郎が首を捻る。

「何とも言えないな。先程、若殿がおっしゃったように、御屋形さまが判断なさるであろう」

「はあ、そうですか」

　綱成は肩透かしを食ったような白けた顔をする。

　綱成と盛信は学問や武芸の話をして、その話題に氏康を引き込もうとするが、氏康は外を眺めながら生返事をするばかりである。

　小太郎も押し黙って考え事をしている。

　扇谷上杉軍の攻撃について、当たり障りのない受け答えをしたが、実は、ひとつ気になることがある。伝手《つて》を辿って情報を集め、扇谷上杉軍がどのように小沢城と江戸城を攻めたか、小太郎は自分なりに念入りに分析した。

（わからぬ……）

　いくら考えてもわからないのは、冬之助ほどの戦上手が、なぜ、あのようなまずい戦をしたのか、ということである。

小沢城にしろ、江戸城にしろ、扇谷上杉軍は単調な力攻めをしただけである。そこには何の工夫もない。大砲のような火器のない時代、城攻めというのは容易ではない。力攻めするには十倍の兵力が必要だと言われるほどだ。二倍や三倍くらいの兵力では、どうにもならないのである。

当然ながら、何らかの工夫が必要になる。

最も簡単なのは城方を寝返らせることだ。

実際、氏綱は、その手で江戸城を朝興から奪った。

他にも、城内に通じる抜け穴を掘るとか、水の手を断つとか、いろいろなやり方がある。兵法において、城を力攻めすることは愚策とされる。

冬之助が軍配者として天才であることは疑いようがない。だからこそ、北条軍は白子原で大敗したのだ。その冬之助が、なぜ、敢《あ》えて愚策を選んだのか、それが小太郎にはわからない。

(もしや、戦に出ていなかったのだろうか……)

何年か前、冬之助は戦で重傷を負い、長きにわたって復帰することができなかった。その間、扇谷上杉氏は北条氏に押しまくられて滅亡の瀬戸際に追い込まれた。冬之助の復帰によって、かろうじて助かったのである。

(病に臥《ふ》しているのか、それとも怪我でもしたのか……)

いくら考えてもわからない。

十九

縁側に冬之助が一人で坐り、手酌で酒を飲みながら月を愛《め》でている。

（世の中には不思議なことが多い。わからぬことばかりだな。いや、それは違う。不思議なのは世の中ではなく、人の心だ。そう、人の心……）

己の運命を顧みると、つくづくそう思わざるを得ない。

扇谷上杉氏を救ったのが冬之助であることは間違いない。白子原の大勝で扇谷上杉氏は息を吹き返し、飛ぶ鳥を落とす勢いで破竹の快進撃を続けていた氏綱の野望を頓挫《とんざ》させた。その功を自ら誇ったことはないものの、誰もが認める厳然たる事実であった。

白子原の合戦の後、主の朝興は、

「この恩は生涯、決して忘れまいぞ」

と涙ながらに冬之助の手を押し頂いたほどだ。

確かに冬之助の功績は疑いようもなく素晴らしいものだったが、功績が大きすぎると、それを妬《ねた》む者が出てくるのも世の常である。

喉元過ぎれば熱さを忘れると言われるように、北条氏を押し返し、失った領地も取り戻し、味方も増えてきて、この際、南武蔵を取り戻すだけでなく、相模に攻め込んで一気に小田原を衝いてやろうか、などという景気のいい話が飛び交うようになると、

「曽我一族がいなくても、わしらだけで北条をねじふせることができる」

と強がる者も出てくる。

朝興にしても、白子原以後、蕨城や小沢城を落としたり、山内上杉氏や里見氏と手を結んで玉縄城や鎌倉を攻めたりして、軍事的・外交的な成果を挙げるうちに、冬之助に対する感謝の念も薄らいできた。そういう朝興の気持ちの変化を察して、

「白子原の手柄は養玉一人だけのものであるかのように言う者がありますが、それは間違っています。命の危険も顧みず、御屋形さまが戦場に踏み止まるという勇気を示したからこそ、北条も罠にはまったのです。すなわち、白子原の合戦で手柄を立てた第一は御屋形さまであり、次が養玉でありましょう。にもかかわらず、自分一人の力で勝利を手に入れたかのように養玉が振る舞うのは納得できませぬ。誰もがそう申しております」

と、朝興におもねる佞臣《ねいしん》もいる。

単に冬之助を誹謗中傷《ひぼうちゅうしょう》するのではなく、朝興を持ち上げることで、遠回しに冬之助を貶《おとし》めるという言い方をするのがうまいところで、初めのうちは朝興も聞き流していたが、白子原以後、着々と成果を挙げたことで己の力量に自信を持つようになり、次第に、

（そうかもしれぬ。わしがいたからこそ、養玉も力を振るうことができたのだ。にもかかわらず、自分一人の手柄のような顔をするのは許せぬ）

という気持ちになってきた。

とは言え、そんな感情を露骨に表に出すほど朝興も初《うぶ》ではなく、それまでは常に冬之助を戦場に帯同していたのに、いつの間にか帯同することが減ってきた、戦に関する相談をすることもなくなってきた、というやり方で、徐々に冬之助を遠ざけるようになった。

冬之助の最大の理解者であり、庇護者であったのは祖父の曽我兵庫頭だが、ここ数年体調を崩すことが多く、特にこの一年ほどは寝込んでばかりで、ほとんど朝興のそばに出仕していない。朝興も兵庫頭には遠慮があるし、長年にわたって扇谷上杉氏を支えてきた重鎮だから、家臣たちも曽我一族に対する不平や不満があっても、兵庫頭が健在なうちは、それを表立って口にすることはせず、せいぜい陰口を叩いて鬱憤を晴らすことしかできなかった。

その兵庫頭が年明け早々、亡くなった。

七十九歳という高齢だから、大往生と言っていい。

すでに曽我の家督は冬之助の父・祐重が継いでいる。本来であれば、五十三歳の祐重が兵庫頭に代わって朝興を支え、扇谷上杉氏の柱石となるべきはずだが、祐重には兵庫頭のような政治力もなく、冬之助のような軍事的な才能にも恵まれていない。台所奉行にでも任じれば、与えられた仕事をそつなく律儀にこなすであろうが、要はその程度の器ということである。ごく平凡な男なのである。

だからこそ、兵庫頭は孫の冬之助に期待した。自分のように、朝興の側近として扇谷上杉氏を支えてほしいと願ったのだ。

確かに冬之助には、兵庫頭が足元にも及ばぬほどの軍事的な才能がある。天才と言っていい。

が……。

政治の才能はない。

そもそも政治が好きではない。

兵庫頭が代々の主に重く用いられてきたのは偶然ではない。主に取り入って、その思いを汲《く》んで、自分がなくてはならぬ存在だと信じさせることに意を尽くすのはもちろんのこと、自分を脅《おびや》かしそうな家臣たちの足を引っ張って蹴落とすようなこともした。自分の競争相手になりそうな者は容赦なく排除してきたのである。そういう政治的な根回しや権謀術数に長《た》けていたからこそ、常に第一人者の立場にいることができたのだ。

兵庫頭が元気なときは、兵庫頭が政治を受け持ち、冬之助が軍事を受け持つという役割分担ができていたので、冬之助は好きなように腕を振るうことができた。

この一年、兵庫頭が出仕しなくなってから、冬之助は自分に対する風当たりが明らかに強くなってきたことを敏感に感じていた。

だからといって、それに対抗しようとも考えず、別に腹も立たず、ただ、

(勝手にしろ)

という気持ちだった。

冬之助が好きなのは、知力を尽くして全力で敵と戦うことだけで、それ以外のことは、どうでもいいのである。ちまちました裏工作やら政治的な根回しをするのは性に合わない。

年明け、朝興は軍勢を率いて河越城を出陣し、小沢城を攻め、江戸城を攻めたが、冬之助は事前に何も知らされなかった。軍配者が軍事行動に関して何も知らされないのだから、これほど屈辱的なことはない。

軍配者には、ある意味、渡り鳥のようなところがある。己の才能を高く買ってくれる主を求めて、主家を替えるのである。むしろ、ひとつの家にずっと仕える軍配者が珍しく、一流の軍配者であれば、主家を三つか四つくらい替えているのが普通だ。それが軍配者にとっての勲章になるのである。有能だからこそいくつもの家に召し抱えられるわけで、無能な軍配者を召し抱えるような家はない。

冬之助も曽我の生まれでなければ、とうに扇谷上杉氏を見限っていたであろう。冬之助ほどの軍配者であれば引く手数多《あまた》で、どこの家でも高禄《こうろく》で召し抱えようとするに違いない。

しかし、それができる立場ではない。

冬之助が他家に仕えるのは、扇谷上杉氏が滅亡したときだけであろう。それまでは、たとえ腹に据えかねることがあろうと、屈辱に耐えるしかない。

（まあ、みんなが命懸けで戦っているとき、のんきに酒を飲んでいればいいというのだから気楽なものさ）

月を愛でつつ、そう自分を慰めるしかない。

二十

六月初め、扇谷朝興が三千の兵を率いて河越城を出た、という知らせが小田原の氏綱に報じられた。

朝興は河越から南下し、深大寺《じんだいじ》城に入ったという。

深大寺城は、現在の調布《ちょうふ》市にあった城で、玉川《たまがわ》を挟んで小沢城と対峙する位置にある。

一月に小沢城を攻めたとき、朝興は深大寺城には入らず、いきなり小沢城に攻めかかった。不意を衝けば、さして堅固とは言えない小沢城など簡単に落とせると踏んだからである。

しかし、失敗に終わり、方向を転じて江戸城を攻めたが、これもうまくいかず、さしたる成果を挙げることもできず河越城に引き返した。

それを反省し、今度は腰を据えて小沢城を攻めるつもりで出陣してきた。だから、深大寺城に入ったのである。

小沢城を攻め落とすことができれば、玉縄城と江戸城の連携に楔《くさび》を打ち込むことができるし、鎌倉を脅かすこともできる。政治的にも軍事的にも小沢城を奪う意味は大きい。

もちろん、北条方も、それは承知している。

だからこそ、何としてでも小沢城を守り抜く覚悟だし、その備えもしている。

今や、玉川を挟んで向かい合う小沢城と深大寺城が両家の争いの最前線と言っていい。

朝興の出陣を知った氏綱は直ちに陣触れを発し、出陣の支度を始めた。急なことなので、それほど多くの兵を集める暇がないが、今大切なのは兵の数より、少しでも早く小沢城に向かうことである。ある程度の兵が集まったら、すぐにでも小田原を出発するつもりだ。

小沢城の城代は石巻家貞《いしまきいえさだ》で、宗瑞・氏綱の二代に仕えている重臣である。勇猛で戦もうまいが、今の小沢城には、わずか三百の兵しかいない。農作業が忙しい時期なので、兵を村々に帰郷させており、多くの兵を城に常駐させることができなかったのである。もちろん、朝興は、それを承知で攻めかかってくるのだ。

氏綱は氏康と小太郎を呼び、

「その方たちも、わしと共に出陣せよ」

と命じた。

それを聞いて、氏康の顔が朱色に染まる。ついに初陣のときがきたのだ。興奮するなという方が無理であろう。

「心構えは、できておるか？」

「はい、もちろんでございます」

「小太郎、おまえは常に新九郎のそばにおれ。戦とは、どういうものか教えてやってくれ」

「承知しました」

「孫九郎と太郎衛門も連れて行く」

「さぞや喜ぶと存じます」

氏康がうなずく。綱成は早く戦に出たくて、うずうずしているのだ。初陣が決まったと知れば大喜びするに違いないし、いつも沈着冷静な盛信とて平静ではいられないであろう。

「戦に出るといっても、今回は、できるだけ、わしのそばにいてもらうつもりだから、敵と斬り合うようなことにはなるまいが、それでも戦というものを肌身で感じることはできよう。初陣は、それで十分であろうよ。功を焦って勇み足をしてはならぬぞ。おまえは一騎駆けの武者ではなく、いずれ総大将にならねばならぬ立場にいるのだからな。それを決して忘れるな。よいか？」

「そのお言葉、しかと胸に刻んでおきまする」

「うむ」

部屋に戻ると、氏康は綱成と盛信を呼び、初陣が決まったことを告げた。

「おおっ！」

綱成は興奮して拳《こぶし》で床をどんどんと叩き、やったぞ、やったぞ、と繰り返す。

それに比べると、盛信は落ち着き払った様子で、

「では、支度を始めなければなりませぬな……」

米や味噌はどれくらい持っていけばいいだろう、薬も用意しなければならぬし、替え馬は二頭くら

い連れて行けばいいだろうか、とすると、下僕が二人では足りないかな……と具体的な出陣支度について、ぶつぶつつぶやきながら思案し、どうなのでしょう、青渓先生、と小太郎に意見を求める。

「最初は、あれもこれもと多くのものを持っていきたいと考えがちだが、実際に必要なものは、そう多くはない。荷物が多すぎると、かえって身動きが取れなくなってしまう。戦支度をするときは、できるだけ荷物を少なくするように心懸けることが肝心だな」

「そういうものですか」

「他国に遠征するのと違って、今回は小沢城に着くまで北条家の支配地を通るわけだから、何か足りないものに気が付けば、途中で手に入れることができる。米や味噌をたくさん持っていくより、銭を多く持っていく方がよいのではないかな」

「心得ておきます」

盛信がうなずく。心持ち頰が赤く染まっているのは、やはり、いくらか興奮しているせいであろう。

「わたしたちには、どういう役割が与えられるのでしょうか？」

綱成が氏康に訊く。

「今回は父上のそば近くにいて、戦がどういうものか肌で感じよと言われた。おまえたちも、わしのそばにいるのだ」

「では、若殿の旗本ということですね？」

「まあ、そう考えても間違いではないだろうが、たぶん、戦に出ることはないぞ。もちろん、敵が本陣に斬り込んでくれば話は別だろうがな」

そうだよな、と氏康が小太郎に顔を向ける。

「敵は深大寺城に入り、こちらは小沢城に入ります。敵の数は三千ほどと聞きましたから、それくらいの数では決戦を挑むこともできないでしょうし、城攻めも難しいので、恐らく、しばらく睨《にら》み合いを続けた後、敵は兵を退くのではないでしょうか」

小太郎が答える。

「えっ、睨み合いだけですか。せっかくの初陣なのに、それでは肩透かしではありませんか」

綱成は不満そうだ。

「何のための戦か、よく考えることだ。こちらとしては小沢城を守ることが何よりも大切なことであり、小沢城を守ることができれば、敵と干戈《かんか》を交える必要はないのだ。合戦をすることなく敵が退いてくれれば、兵を損じることもないし、無駄な出費も避けられる。そうしてくれれば、こちらとしてはありがたい。そう考えなければ駄目だ」

「すみません」

小太郎に説諭されて、綱成がしょんぼり肩を落とす。

「そうがっかりするな。戦など、これからいくらでもある。おじいさまも父上も、それこそ何十回も合戦に出ている。敵は武蔵の扇谷上杉だけではない。下総にも上総にも上野にも甲斐にも敵がいる。当家は敵に囲まれていると言っていいほどだからな」

「そうだよ、若殿の言う通りだ。これから先、数え切れないほど戦に出なければならないのだから、今回は御屋形さまのおっしゃるように戦がどういうものか、間近で知るだけで十分だと思う。そうは言っても、戦では何が起こるかわからない。青渓先生、戦に臨むにあたって、何が最も大切なのでしょうか。教えていただけませんか？」

盛信が訊く。

「それはな、死なぬことだ。命を惜しむことだ。たとえ負け戦であろうと、生きてさえいれば、またやり直すことができる。死んでしまったら、それで終わりだ。それ故、命を大切にしなければならぬ。妙な意地を張って命を危険にさらすのは愚かなことだと心得ておくがよい」

「はい」

綱成と盛信が声を揃えて返事をする。

二十一

小田原城で慌ただしく出陣の支度が進められているとき、とんでもないことが起こった。

氏綱が高熱を発して寝込んでしまったのだ。ありきたりの発熱ではなく、立ち上がることもできず、まともに話すこともできないほどの重症だ。寒い時期でもないのに、がたがたと全身を震わせ、歯をカチカチと打ち鳴らす。

ちょっとくらいの熱ならば無理をしてでも出陣したであろうが、自分の手で水を飲むことすらできず、厠《かわや》にも行けないほどだから出陣など不可能である。重臣たちが氏綱に指示を仰ごうにも、高熱に魘《うな》されて、わけのわからないことを口走るだけで、どうにもならない。仕方がないので、重臣たちが集まって、善後策を協議する。

「出陣を先延ばしするべきではなかろうか」

松田顕秀が言う。

「何を言うか。悠長なことをしていては、敵に小沢城を落とされてしまうではないか。あそこには三百の兵しかいないのだぞ。長くは持たぬ」

　大道寺盛昌が気色ばむ。

「玉縄城から五百くらいの兵を小沢城に向かわせ、玉縄城には小田原から兵を送ればよかろう」

「甘い」

　盛昌が首を振る。

「玉縄城にも、今は一千くらいの兵しかおらぬ。そこから五百も小沢城に送れば、今度は玉縄城が手薄になってしまう。敵も馬鹿ではない。すぐさま深大寺城を出て、玉縄城を包囲するであろうよ」

「だから、小田原から兵を送るのではないか。手薄になるといっても、一日か二日くらいのものだ。それくらいならば持ちこたえられよう」

「小田原から兵を送るというが、いったい、誰が指揮を執《と》るのだ？　難しい戦になるぞ。小沢城だけでなく、玉縄城の心配もしなければならないのだからな。しかも、すぐに小田原から送ることのできる兵は二千くらいのものだ。敵より少ない」

　重臣筆頭の立場にいる松田顕秀と大道寺盛昌の二人が唾を飛ばし合って激しく意見をぶつけ合うので、他の者たちは口を挟むことができない。二人の言うことは、それぞれに一理あり、どちらが正しく、どちらが間違っているとは言えないせいもある。

　そのとき、

「わしが行く」

　それまで黙って二人の話を聞いていた氏康が口を開いた。

重臣たちが、えっ、という驚き顔で氏康を見る。

氏康が重臣たちの話し合いに加わるのは初めてなので、そこに氏康がいることを誰もが忘れていた。別に氏康を軽んじているわけではなく、わずか十六歳で、まだ初陣すら経験していない氏康に意見を求めても何も答えることができまい、氏康を困らせるだけだ、という気遣いがあった。

「父上の病は重そうだ。きっとよくなるとは思うが、二日や三日でよくなるとも思えぬ。父上が回復するまで出陣を先延ばしにすれば、小沢城は落ちてしまう。かといって、玉縄城の兵を小沢城に差し向ければ、盛昌の言うように、今度は玉縄城が敵に包囲されるやもしれぬ。どちらも大切な城だから、決して敵に渡すことはできぬ。それ故、父上が考えていた通り、明日、二千の兵を小沢城に向かわせるのが一番いいと思う。その兵をわしが率いていく。父上の名代としてわしが出向くだけのことで、それ以外のことは何も変える必要はない。明日出陣すれば、明後日には小沢城に入ることができよう。二千の兵が入れば、そう簡単に城は落ちまい。敵の攻撃に耐えていれば、父上の病もよくなろうし、それまでには、もっと多くの兵が集まってもいよう」

氏康が淡々とした口調で言う。少しも気負った様子はない。

「しかしながら、気を悪くなさらないでほしいのですが、若殿には、まだ戦の経験がございませぬ。いきなり二千の兵を率いて敵地に向かうのは荷が重すぎるのではありませぬか？」

盛昌が言いにくそうに口を開く。

「その通りだ。それ故、わしは父上の名代として出陣するが、戦のことは、その方に任せる。わしは余計な口出しをせぬ」

「え？　わたしに指揮を？」

「百戦錬磨の盛昌ならば、敵をあしらって小沢城を守り抜くことは、さして難しくはあるまい。わしは、その采配を見て、戦について学びたいと思う」

「ああ、なるほど、それがよいわ」

顕秀がぽんと膝を叩く。

冷静に考えてみれば、今回は敵と決戦するために出陣するのではなく、あくまでも小沢城を守るために出陣するに過ぎない。氏康の言うように、氏康を名代として担ぎ、盛昌が実際の指揮を執るのであれば、小沢城を守るのは、それほど難しくはないはずである。今、何よりも大事なのは急ぐことだ。明日小田原を出立し、明後日小沢城に入る……それがぎりぎりで、わずか三百の兵しかいない小沢城が、それ以上、持ちこたえるのは無理であろう。

顕秀に続いて、他の者たちも口々に、それがよい、それしかない、と賛同する。

これで方針が決まった。

明日の早暁《そうぎょう》、出陣である。

二十二

六月十日、二千の兵が小田原を出て、東海道を東にゆるゆると進んでいく。

大道寺盛昌が先頭付近にいて、氏康は後ろの方にいる。氏康と馬首を並べて進んでいるのは小太郎で、そのすぐ後ろに綱成と盛信がいる。

「いかがですか、気持ちが昂ぶっておられませんか？」

「うん、いつもと変わらぬ」

「ゆうべは眠れましたか？」

「眠れたさ」

「……」

小太郎が口許を緩める。

「何だ？」

「申し訳ございません。いくらかお顔色が優れぬように見えたものですから」

「ふんっ、いろいろ考え事をしたせいで、あまり寝付きはよくなかった。眠りも浅かったかな」

「それが当たり前です。戦の前には誰でも気持ちが昂ぶってしまうものです。ましてや初陣ともなれば尚更です」

「わたしは、まったく眠れませんでした」

後ろから綱成が言う。

「力が有り余っている気がしたので、庭に出て素振りをし、井戸水を頭から浴びました」

「馬鹿だな。そんなことをしたら、ますます寝られなくなるではないか」

肩越しに振り返って、氏康が笑いかける。

「なあに、一日や二日くらい寝なくても平気です」

綱成が強がる。

「おまえは、どうだった、眠れたか？」

氏康が盛信に訊く。

「目が冴えて眠れないので、書物を読みました。それで気持ちが落ち着いて、少しだけ眠ることができました」

「みんな似たようなものだな」

「そういうものです。あまり興奮しすぎるのもよくありませんが、あまり落ち着き払っているのもよくありません。何度も戦に出るうちに、少しずつ慣れるのです」

「小太郎も、そうだったか？」

「わたしなど、まだまだです。正直に言いますが、わたしもゆうべはあまり眠れませんでした」

「青渓先生もですか？」

綱成が驚いたように言う。

「だから、あまり偉そうなことも言えないのさ」

「それを聞いて、何だか安心しました」

盛信がにこりと笑う。


夕方、北条軍は当麻《たいま》に入った。ここが今日の宿営地で、小沢城には明日入る予定である。

当麻は座間《ざま》の北にあり、当時、北条氏が各地に設置していた伝馬宿《てんましゅく》のひとつである。たとえ一日の宿営とはいえ、二千もの軍勢が一夜を過ごすのだから、食事や薪《たきぎ》を用意し、宿泊場所を確保するだけでも大変だが、事前に準備がなされていたので、大きな混乱が起こることもなかった。

小沢城からは深大寺城にいる扇谷上杉軍について報告してくる。

扇谷上杉軍は城を出て玉川を渡り、玉川と小沢城の間にある小沢原《おざわがはら》に兵を配置し始めたという。

その報告をもとに、氏康、小太郎、大道寺盛昌の三人が絵図面を囲んで板敷きに坐り込み、善後策を協議する。

「上杉は決戦を挑んでくるつもりだろうか？」

氏康が訊く。

「この配置を見ると、城攻めをするのではなく、われらが到着するのを待って合戦を始める……そんな風に思われます」

小太郎が答える。

「父上が病で寝込んでいることも、わしらが二千の兵しか連れて来なかったことも向こうは知っているのだろうな？」

「知っているでしょう」

小太郎がうなずく。

「どうする、盛昌？」

氏康が盛昌に顔を向ける。

「予定通り、小沢城に入るのがよかろうと存じます」

「小太郎は？」

「わたしも、それでよいか、と」

「ならば、そうしよう」

氏康がうなずく。

「わしらが城に入り、誘いに乗らなければ、上杉はどうするだろう？　諦めて引き揚げるかな」

「われらより多いとはいえ、敵の数も三千そこそこ。力攻めしたところで、小沢城を落とすことはできますまい。いずれ小田原から新手の兵がやって来ることは敵も承知しているでしょうから、恐らく無理攻めはしないだろうと思います」

小太郎が言う。

「そうか」

「せっかくの初陣が籠城というのでは、若殿も無念かと存じますが」

盛昌が気遣うように言う。

「そんなことはない。小沢城を守れば、父上も喜んで下さるに違いない。わしは、それで満足だ」

「立派な心懸けでございます」

盛昌と小太郎が頭を垂れる。

二十三

翌十一日の早朝、北条軍は当麻を出発し、午後に小沢城に入った。

城代の石巻家貞が城門で氏康を出迎えた。

「若殿、よく来て下さいました」

目を潤ませて、氏康の手を取る。喜怒哀楽の器が人並み以上に大きいのだ。わずか十六歳の氏康が、名代とは言え、二千の軍勢の総大将として援軍に駆けつけてくれたことが嬉しくてたまらないらしい。

それだけでなく、氏康の到着が遅れていたら、小沢原に布陣している扇谷上杉軍が前進を始め、小沢城を包囲していたかもしれない、という差し迫った事情もあった。包囲されてしまえば、氏康は小沢城に入ることができず、否応なしに扇谷上杉軍との決戦を選択せざるを得なかったであろう。

だが、無事に氏康は二千の兵と共に小沢城に入った。十分すぎるほどの食糧も運んできたので、ひと月くらいであれば籠城できる。時間を稼ぐことができれば、いずれ氏綱が大軍を率いて小田原から駆けつけてくれるのだ。

早速、軍議が行われたが、取り立てて話し合うこともない。城の守りを固めて、敵の挑発に乗らなければいいだけのことである。

半刻（一時間）も経たぬうちに話し合うこともなくなったので、軍議を終わって、氏康の到着を歓迎する宴に移ろうとしたとき、河越方面に放っている忍びから知らせが届いた。

五千の山内上杉軍が南下しているというのである。

目的地は深大寺城だという。

となれば、小沢原に布陣している扇谷上杉軍と合流して小沢城を攻めるつもりに違いなかった。

「何ということだ。山内勢が加われば、敵は八千ではないか……」

大道寺盛昌が呻《うめ》くように言う。

八千もの大軍に包囲されれば、いかに守りを固めて籠城しようと苦戦は必至である。

氏綱がやって来るまで持ちこたえることができたとしても、氏綱が率いてくるのは、せいぜい五千ほどで、それでは氏康の軍勢を加えても、両上杉軍より少ない。最悪の場合、小沢城を落とされた上に氏綱の軍勢が敗れるという可能性すらあり得る。

そうなれば、北条氏は滅亡である。

「まだ本当かどうかわからぬ。たとえ本当だとしても、もっと少ないかもしれぬではないか」

石巻家貞が自分に言い聞かせるように言う。

だが、続々と戻ってくる忍びたちの話を聞けば、山内上杉軍の南下は事実であり、五千という数も間違いではないとわかる。

しかも、五千より多いという者もいる。五千、六千、七千……中には、一万という者までいる。ひとつだけはっきりしているのは、たとえ五千でも北条軍は苦戦必至であり、もし一万だとしたら、とても持ちこたえられないだろうということだ。

山内上杉軍の行軍速度は速く、明日の昼には深大寺城に着きそうだという。

皆が黙り込んでしまったとき、

「ならば、こちらから攻めるしかないのではないか？」

氏康が口を開く。

「攻めるといっても……。この城を守り抜けというのが御屋形さまのお指図でございますれば……」

盛昌が言う。

「父上も、敵が三千だと思っていたから、籠城すれば何とかなると考えたのであろう。だが、八千もの敵に囲まれたら、長くは持たぬぞ。しかも、山内上杉は、もっと多いかもしれぬという。山内上杉が到着してからでは何もできぬ。今なら扇谷上杉は三千、こちらは、城にいる者たちを含めて二千三百……それほどの差ではない。あれこれ迷っている時間はないぞ。山内上杉は、明日の昼には、ここに現れるのだ。とすれば、わしらにできるのは小沢原に布陣している扇谷上杉を夜襲することだけではないか。夜が明けるのを待って戦を始めたのでは、わしらが疲れ切った頃に山内上杉が姿を見せるであろうからな。それ故、今この場で決めなければならぬのは、今夜、夜襲するか、それとも、何もせずに籠城するか、どちらを選ぶのかということだ」

氏康がぐるりと皆の顔を見回す。

「……」

重苦しい沈黙が漂う。

氏康の言うことは正論である。

しかし、敵を攻めるというのは氏綱から命じられたこととは違っている。

確かに山内上杉の大軍が到着すれば苦戦は免れないだろうが、それでもしばらくは持ちこたえることはできるはずである。

だが、万が一、夜襲に失敗すれば、小沢城を奪われた上、みじめに敗走することになる。

氏康から指揮を任せると言われている大道寺盛昌ですら難しい顔で唸《うな》り声を発している。夜襲を成功させる自信がないのであろう。

「差し出がましいようですが……」

小太郎が口を開く。重臣たちが黙り込んでいるのに若輩者の自分が真っ先に発言するのは僭越《せんえつ》だと承知しているのだ。

「構わぬ、申せ」

盛昌がうなずく。

「若殿、失礼なことを申し上げてもよろしいですか？」

小太郎が氏康に顔を向ける。

「うむ」

「では、申し上げます。敵が三千のままであれば、御屋形さまに命じられたように籠城すべきであると存じます。しかしながら、それに五千、もしくは六千、七千の山内勢が加わるとなると話は違ってきます。それほどの大軍に包囲されれば、ひと月どころか、恐らく、七日も持たぬでしょう。とすれば、若殿がおっしゃったように先手を取り、こちらから攻めるのが良策であると思います。わたしだけでなく、皆様方にもよくおわかりのはずです。にもかかわらず、誰も賛成しようとしないのは、その策が若殿の口から出たからでございましょう。ご存じのように、若殿にとっては、これが初陣、すなわち、これまで戦の経験がありませぬ。その若殿の策では心許ない、本当に大丈夫か、と心配なのでありましょう」

「これ、口が過ぎようぞ」

石巻家貞が顔を顰《しか》める。

「よいのだ。遠慮はいらぬ」

氏康が言う。

しかし、氏康の顔は青ざめている。小太郎の言葉が鋭く胸に突き刺さるのであろう。

「亡き早雲庵さまは、心に迷いが生じたとき、どんなときでも座禅を組み、心の中にあるもやもやした雲を払い、心を真っ白にしてから考え直すということをなさいました。信じがたいことですが、戦場で座禅を組んだこともございます」

「おう、そうであった。早雲庵さまは、よく座禅を組んでおられた。さすがに戦場で座禅を組んだときには、こっちが肝を冷やした。何しろ、敵の顔が近くに見えるくらいに攻め込まれているのに、悠々と地面に腰を下ろして結跏趺坐《けっかふざ》の姿勢を取るのだからな。びっくりしたぞ」

盛昌が言うと、

「そうであった、そうであった」

家貞が愉快そうに膝を叩く。

「いかがでしょう、早雲庵さまに倣《なら》い、皆で座禅を組み、その後で軍議の続きをいたしませぬか？」

「それは面白い。皆、心に迷いが満ち満ちて、どうしていいかわからぬ。早雲庵さまのように座禅を組めば、よい知恵が湧くかもしれぬわ」

「よし、やってみよう」

氏康も賛成する。

それから、皆で座禅を組んだ。広間が沈黙に包まれ、皆の呼吸音しか聞こえない。

四半刻（三十分）ほどして、小太郎がふーっと大きく息を吐き出し、

「よろしいでしょうか？」

と言うと、皆も一斉に力を抜く。

「いかがでございました」

小太郎が盛昌に訊く。

「不思議なことだが……迷いが消えた。若殿の策が正しいと思う」

「わしもだ。この場に早雲庵さまや御屋形さまがおられたら、きっと若殿と同じことをおっしゃるのではないかという気がする」

家貞も同調する。

他の者たちも異口同音に夜襲に賛成する。

「では、これで決まりですな。われらの策は夜襲と決まりました」

小太郎が氏康に顔を向ける。

「うむ」

氏康は緊張した表情でうなずく。

二十四

北条軍の方針は決まった。

小沢城に籠城して敵の攻撃を待ち受けるのではなく、逆に自分から積極的に打って出るのだ。小沢城と玉川の間に広がる小沢原に布陣している扇谷上杉軍を夜襲しようというのである。小沢原に向かって行軍している山内上杉軍が到着してからでは勝ち目がない。今ならば敵は三千、味方は二千三百、劣勢とはいえ、やり方次第では十分に戦うことができるという判断である。

二千三百といっても、すべてが出陣したのでは城が空になってしまうから、元々、城を守っていた石巻家貞と三百の兵は、そのまま城に残ることになった。敵を攻撃するのは、氏康が率いてきた二千ということになる。

不意打ちを食らわせるといっても、敵も油断しているわけではなく、前線には見張りの兵を立て、篝火《かがりび》を燃やして北条軍の動きを警戒している。そんなところを攻めれば、いくら夜の闇を味方にするとしても、最後には数の差がモノを言う。一千という数は、一万と九千ならばそれほど大きな差ではないが、三千と二千では決定的な差になりかねない。

それ故、氏康を中心にして、どういう攻撃をするか話し合いがなされた。

だが、一向に策が決まらない。

それも無理からぬことで、敵を攻撃するに当たって北条軍にはいくつもの制約がある。

まず、小沢城を守らなければならない。

次に敵を小沢原で殲滅《せんめつ》しなければならない。深大寺城に逃げ込まれてしまったら元も子もないのだ。

更に氏康を守らなければならない。氏綱の名代である氏康が総大将の立場にいるが、それは形だけのことで、実際には大道寺盛昌が采配を振ることになっている。盛昌とすれば、絶対に氏康を危険な目に遭わせることはできない、という思いがある。

だから、盛昌は、出陣せず、城に残ってくれるように氏康に頼んだ。

「わしが率いてきた兵が戦うのに、わし一人だけが城に残るのはおかしかろう」

と、氏康は納得しない。

そこに家貞までが、

「若殿が城に残るのなら、わずか三百では心許ない。もっと兵を城に残そう」

と言い出す。

そうなると、それでなくても敵より兵が少ないのに、更に少ない兵で攻撃しなければならなくなる。

その分だけ夜襲が成功する可能性は低くなる。

ああだこうだと話し合っているうちに時間ばかりが経っていく。あと一刻（二時間）もすれば夜が明ける。夜が明けたら、もはや夜襲ではない。

「若殿、少し休憩してはいかがですか？」

小太郎がさりげなく勧める。

何を言うか、休んでいる時間などない……そう言おうとするが、小太郎の目を見て、氏康は言葉を飲み込む。

（何か話があるらしい）

と察したのだ。

四半刻（三十分）ほど休憩することにして、氏康と小太郎は別室に移った。

「言いたいことがあるのか？」

板敷きに腰を下ろすと、氏康が訊く。

「若殿、このままでは負けますぞ」

「ふうむ、負けるか」

「今となっては夜襲は無理でございます。これからすぐに城を出たとしても敵と干戈を交える頃には夜が明けてしまうでしょう」

「そうかもしれぬな」

氏康はうなずき、ならば、どうすればよいのだ、と溜息をつく。

「籠城してはいかがですか？」

「山内上杉が来るではないか」

「それでも何日かは耐えられるでしょう」

「耐えられなくなったら？」

「城を捨てて逃げるしかございませぬ」

「駄目だ。わしは逃げぬぞ、そんな恥をさらすくらいなら死んだ方がましだ」

「それほどの覚悟がございますか？」

「言うまでもない」

「ならば、捨て身の策がございます」

「捨て身の策だと？　何をするのだ」

「白子原でやられたことを、今度はこっちがやり返すのです……」

小太郎は自分の考えを氏康に説明する。

その説明を聞いているうちに、氏康の顔から血の気が引いていく。

「おまえは、わしを殺すつもりなのか？」

「若殿を死なせはしませぬ。しかし、戦場では何が起こるかわかりませぬ故、いざというときの覚悟は必要でございましょう」

「そうか。わかった。ならば、それでよい」

氏康は、盛昌と家貞を呼び、小太郎の策について話した。

「そのようなことはできませぬ」

「若殿の身になにかあったらどうするのですか？」

二人とも血相を変えて反対する。

「籠城した揚げ句、敵の攻撃に耐えられなくなったら城も兵も捨てて逃げる……わしは、そんなことは決してせぬぞ。城を枕に討ち死にする覚悟なのだ。恐らく、そうなるであろう。一万もの敵に包囲されたら、とても勝てぬ。だが、小太郎の策ならば、万にひとつ、敵に勝てるやもしれぬ。わしは、その策に賭けてみたい」

と、氏康が二人を宥《なだ》める。

「若殿に何かあれば、わたしは御屋形さまに顔向けができませぬ」

盛昌が悲痛な面持ちで言う。

「馬鹿だな。わしが死ぬときは、おまえも生きてはおるまいよ。この策がうまくいかずに負け戦となれば、わしらは小沢原に屍をさらすことになるだろうからな」

「そこまで……」

盛昌が息を呑む。そこまで覚悟を決めているのか、という驚きの表情である。

やがて、そこまで覚悟なさっているのなら、もはや何も言いますまい、皆が命を捨ててかかれば、あるいは道が開けるやもしれませぬ、と盛昌はうなずく。家貞は肩を震わせて、袖で涙を拭っている。

二十五

「何、北条が城から出てきただと？」

朝興が怪訝な顔になる。

三千の扇谷上杉軍は小沢原に布陣しているが、総大将の朝興は深大寺城にいる。山内上杉軍が到着するまで小沢城を攻撃するつもりがないからだ。

小沢城にいる北条軍が二千そこそこだということは朝興にはわかっている。その程度の兵力で城から出て来るはずはないし、もし出てくるとすれば夜襲を仕掛けてくるときくらいであろうと見切っており、夜襲に対する備えはしていた。

まさか夜が明けてから北条軍が城を出てくるとは思っていなかった。咄嗟《とっさ》に考えたのは、

(城を捨てて逃げるのではないか)

ということだった。

山内上杉軍の接近は、当然ながら北条軍も察知しているはずで、両上杉の大軍が小沢城を包囲すれば、もはや北条軍に勝ち目はない。そうなる前にさっさと逃げるのではないか、と思ったのである。

ところが、北条軍は真っ直ぐ小沢原に進出する構えだという。戦闘態勢を取りつつ、じわじわと前進しているというのだ。

しかも、北条軍の後方には、そこに総大将がいることを示す旗が翻っているという。

小田原から兵を率いてきたのが氏綱ではなく、氏綱の嫡子・氏康であることは朝興も知っている。わずか十六歳で、これが初陣である。その氏康がなぜ、無謀な戦を仕掛けようというのか、それが朝興にはわからない。

(若気の至りというやつか?)

戦に慣れていないから、血気に逸《はや》って功を焦り、およそ勝ち目のない戦いを挑もうというのではないか、と考えたのである。

朝興は北条軍が小競り合いを仕掛けてきても相手にするな、と武将たちに命じている。戦いは、山内上杉軍が到着してから始める予定なのである。

しかし、敵の総大将が出てきたとなれば話は別だ。

小沢原で北条軍を破れば小沢城が手に入る。氏康を捕らえるか、殺すことができれば、氏綱に大打撃を与えることができる。

（小僧め、戦の厳しさを思い知らせてやろうぞ）

朝興は、ほくそ笑んだ。

早速、近習《きんじゅ》に出陣の支度を命じた。自ら陣頭指揮を執り、氏康との決戦に臨むつもりなのである。

二十六

「出てきたようですな」

目を細めて深大寺城の方を見遣りながら盛昌が言う。「笹に飛雀《とびすずめ》」という上杉の家紋が染め抜かれた旗が翻っている。朝興が小沢原に出てきたのだ。

「若殿、いよいよですぞ」

「うむ」

床几に腰を下ろした氏康の顔は心持ち青ざめている。体が小刻みに震えているのは恐ろしさのためではなく、興奮で気持ちが昂ぶっているせいだ。

氏康の背後に控えている綱成と盛信も膝が震えている。

「……」

氏康のいる本陣からは、前方に布陣する味方がよく見える。三百人ずつの五段構えで、これは攻撃的な布陣ではなく、守備的な布陣である。押し寄せてくる敵軍を厚みのある布陣で押し返そうというのだ。

敵軍は三千、味方は一千五百である。半分だ。

これだけの兵力差があって、いつまで敵軍の攻撃をしのぐことができるか、氏康にも盛昌にもわからない。

ひとつだけはっきりしているのは、五段の陣を敵軍に突破されたときが敗北だということで、そうなれば、氏康は敵と斬り合って死ぬか、膝を屈して捕らわれるか、ふたつの道しかない。決して敵に背を向けて逃げない、と決めているからだ。

氏康自身は、

(そのときは、一人でも多くの敵を倒して死ぬしかない)

と覚悟している。前もって綱成と盛信にも、その覚悟を伝えてあるが、

「言うまでもなく、わたしもお供します」

と、綱成は頬を上気させて叫び、

「わたしもです」

盛信は今にも泣き出しそうな顔で唇を震わせながら言った。

「きっと青渓先生は間に合うはずです」

自分に言い聞かせるように、盛信が言うと、

「そうだといいが……」

氏康もそれを願っている。

二十七

小太郎は五百の兵を率いて、夜明け前にこっそり小沢城を出た。小沢原を大きく迂回して玉川の下流まで進み、夜が明ける頃、浅瀬で玉川を渡った。そこから更に大きく迂回して、今度は深大寺城の背後に回り込もうとしている。

小太郎が氏康に示した策というのは、次のようなものだ。

氏康は一千五百の兵と共に小沢原に布陣して扇谷上杉軍と対峙する。敵が攻めかかってきたら、ひたすら防御に努める。その隙に小太郎は敵の背後に忍び寄り、氏康と連携して敵を挟み撃ちにする。

この作戦が成功すれば、敵が深大寺城に逃げ込むのを防ぐことができる。

しかも、氏康が小沢城を出たことを知れば、きっと朝興も戦場に出て来る。うまくいけば敵を殲滅するだけでなく、朝興の首を奪うことができる。

小太郎が氏康に説明したように、これは敵と味方を入れ替えた白子原の再現と言っていい。白子原では朝興が囮になって北条軍を引きつけ、潜んでいた伏兵が北条軍の背後を衝いた。その不意打ちをまともに食らって北条軍は壊滅した。

今度は、氏康が囮となって扇谷上杉軍を引きつけ、小太郎が背後から朝興に不意打ちを食らわせてやろうというのだ。

成功すれば効果は絶大だが、失敗すれば取り返しがつかない。小沢原で敗れれば小沢城を失うことになるし、北条家の嫡男である氏康も無事では済まないであろう。あまりにも危険すぎるから盛昌や家貞も最初は賛成しなかったのだ。

しかし、それくらいの危険を冒さなければどうしようもないところまで、小沢城の北条軍は追い込まれていた。山内上杉軍が到着して朝興と合流すれば、もはや勝ち目はない。今ならば、まだ敵を倒す可能性が少しはある。

氏康自身が、

「わしは、それで構わぬ。喜んでわが身を囮にして、敵を引きつけよう」

と決断したので、最後には盛昌と家貞も同意したのである。

（若殿の期待を裏切るわけにはいかぬ）

氏康は小太郎の策が成功すると信じて、自分の命を危険にさらしているのだ。何としてでも期待に応えなければならない、と己に言い聞かせている。

小太郎が最も気にしているのは、敵軍に冬之助がいるかどうかということである。冬之助ほどの軍配者であれば、こんな見え透いた手には乗らないであろう。それどころか小太郎の策を見抜き、どこかで小太郎を待ち伏せしているかもしれなかった。

当初、敵を夜襲するという氏康の案に賛成し、自分の策を明かさなかったのは、この程度の策は冬之助には通用しないだろうと諦めていたからである。

だが、夜襲案が流れたことで、北条軍は万策尽きた。他に選ぶべき道がないので、小太郎は自分の策を氏康に示したのである。それが最善の策かと問われれば、素直にうなずくことはできない。もし最善の策だという自信があれば、氏康が夜襲を提案したときに、自分の考えも話したはずである。今ひとつ自信が持てないから黙っていたのだ。

しかし、この期《ご》に及んでは、それ以外の策はない。

（養玉さんがいないことを祈るしかない）

玉川を渡ると、今度は川沿いに上流に向かう。敵に接近を知られないように、敢《あ》えて道のないところを進んでいるから時間がかかる。

そのうち、遠くから喊声《かんせい》が聞こえてきた。

小沢原で戦いが始まったのに違いない。空気が澄んでおり、他に大きな音は何もないから、喊声はかなり遠くまで響き渡るはずである。

だから、小太郎は自分が小沢原からどれくらい離れた場所にいるのかよくわからない。

（とにかく、急ぐことだ）

一刻も早く小沢原に着き、扇谷上杉軍の背後を衝くのだ。到着が遅れれば遅れるほど、氏康の命が危険になる。

二十八

「すごいな、これが戦というものですか」

綱成が目を瞠《みは》る。

五段構えで布陣している北条軍に扇谷上杉軍が攻めかかってきたのである。真正面からぶつかってきた。戦法というには、あまりにも単純すぎる戦法だが、二倍もの兵力があれば、あれこれ細かいことをせず力任せに攻めるのが効果的なのだ。

五段構えの第一陣は、扇谷上杉軍をまったく食い止めることができず、あっさり突破された。第二陣はわずかに抵抗するが、それでもすぐに突破されてしまう。

「青渓先生は一刻（二時間）耐えてほしいとおっしゃいましたが、とても持ちそうにありませんね」

盛信がごくりと生唾を飲み込む。

戦いが始まって、まだ四半刻（三十分）も経っていないのに、もう第三陣まで突破されそうな劣勢なのである。

「おれたちも、そろそろ戦う支度をした方がいいかな……」

綱成が刀の柄をぽんぽんと軽く叩く。

「ここを離れてはならぬぞ。おまえたちの役目は若殿をお守りすることだからな」

大道寺盛昌が釘を刺す。

それから氏康に顔を向け、

「若殿、万が一、第四陣が崩れ、敵が第五陣に攻めかかってきたら、すぐにこの場を離れて城に引き揚げて下さいませ。若殿が城に入るまで、わたしが何としてでも敵を食い止めます」

「心配無用だ。わしの役目は小太郎がやって来るまで、ここから動かぬことだからな」

「この様子では間に合いますまい」

盛昌が悲痛な表情で首を振る。

「わしは動かぬと決めたのだ。北条のために戦っている者たちを置き去りにはできぬ」

「甘いことをおっしゃいますな。大将が討ち取られたら、それで戦は負け、城も奪われてしまいます。城に逃げ込んで、御屋形さまが小田原から駆けつけて下さるのを待つのです」

「それが間に合わぬから、わしらはここにいるのではないか。何度も同じことを言うな」

「おい、おまえたち」

盛昌が綱成と盛信を睨み付ける。

「さっき言ったように、第五陣にまで敵がやって来たら、若殿を城にお連れせよ。若殿が嫌だと言っても引きずって帰るのだ」

「くどいぞ、わしは……」

氏康が反論しようとするが、

「年寄りの言うことには耳を貸しなされ」

盛昌がはらはらと涙を流す。

「万が一、若殿の身に何かあれば、ここにいるすべての北条の家臣たちは死んでも死に切れませぬわ。自分だけの命だと思うてはなりませぬ」

後を頼みますぞ、と言い残すと、盛昌が本陣から飛び出し、馬に乗って前線に出て行く。自ら刀を振るって兵たちを鼓舞しようというのであろう。

「大将というのは辛いものだな。こんなところにじっとしているより、馬に乗り、刀を振るって敵と戦う方が楽ではないかという気がする。何もせずに床几に坐っているのは、なかなか大変だ。おじいさまや父上の苦労がほんの少しわかったかもしれぬ」

氏康がつぶやく。

「それは、わたしたちも同じです。若殿のそばにいて、こうして立っているだけというのも、なかなか大変です」

綱成が言う。

「それがわたしたちの役目ではないか。文句を言うなよ」

盛信がたしなめる。

「わかっているさ。あ……」

綱成が背伸びして前方を見遣る。

第四陣も苦戦している。大道寺盛昌が兵たちを叱咤したおかげで一時は敵を押し返したものの、やはり、数の力にはかなわず、また敵が盛り返してきた。

「若殿、あの陣が突破されたら城に戻りましょう」

盛信が言う。

「戻らぬと言ったぞ」

「大道寺さまは力尽くで連れ戻すようにおっしゃいました」

「おまえたち、そんなことをしたいのか？ 自分たちだけが安全なところに逃げようというのか？ それで平気なのか」

「平気ではありません。平四郎、おまえは若殿と城に戻れ。おれが残って敵と戦う」

綱成が言う。

「そんなことは許さぬ」

「大道寺さまから命じられたのは若殿の命を守ることです。若殿が無事に城に入れば、おれは役目を果たしたことになります。その上で、おれは敵と戦います」

「ならば、わたしもそうする」

盛信までが言い出す。

「おい、ふざけるな。若殿に一人で城に戻れと言うつもりか？」

「そうではない。勝千代、おまえが若殿と一緒に城に戻れ」

「何を勝手なことを」

「おまえたち、いい加減にしろ」

氏康が舌打ちする。

「わしら三人は最後までここに残る。それでいいではないか」

「しかし、それでは大道寺さまの命令に……」

「平四郎、勝千代、目を瞑れ」

「は？」

「え」

二人が怪訝な顔になる。

「おじいさまは窮地に陥ると、その場で座禅を組んだという。さすがにここで座禅を組む度胸はないが、少しの間、目を瞑ることくらいならできる。目を瞑って、心の中を真っ白にしろ。余計なことを何も考えるな」

そう言うと、氏康が目を瞑る。

「……」

綱成と盛信もそれに倣って目を瞑る。

しばらくすると、

「もうよいぞ、目を開けろ」

氏康が目を開ける。

「改めて訊く。勝千代、おまえは、どうしたい?」

「ここに残って戦いたいです」

「平四郎は?」

「わたしもです」

「もちろん、わしも同じ気持ちだ。それでも、わしに城に戻れと言うのか? それが、おまえたちの本心か?」

「いいえ」

綱成が首を振る。

「おれは若殿と一緒に戦いたいです」

「わたしもです」

盛信がうなずく。

「よし、決まった。いざとなったら、ここで三人で戦うのだ。生きるも死ぬも一緒だぞ」

「承知しました」

「よし」

氏康が手を差し出すと、綱成と盛信が手を載せる。三人の手がひとつになる。

うおーっという喊声が聞こえる。

三人がハッとして顔を向けると、敵が第四陣を突破し、第五陣に襲いかかるところだ。いよいよ氏康のすぐ前にいた兵たちが戦い始めたのである。

敵の狙いは氏康である。総大将の首を奪えば、どれほど大きな恩賞をもらえるかわからない。死に物狂いになるのも当然であろう。

三千と一千五百の差は大きい。時間が経つにつれて、その差がモノを言ってくる。

北条軍も必死に戦っているが、扇谷上杉軍の猛攻をとても支えきれない。第五陣の三百には、一千以上の扇谷上杉軍が襲いかかっているのだ。

ついに、そのときが来た。

敵兵が氏康に斬りかかってきたのである。

氏康は刀に手をかけるが、刀を抜かないうちに、氏康の正面に綱成が立ちはだかり、上段に振り上げた刀を思い切り振り下ろす。敵兵が刀で受け止めようとするが、綱成の怪力が勝り、敵兵の顔を真っ二つに切り下げる。血飛沫《ちしぶき》が飛ぶ。返す刀で、その後ろから走り込んできた敵兵を袈裟《けさ》に切り捨てる。氏康を振り返った綱成の顔は、敵兵の血で真っ赤に染まっている。ふたつの目は爛々《らんらん》と輝いている。獣の目である。

「平四郎、後ろ！」

綱成が叫ぶ。

盛信が刀を抜きながら振り返る。そこに敵兵が躍りかかってくる。

盛信は落ち着いて腰を沈めて敵兵の一撃を交わす。敵兵が体勢を崩すと、両手で刀を真っ直ぐに突き出す。刀が敵兵の腹に刺さる。

「おまえたち……」

氏康が息を呑む。

「本当に、これが初陣か？」

敵兵は氏康以外には目もくれずに切りかかってきた。そのおかげで敵兵には隙があった。それは確かだが、だからといって、そう簡単に人を斬れるものではない。わずかの間に三人もの敵兵を倒した綱成と盛信の腕前は見事と言うしかない。

もちろん、二人とて平静だったわけではないが、自分たちが何とかしなければ氏康が討ち取られてしまう、という切羽詰まった思いが、恐怖心を掻き消して敵に立ち向かわせたのである。

そこに大道寺盛昌が二十人ほどの兵を率いて駆けつけてきた。

「若殿、まだこんなところにいたのですか。城に戻るように申し上げたのに……」

「もう遅い。戦うしかないぞ」

すでに周囲には敵兵が満ちている。退路は断たれた。ここで戦う以外に道はない。

「無駄に命を捨ててはなりませぬぞ」

盛昌は自ら刀を振るって敵兵に立ち向かう。二十人の兵たちは氏康を囲むように円陣を作る。綱成と盛信はぴたりと氏康に張り付いている。

（このような修羅場で、おじいさまは座禅を組んでおられたのか。何とすごい御方なのであろう……）

今は亡き宗瑞は、氏康にはひたすら甘く優しい祖父だったが、戦場で座禅を組むほど肝が据わっていたのだ。それがどれほどすごいことか、自ら戦場に身を置くことで、ようやく氏康は理解した。

（わしにできるのは、せいぜい目を瞑ることくらいだな……）

さっき三人でやったように、もう一度目を瞑ってみた。一瞬、何も聞こえなくなる。自分の周囲で命のやり取りがなされていることを忘れてしまいそうになる。

そのとき、地響きのようなどよめきが起こる。ああ、これで最期なのか、と覚悟しながら氏康が目を開ける。

「若殿！」

綱成が氏康の肩をつかむ。

「青渓先生が……先生が……」

「小太郎がどうした？」

「あそこに」

綱成の指差す方を見ると、扇谷上杉軍の背後から、小太郎が率いる五百の兵が突撃しているところだ。新手の出現に扇谷上杉軍は浮き足立っている。

それを見て、

(今こそ勝利は、わが手にあり)

そう氏康は確信し、

「進め、進め！　敵を打ち破れ」

床几から立ち上がって、声を限りに叫ぶ。味方の出現に勇気づけられた兵たちは、氏康の命令に従って、雄叫びを発しながら敵に向かっていく。

ほんの今《いま》し方《がた》まで、氏康は討ち死にする覚悟をしていた。北条軍は小沢原で敗れ去り、ここが氏康の墓場となり、小沢城も奪われる……そうなるだろうと諦めていた。

が……。

一瞬にして潮目が変わった。敵兵は逃げ惑い、北条兵が勝ち誇ったように敵兵を追っている。

（戦とは何と奇妙なものなのだ）

氏康は何度も首を捻る。

新手の兵が現れたといっても、わずか五百である。氏康のもとにいた一千五百と合わせても二千であり、三千の敵軍には遠く及ばない。

にもかかわらず、敵軍は算を乱して逃げ出した。

つまり、敵には小太郎たちが五百だとはわかっておらず、突如として大軍が湧いて出たように思われたのであろう。そう思い込んでしまえば、実際の数など関係ない。恐怖心に駆られて一目散に逃げるだけのことである。

（戦とは面白い……いや、何と恐ろしいものなのだ……）

氏康は、それを初陣で学んだ。

二十九

小沢原で敗れた朝興は、北条軍の激しい追撃に遭い、深大寺城に入ることができず、久米川《くめがわ》の方まで逃げた。久米川の手前で北条軍が兵を退いたのは、山内上杉軍五千がすぐ近くまで来ていることを知ったからだ。

扇谷上杉軍と山内上杉軍が合流して反撃すれば、たちどころに形勢は逆転したであろう。それができなかったのは、小沢原から逃げるときに三千の扇谷上杉軍が散り散りになってしまい、それをまとめるのに時間がかかったからだ。朝興の手許に二千の兵が集まったときには日が暮れようとしていた。それほどひどい惨敗を喫したということである。

両軍合わせて七千の兵は久米川で宿営することにした。夜が明けたら小沢原に押し出し、小沢城を一気に包囲しようという計画だ。朝興にとって、小沢原の敗北は痛手ではあったが、致命傷ではなかったのである。

が……。

この一日の遅れが両上杉軍と北条軍の明暗を分けた。

六千の兵を率いて小田原を発した氏綱は、この日の夜には玉縄城に入った。兵たちに食事をさせると、すぐに玉縄城を出て小沢城に向かった。まだ暗いうちに小沢城に着くと、夜が明ける頃には小沢原に布陣を終えていた。恐るべき急行軍と言っていい。

本当であれば、氏綱が小田原を出るのは、あと五日くらい後になる予定だったが、山内上杉軍の南下を知って、大急ぎで出陣したのだ。まだ具合が悪く、本調子ではなかったので、馬に乗るのも辛かったが、氏康と小沢城を救うために無理を重ねてやって来たのである。その無理が祟《たた》って、小沢原に布陣するための指図を済ませると寝込んでしまった。

だから、両上杉軍が深大寺城まで進出してきたとき、氏綱は小沢原にはいなかった。にもかかわらず、本陣に北条の旗が翻っていたのは、そこに氏康がいたからである。

そんなことは朝興にはわからない。小田原から大軍が到着した以上、そこに氏綱がいると判断した。北条軍は八千三百、両上杉軍もおよそ八千。

兵力は互角である。

すでに北条軍は小沢原に布陣しているから、両上杉軍が深大寺城を出て小沢原に進めば、野外決戦になる。氏綱と朝興が雌雄《しゆう》を決することになる。

しかし、朝興は動かなかった。

前日の敗戦が尾を引き、朝興は自信を失っている。朝興だけでなく、扇谷上杉軍全体の士気が落ちている。小僧と侮っていた、初陣の氏康に敗れたところに、百戦錬磨の氏綱がやって来たのである。

真正面からぶつかれば、

（勝てそうな気がせぬ）

というのが本音なのである。

朝興は、どうやら勝機を逸してしまったようなので、次の機会を待ちたい、と山内上杉軍を率いてきた憲寛に丁重に詫びた。

「ああ、さようですか。ならば、われらは引き揚げることにしましょう」

腹を立てる様子もなく、憲寛はあっさりうなずいた。

それには理由がある。

山内上杉氏において憲寛の立場は盤石とは言い難い。先代の憲房が亡くなったとき、嫡子・五郎丸は三歳の幼児だった。それで古河公方の四男で、憲房の養子になっていた憲寛が後を継いだ。五郎丸が元服するまでの繋ぎ役という約束である。

ところが、憲寛が憲房以来の家臣たちを露骨に冷遇し、古河公方家からついてきた家臣ばかりを重んじたので、山内上杉氏内部に深刻な亀裂が生じた。

憲寛は自分に批判的な家臣たちに更に高圧的な態度で臨み、融和を図ろうという態度を見せなかった。

それで憲房以来の家臣たちは、

「五郎丸さまを早く元服させて家督を継いでいただこう」

と言い出し、水面下で様々な策謀を巡らせた。

その動きに対し、憲寛は、実家である古河公方家と扇谷上杉氏を味方にして対抗しようとした。

朝興の要請に応じて出陣したのも、ここで朝興に恩を売っておけば、後々、自分が窮地に陥ったときに力を貸してくれるだろうと考えたからである。

昨日、鉢形城に残してきた側近たちから、五郎丸擁立《ようりつ》の怪しい動きがあるから、すぐに戻ってきてほしい、という知らせが届いた。留守中に鉢形城を奪われたら大変なことになる、と心配し、憲寛は居ても立ってもいられなくなった。

しかし、合戦になれば、そう簡単に引き揚げることができなくなってしまう。困ったことになった、どうしたものか、と思案しているところに朝興から、北条とは戦わない、せっかく遠くから駆けつけて下さったのに申し訳ない、と頭を下げられれば、

（よし、これで帰ることができる）

と喜ぶのは当然であった。

その日のうちに、憲寛は兵を率いて深大寺城を後にした。

朝興は、なおも数日、深大寺城に留まって北条軍の動きを見守ったが、北条軍の方から深大寺城に攻めて来る様子がないので、河越城に帰ることにした。

氏康の名声を高めることに手を貸しただけの実りのない出陣だったが、
(まあ、命があったのだから、よしとしよう。また機会はある)
と己を慰めた。

三十

両上杉軍が深大寺城から撤収しても、北条軍は小沢城から動かなかった。氏綱の容態が回復しなかったからである。

小田原城で養生し、ようやく回復の兆しが見え始めたときに無理をして出陣したため、かえって病状が悪化したのである。

とは言え、八千を超える大軍をいつまでも小さな城に置いておくのは大変なので、扇谷上杉軍が撤収した二日後、氏綱が率いてきた六千は玉縄城に移動した。そこから順次、小田原に戻される予定だ。

氏康は、病室の横にある小部屋に詰め、食事もろくに摂《と》らず、片時も氏綱のそばを離れようとしなかった。氏綱には医師が付き添っているし、自分に何ができるわけでもなかったが、そうしなければ気が済まなかったのだ。

綱成と盛信が氏康に付き添ったが、二人も痩せて顔色が悪くなってきた。氏康を真似て、あまり食事も摂らず、睡眠を控えるようにしたせいだ。

見かねた小太郎が、
「若殿、ご自分がどんな顔をしているかわかっておられますか?」

食事を摂って、少しは横になって休むように勧める。

「わしを救うために父上は無理をして小田原から駆けつけて下さった。父上に何かあれば、わしも生きていることはできぬ。とても飯など食う気にはなれぬのだ」

目に涙を浮かべながら、氏康が言う。

「御屋形さまは必ず回復なさいます。あと数日で起き上がることもできるでしょう。そう医者が話しておりました。そのときに若殿が病に臥せていたら、御屋形さまが悲しむとは思われませぬか？　若殿の思いは御屋形さまに通じております。ですから、今はご自分の体を大切になさいませ。そうしないと……」

小太郎が綱成と盛信をちらりと見遣る。

「若殿だけでなく、この二人まで倒れてしまいますぞ」

「そうだな。わかった。少し休もう」

氏康は自室に戻ることにし、綱成と盛信にも休むように言った。


それから五日経って、ようやく氏綱は自分で厠《かわや》に行けるほど回復した。

病室に氏康、小太郎、大道寺盛昌、石巻家貞の四人を呼んだ。

「わしらは、明日、玉縄城に移る。この城には五百の兵を残していく。今までは三百だったが、少し増やすことにしよう。後のことを頼むぞ」

氏綱が家貞に言うと、

「お任せ下さいませ」

家貞が頭を下げる。

「さて……」

氏綱が皆の顔をゆっくり眺め回す。

「先日の合戦の話をしなければならぬ」

「はい」

氏康の顔が紅潮する。初陣で扇谷上杉軍を破り、小沢城を守り通したのだ。誉めてもらえるのだろうと期待している。

しかし、氏綱の口から出たのは、

「あれは、けしからぬ」

という叱責の言葉だった。

「新九郎、おまえが小田原を出るとき、わしが命じたことは何だ？」

「小沢城を守れということでございます」

「そうだ。戦をしろと言ったのではない。城を守れと言ったのだ」

「し、しかし……」

氏康が弁解する。敵の挑発に乗らず、籠城して氏綱の到着を待つつもりだったが、山内上杉の大軍が南下していることを知った。城を包囲されてしまえば、身動きが取れなくなり、氏綱の到着前に城を落とされる危険もあった。だから、山内上杉軍が到着する前に扇谷上杉軍を夜襲する計画を立てたのだ、と。

「だが、夜襲はしていないではないか。夜が明けてから、小沢原で敵と合戦したのだ。しかも、二倍の敵にわざわざ立ち向かうようなことをした」

「策があったのです……」

氏康が囮になって敵を引きつけ、その隙《すき》に小太郎が敵の背後に回って敵を挟み撃ちにするという作戦である。

「小太郎、なぜ、そのような策を立てた？」

「夜襲するつもりでしたが、皆の考えがまとまらず、もう夜が明けそうだったので、もはや夜襲は無理でした。では、夜襲以外に何ができるかと考えて、敵を挟み撃ちにする策を立てました」

「新九郎を囮にしたな？」

氏綱が小太郎を睨む。

「小太郎が悪いのではありません。わたしが承知したのです。白子原で敵にやられたことを今度はこっちがやり返してやろうとして……」

「愚か者め！」

氏綱が顔を顰めて舌打ちする。

「白子原で扇谷上杉は瀕死の状態だったのだ。河越城に逃げ帰ったところで助けてくれる者はいない。腹を括って白子原で戦うしか道がなかったから、大将が身を捨てて、われらを誘《おび》き寄せるような危ない真似をした。なぜ、おまえが、それを真似する必要がある？　たとえ小沢城を奪われたとしても、北条が滅びるわけではない。支配地がいくらか減るだけのことではないか」

「しかし、父上は小沢城を守れとおっしゃったので……」

「では、おまえたちに訊こう。もし新九郎が敵に討ち取られていたら、おまえたちは、どうした？」

「言うまでもなく、わたしも生きてはおりませぬ」

「同じく」

盛昌と家貞が厳しい表情でうなずく。

「わたしもです」

小太郎も言う。

「わしは嫡男を失い、北条家を支える重臣を失い、軍配者も失う。それは城を失うよりも重大なことではないのか？　それこそ北条家が傾きかねないことだとは考えなかったのか？」

「では、わたしは、どうすればよかったのでしょうか？」

「言うまでもない。城を捨てて逃げればよかったのだ」

「え、城を？」

氏康が目を丸くする。

「確かに、わしは城を守れと命じた。だが、そのために皆が討ち死にしてもよいとは言っていない。いちいち言わねばわからぬことか？　なるほど、おまえたちは城を守った。目先のことだけを考えれば、立派な仕事をしたと誉めるべきだろう。しかし、十年先、二十年先の北条家のことを考えれば、山内上杉軍の南下を知ったときに、この城を捨てて玉縄城に引き揚げるべきだったのだ。いかに大切な城であろうと、所詮は、ただの建物に過ぎぬ。奪われれば取り返せばよいし、焼き払われたら、また拵《こしら》えればよい。命は、ひとつしかない。なくしたら終わりなのだ。おまえたちは、いかにして敵を破るかということより、城と命とどちらが大事か、そのことをよく考えるべきだったな」

氏綱が諭《さと》すように言うと、四人は肩を落としてうなだれる。

「申し訳ございませぬ。考えが足りませんでした」

　盛昌が両手を板敷きにつき、深々と頭を下げる。

「浅はかでございました」

　家貞は嗚咽《おえつ》が洩れるのを必死にこらえながら、盛昌と同じように頭を下げる。

「御屋形さまのおっしゃるように、わたしは愚か者です。とても軍配者など務まりませぬ」

　小太郎も袖で涙を拭う。

「その方らは愚かである。だが、最も愚かなのは新九郎だ。小太郎の策は、合戦に勝つことだけが目的であれば間違ってはいないし、合戦に勝つための策を考え出すことが軍配者の仕事なのだから、小太郎を責めるつもりはない。自分の仕事をしただけのことよ。その策を取り上げるかどうか、それを決めるのが大将の役目だ。小太郎の策を聞いたとき、新九郎は、目先の城を守ることと、十年先、二十年先の北条家の安泰と、どちらが大切か、よくよく思案しなければならなかったのだ。そのふたつを天秤にかければ、城を捨てて兵を退くのが最もよいことだと容易にわかったはずではないか」

　氏綱は厳しい表情で氏康を見つめる。

「御屋形さま、そのお言葉は酷でございます。若殿にとっては、これが初陣なのです。小田原を出るとき、若殿は御屋形さまの名代として出陣するものの、実際の軍配はわたしが預かると決めました。それ故、責められるとすれば、若殿ではなく、わたしなのです」

「盛昌、それは違うぞ」

　氏綱が首を振る。

「新九郎が何も口出しせず、黙って、おまえの指図に従っただけであれば、なるほど、おまえが責めを負うべきであろう。しかし、敵を夜襲すべきだと言い出したのは新九郎であろう。わしは、そう聞いた。違うか？」

「その通りです」

氏康が青ざめた顔でうなずく。

「しかも、この愚か者は、敵が間近に迫っていながら、盛昌の言葉に逆らって、城に戻らず、敵と斬り合いをしようとしたという。それが大将のすることか、馬鹿者めが！」

ついに氏綱は怒声を発した。

「あ……」

氏康がへなへなと崩れるように板敷きにばったりと両手をつく。

「父上のおっしゃる通りです。わたしは愚かな馬鹿者です。将来のことなど何も考えず、目先の勝ち負けだけにこだわっていました。自分の振る舞いがどれほど愚かだったかも知らず、戦に勝ったと有頂天になっていました。お詫びのしようもありませぬ。どうか、わたしに重い罰を与えて下さいませ。北条の嫡男にふさわしくないと思われるのなら……」

「自分が間違っていたと認めるか？」

「はい。間違っていました」

「ならば、それでよい」

氏綱が笑みを浮かべる。

「え」

「誰でも間違いを犯す。早雲庵さまもそうだったし、わしもそうだ。一度や二度ではない。何度も間違えた。ただ、その間違いを反省し、同じ間違いを犯さぬように心懸けた。だから、今でもわしは生きているし、北条家も滅んでおらぬ。新九郎、この間違いから学ぶのだ。小沢原の初陣でおまえは勝った。しかし、わしは誉めぬ。早雲庵さまでも誉めぬであろう。小沢原の合戦を思い返すたびに、おまえは苦い思いをするであろう。それでよい。その苦さを決して忘れるな」

翌朝、氏綱と氏康は一千八百の兵を率いて小沢城から玉縄城に向かった。小沢城には五百の兵を残した。

道々、氏康と小太郎は馬首を並べて進んだ。

「ゆうべ、眠れなかったぞ」

「わたしもです」

「まさか、あんなに手ひどく叱られるとはなあ」

「若殿を誉めて下さるとばかり思っていました。そんな自分が恥ずかしいです。浅はかでした」

「それは、わしのことだ。父上もおっしゃったではないか。小太郎は軍配者としての務めを果たしただけで、何も間違ったことはしていない。わしが愚かだったのだ」

「しかし……」

「慰めの言葉は必要ないぞ。小田原を出る前に、戦に臨むにあたって大切なことは何か、と平四郎が小太郎に訊いたな。あのとき、小太郎は、命ほど大切なものはない。命さえあれば何度でもやり直すことができる、だから、命を惜しめ、と教えてくれた。あれは、ゆうべ、父上がおっしゃったことと同じだったんだな。わしは何もわかっていなかった」

氏康が溜息をつく。

「若殿は今も生きておられます。それは、この先、何度でもやり直しができるということです」

「そうだな。小沢原で学んだことを今後に生かさなければならないと思っている。しっかり反省して、同じ間違いを犯さぬようにしなければ、な。わしが間違いを犯せば、多くの者たちが命を失ってしまうのだから」

「はい」

「それにしても苦い初陣だったなあ」

「まったくです」

「これからも戦は続く。命さえあれば、次はもっとうまくやれるだろう……そう信じたい」

「若殿であれば、必ず、うまくやれます」

「これからも力を貸してくれるな？」

「喜んで」

「頼りにしておるぞ」

氏康と小太郎が顔を見合わせ、笑みを交わす。小沢原での経験が二人の絆をよりいっそう強くしたようであった。


（『北条氏康　大願成就篇』へ続く）

あとがき

作家としてデビューして、かれこれ二十年以上になる。筆一本で食べていくのは、なかなか大変で、振り返ると、山あり谷あり……というより、谷底を歩いているときが長かった気がする。

特に、今から十年前、かなり深刻な瀬戸際に立たされたことがある。本がまったく売れなくなってしまったのだ。当然ながら、本が売れない作家に原稿依頼は来ない。廃業の危機である。

息子は中学生、娘はまだ小学生で、どうしたものかと悩んだ。

ひとつだけ依頼が残っていた。最後の小説になるかもしれないのだから、自分が最も書きたいもの、伝えたいものを書こう、と腹を括《くく》った。いつか子供たちが手に取ったとき、何かしら勇気を与えられるようなものにしたいと考えた。

だから、小説の主題は「努力・友情・希望」にした。こつこつ努力すれば、いつか報われるときが来る、たとえ貧しくても友情を大切にすれば人生は豊かになる、暗い道を進んでいるときでも希望を持ち続ければ、いつか暗闇を抜け出すことができる、と。

その主題を『早雲の軍配者』（中公文庫）という小説に刻んだ。主人公の風摩小太郎《ふうまこたろう》を、その頃の息子と同じ年齢に設定したのは偶然ではない。息子と小太郎を重ね合わせながら執筆したのである。

幸い、この小説はよく売れたので、わたしは苦境を脱することができ、『信玄の軍配者』『謙信の軍配者』（いずれも中公文庫）と続けて本を出すことができた。

『早雲の軍配者』は、簡単に言ってしまえば、晩年の北条早雲《ほうじょうそううん》（伊勢宗瑞《いせそうずい》）が小太郎を見出し、孫の氏康《うじやす》の軍配者にするべく教育を施《ほどこ》す話である。

出番はさほど多くなかったが、この早雲像が好評で、早雲の生涯を読んでみたいという声が多く寄せられたおかげで、わたしは『北条早雲』を書く機会を与えられた。

しかも、単行本で全五巻という長編である。

早雲の少年時代から、その死に至るまでを、じっくり書き込むことができた。この長い小説を書いている途中で、わたしは、これがいずれ『早雲の軍配者』に続いていくのではないか、いや、そうするべきではないか、と思いついた。

その結果、『北条早雲』の第五巻の後半部分は、かなり『早雲の軍配者』と重複している。物語としての結びつきを強め、できる限り、整合性を図るために、敢《あ》えてそういう書き方をしたのだ。

発表順は違うが、『北条早雲』から軍配者シリーズへと読み進んでもらえれば、時間の流れがすっきりするように企図したわけである。

ところが、早雲の完結が近付いてくると、あることに気が付いた。

軍配者シリーズでは、最初の『早雲の軍配者』の主人公は小太郎であり、小太郎が一人前の軍配者となり、氏康の初陣に付き添うところまでが描かれている。

ところが、『信玄の軍配者』と『謙信の軍配者』では、実質的な主人公は四郎左《しろうざ》（山本勘助《かんすけ》）であり、小太郎ではない。この二冊は武田と上杉の死闘に多くのページが割《さ》かれており、物語の山場は川中島の戦いである。四郎左の個性が強すぎて曽我冬之助《そがふゆのすけ》の陰も薄いし、小太郎など完全な脇役で、登場場面も少ない。

早雲が亡くなってからの北条氏についてもほとんど描かれていない。

その頃、わたしは頭の中で、言ってしまえば「北条サーガ」のような作品群を構想していたので、何が足りないか、はっきり自覚していた。

すなわち、早雲死後の北条氏も描く必要があるということである。それに武田と上杉との関わり合いも含めていけば、関東の戦国史を描くことにもなる。

そういう意図で、わたしは『北条早雲』を書き終えた後、あまり間を置くことなく、『北条氏康』の執筆を始めたのである。

氏康の名前がタイトルになってはいるものの、読んでいただければわかるように、一巻目の主人公は、むしろ、早雲の息子である氏綱《うじつな》である。早雲という偉大な父の後を継いだ氏綱の苦闘を中心に物語は進んでいく。だから、「二世継承篇」なのだ。

第二巻は「大願成就篇」となる予定で、鶴岡八幡宮《つるがおかはちまんぐう》の再建という大願を成就させた氏綱が亡くなり、いよいよ三代目である氏康の時代になる、という展開である。

ここで読者の皆さんにご容赦《ようしゃ》願いたいことがある。

この「二世継承篇」は、時間軸が『早雲の軍配者』と重なっている。登場人物と時間軸が同じであれば、当然、話としては同じものになってしまう。

このふたつの小説にいささかの重複があるのは、そのせいである。

最初は違う描き方をしてみたり、重複する部分をできる限り、削るようなこともしてみた。

しかし、どうもうまくいかないのである。

結局、単純に重複させる方が物語の進行がスムーズだとわかったので、そのままにしてある。

それ故、『早雲の軍配者』をお読みいただき、その後で「二世継承篇」を読むと、かなり既視感があると思われる。その点をご容赦願いたいのである。

同じようなことは、いずれ氏康が武田信玄や上杉謙信と対決するようになったとき、『信玄の軍配者』や『謙信の軍配者』との重複という形で現れるかもしれない。そういう書き方がいいかどうか、正直なところ、自分でもわからないが、「北条サーガ」という小説群の結びつきを強くする効果はあると思うのだ。

氏康の物語は三巻目が「河越夜襲篇」となるはずで、四巻目と五巻目あたりが、武田や上杉との三つ巴の死闘になるであろう。

恐らく、五巻目あたりで氏康から氏政《うじまさ》へ家督が継承されるはずだが、物語は、そこで終わらない。

『謙信の軍配者』の最後の場面、川中島で四郎左が戦死し、四郎左の首を信玄に届けた冬之助は足利《あしかが》学校に戻る。小太郎、四郎左という二人の友を失った老いた軍配者は足利学校で余生を送ろうとするのだ。

わたしがずっと気になっていたのは、四郎左と小太郎の息子たちのことである。父親は亡くなったが、彼らは生きており、父親の後を継ぐべく努力している。いずれ彼らは、氏政の軍配者に、あるいは勝頼《かつより》の軍配者になるべく足利学校に行くことになるのではないか。そして、そこには冬之助がいる。

この「北条サーガ」の最後の場面だけは、とうにわたしの頭の中に出来上がっている。

すなわち、関東平定を目指して侵攻してくる豊臣軍を北条軍が迎え撃つ。その最前線には、小太郎と四郎左の息子たちがいる。すべての戦いが終わったとき、冬之助が静かに死んでいく。末期のとき、己の人生を回想した冬之助がすべては夢だったのではないか、と笑いながら死んでいくのが最後の場面である。

今回の「二世継承篇」では享禄《きょうろく》三年（一五三〇）、氏康の初陣である小沢原《おざわがはら》の戦いまでが描かれている。

「北条サーガ」の大団円が天正《てんしょう》十八年（一五九〇）の小田原征伐だとすれば、あと六十年分くらいは描かなければならないことになる。
かなり長い道のりだし、いつ頃に何冊くらいで完結するのか作者にもわからないが、末永くお付き合い願えれば幸いである。「北条サーガ」がわたしにとってのライフワークになることは間違いのないことで、作家として、これ以上の喜びはない。

富樫倫太郎

二〇二〇年春

初出　Ｗｅｂサイト「ＢＯＣ」二〇一八年一〇月～二〇一九年一二月

富樫倫太郎

1961年、北海道生まれ。98年に第４回歴史群像大賞を受賞した『修羅の跫』でデビュー。『早雲の軍配者』『信玄の軍配者』『謙信の軍配者』の「軍配者」シリーズ、『北条早雲』全五巻、『土方歳三』全三巻をはじめ著書多数。歴史時代小説と同時に、「SRO 警視庁広域捜査専任特別調査室」「生活安全課０係」「スカーフェイス」などの警察小説シリーズでも人気を博している。

北条氏康《ほうじょううじやす》

——二世継承篇《にせいけいしょうへん》

2020年３月25日　初版発行

著　者　富樫倫太郎《とがしりんたろう》

発行者　松田陽三

発行所　中央公論新社

〒100-8152　東京都千代田区大手町1-7-1
電話　販売 03-5299-1730　編集 03-5299-1740
URL http://www.chuko.co.jp/

ＤＴＰ　嵐下英治
印　刷　大日本印刷
製　本　小泉製本

Published by CHUOKORON-SHINSHA, INC.
Printed in Japan　ISBN978-4-12-005285-9 C0093
定価はカバーに表示してあります。落丁本・乱丁本はお手数ですが小社販売部宛お送り下さい。送料小社負担にてお取り替えいたします。

富樫倫太郎の本

〈中公文庫／軍配者シリーズ〉

早雲の軍配者（上・下）

北条早雲に学問の才を見出された風間小太郎は、軍配者の養成機関・足利学校へ送り込まれる。そこでは、若き日の山本勘助らと出会い——。全国の書店員から絶賛の嵐！

信玄の軍配者（上・下）

学友・小太郎との再会に奮起したあの男が、齢四十を過ぎて武田晴信の軍配を預かる。「山本勘助」として、ついに歴史の表舞台へ！　おれの人生は、まだ終わらない!!

謙信の軍配者（上・下）

若き天才・長尾景虎に仕える軍配者・宇佐美冬之助と、武田軍を率いる山本勘助。共に学んだ仲間同士が、決戦の場・川中島でついに相見えるのか——。シリーズ三部作完結編！